あちらにいる鬼

井上荒野

朝日文庫

本書は二〇一九年二月、小社より刊行されたものです。

あちらにいる鬼

chapter 1
1966
春

みはる

明け方に帰ってきた真二《しんじ》は、そのままわたしの布団に潜り込んだ。やめてよ、今日は出かけるんだからと抗《あらが》うと、だからさ、と抱き寄せられた。

真二の体はみょうになんの匂いもしなかった。一晩中飲み歩いていたはずなのに、酒も煙草も女も匂わず、ただ微《かす》かに夜気の匂いがした。本当はどこで何をしていたのだろう。彼の会社があるあのビルの一室で、何もせず、ただぼんやりしていたのかもしれない。そう思うとぞっとして、体がかたくなった。

セックスというのは男そのものだと思う。うまいもへたもない。セックスがよくないというのは、ようするにその男が自分にとってよくない、ということなのだ。

布団を抜け出して朝風呂に浸《つ》かり、身支度を整えるともうすぐに出かける時間だった。元は質屋だったというわたしの家は路地の奥にある。旅行鞄ひとつ提げて、大通りまで小走りになった。黒塗りのハイヤーの前で編集者が煙草を吸っていて、同乗者がいることをそれで思い出した。聞いていたが、忘れていたのだ。たぶんその男にさほど興味がなかったせいで。

「お邪魔いたします。長内《おさない》みはるでございます」

車に乗り込む前に、わたしは先客に挨拶した。

「どうも。白木《しらき》です」

豊かな声量で男は挨拶を返した。わたしたちは初対面だったが、もちろん彼の名前は知っていた。白木篤郎《あつろう》。気鋭の小説家だ。といってもわたしは、純文学の雑誌に掲載された彼の短編をひとつふたつしか読んだことがなくて、こむずかしい小説を書く人だ、というくらいの印象しか持っていなかった。

編集者が助手席に、わたしは白木の隣に座った。ハイヤーの後部座席はゆったりしていたが、なお広く感じられたのは、彼が小柄であったせいだろう。少年のようなすっきりした体つきで、しかし眼鏡の奥の目はぎらぎらしていて、男のアクが濃くあらわれていた。ベージュのズボンに同系色のシャツ、焦げ茶色の背広という姿は、みすぼらしくはなかったがぱりっとしてもいない。

　編集者があらためてわたしと白木をそれぞれに紹介した。ハイヤーは羽田《はねだ》空港に向かっていた。今日の夕方、徳島で出版社主催の講演会がある。講師はわたしと白木ともうひとり、やはり小説家の岸光太郎《こうたろう》の三人で、わたしにとってこの旅で楽しみだったのは、白木よりも岸氏にはじめて会えることだった。

「朝早いから眠いでしょう」

　突然、白木が言った。

「ええ、まあ……」

　わたしはどきっとしながら頷《うなず》いた。紙のような気分で真二としてきたことが、俄《にわ》かに生々しさを帯びてくるようで。

「あの奥の家に、あなたひとりで住んでおられるんですか」

「ええ……」

　実際にはあの家には、わたしの表札と並んで真二の表札も掛かっていた。それを誂《あつら》えて玄関に掛けたとき、真二は嬉しそうだったけれど、その顔を思い出すことはわたしにとってすでに苦痛になっていた。

「徳島ははじめてですか」

「いいえ。わたしは徳島生まれですのよ」

「ああ、そうでしたか。徳島のどこですか」

「徳島市内です。仏具屋を、今は姉夫婦が継いでいて……」

「僕は日本中たいていどこでも知っていますよ。市内でいちばんうまいうどん屋はどこだか知ってますか。時間があったら連れていきますよ」

「はあ」

「あなたの着物は洒落《しゃれ》ていますね。僕は着物にはうるさいんですよ。うちの嫁さんもよく着るのでね」

「そうですの」

「うん、本当に洒落てる。帯の色もいいですね」

曇り空の四月だったが、車の中は蒸し暑かった。気温のせいではなく白木のせいであるような気がした。なれなれしい男だと思ったが、どこか、わたしではなく空中に空いた穴に向かって喋《しゃべ》っているようでもあった。

飛行機の座席は編集者だけが離れていて、わたしと白木はやっぱり隣同士だった。岸氏は新幹線で向かっているとのことだった。

「岸さんは飛行機がこわいんですって」

さっき編集者から聞いたばかりのことを白木に教えると、

「それは違いますよ」

と白木は言下に言った。

「こわいんじゃなくて、家族のために万が一にも死ねないと考えているんでしょう」

わたしはちょっとびっくりした。岸氏の長男が障害を持っていることは知っていたけれど、そういうふうに考えたことはなかったから。

それでもずっと白木と喋っていたいとは思わなかった。さっきはハイヤーのトランクに入れていた旅行鞄を、今は手元に置いていたから、資料を取り出してこれ見よがしにめくった。

ふいに飛行機が揺れはじめ、シートベルト着用のサインが点灯した。気流の悪いところを通っているが心配はない、という機長のアナウンスがあったけれど、これまで経験したことがないような揺れかただった。

わたしの右腕に、突然、白木が触れた。

「こわかったら、僕にしがみついていていいですよ」

「ありがとうございます。わたしは大丈夫です」

思わず笑いそうになるのを堪《こら》えながらそう答えた。怯《おび》えているのは白木のほうに違いなかった。そっと窺《うかが》うと、さっきわたしに触れた手で今はシートの肘掛を固く握って、目は中空を睨《にら》みつけていた。滑稽だったが、可愛らしくも思った。大きな声でずけずけと話すこの男《ひと》が、生きることにそんなにも、それこそしがみついているなんて。

わたしはちっともこわくなかった。死にたいとまでは思わなかったが、飛行機が落ちる運命ならそれでもよかった。それに運命はわたしのような女を、そうそう簡単に死なせてはくれないだろう。

「ああ、川だ」

と白木が声を上げる。

わたしたちが渡っているのは吉野川《よしの》だ。わたしと白木は、再び並んで後部座席に座っているが、車はホテルで呼んでもらったタクシーで、編集者はいない。日本の伝統工芸の職人を訪ね歩く連載をわたしは引き受けていて、今日は夕方の講演会の前に、鳴門《なると》の人形師に話を聞く約束を入れていた。そのことを飛行機の中でうっかり白木に明かしてしまったのだった。ああ、そりゃ、面白そうだ。僕も一緒に行きますよ。そう言われて、断りようもなかった。

「川のある町はいいなあ。ほら白い鳥がいる」

日本じゅうを歩いたようなことを言っていたくせに、白木は子供みたいに窓に張りついている。ずいぶん髪が多い男だと思う。耳の上で無造作に切りそろえられた髪は真っ黒で、帽子みたいに頭半分を厚く覆っている。年下なのは間違いなかったが、いくつくらい違うかふと知りたくなった。

人形師の住所を運転手に告げていたのだが、車は途中で迷ってしまった。そこを右、ああたぶんこの辺だから降りてみますよと、采配を振ったのは白木だった。そうして実際、自分の家の近所ででもあるような足取りですたすたと歩いていく白木のあとを小走りについていくと、埃《ほこり》っぽい街道に面した質素な一軒家に魔法のように辿《たど》り着いた。

人形師は六十がらみの、職人というより学者のような物腰の、穏やかなひとだった。引き戸を開けると土間があり、そのすぐ先の上がり框《がまち》が仕事場になっていた。すでに衣装を着けた阿波浄瑠璃《あわじょうるり》の人形二体が、奥の障子に立てかけられ、わたしたちを見下ろしている。壁際の棚に詰め込まれ四方八方にはみだしている、夥《おびただ》しい数の手足。人形師の仕事場であることを示すのはそれくらいで、狭くみすぼらしい小間物屋の店内のような佇《たたず》まいだった。ああ。わたしが何か言うよりも先に白木が低く大きな嘆息を洩《も》らした。

それからわたしはインタビューをはじめたが、白木もしきりに口を挟んできて、結局彼のほうが人形師の心を捉えてしまった。白木は子供のように目を輝かせ、繰り出す質問にも、その答えを聞いて口にする言葉にも、目の前の相手への掛け値なしの敬意や、いっそ憧憬が溢《あふ》れていた。

白木のおかげでおそらくわたしひとりのときよりも話は弾んだが、その中でわたしは、白木の祖母が九州で陶磁器の露天商をしていたこと、彼の父親が名のある陶工であったことなども知った。それらを白木がいかにも自慢そうに喋ることも、人形師をいっそう喜ばせるようだった。気がつくとわたしも白木の声に聞き入っていた。彼が何か喋るたび、消えがたい染料が体になすりつけられるみたいな心地になった。

大きな木片から木偶《でく》の頭を削り出していく様を、しばらく人形師は見せてくれた。その手さばきを見つめながら、ふと窺うと、盗み見たことを後悔するほど真剣な顔を白木はしていた。

「今日はどうもありがとうございました。おかげさまでお話が弾みました」

その家を辞してタクシーを拾うために歩いているとき、わたしは白木に礼を言った——幾分、自分がすっかり脇役になってしまったことへの恨みも込めてではあったけれど。

白木は黙っていた。自分の靴を見つめるようにして歩いている。それから、

「間違っているよね、こんなのは」

と言った。

「え?」

「あんなすばらしい芸術家が、あんなみすぼらしい家に住んでいる。おかしいと思いませんか。国は、ああいうひとたちをもっと大事にするべきなんだ」

白木の声が妙な具合に膨らんだので、わたしは彼の顔を見て、すぐに目を逸《そ》らした。

彼が涙ぐんでいることに気がついたから。

講演会が終わったあと、ホテルに近い料理屋で懇親会が催された。広い座敷を借り切って、講師三人に現地の関係者と編集者を合わせた十人ほどでの会食だったが、座の中心になったのは白木だった。

おそろしく酒が強い男だった。彼のためにとくに持って来させたウィスキーを水のように呷《あお》り、酔うほどに陽気になって、大きな地声をいっそう張り上げた。文学、政治、食べもの、女、どんな話題が出てもたちまち彼が攫《さら》っていった。

岸氏はうっとりと白木を見ていた。彼が白木に心酔していることはあきらかだった。この旅の間じゅう、岸氏の関心は白木にだけ注がれていて、わたしのことなど一顧だにしなかった。

白木が岸氏に話しかける。持ち上げるようなことを言ったので、岸氏は嬉しそうに微《ほほ》笑《え》んだ。白木が笑ったり怒鳴ったりしながら、意外に細やかにこの場のひとりひとりを気遣っていることにわたしは気づいた。

白木とふっと目が合った。白木は少し照れたような顔をしてから、

「あなたはよく食べますねえ」

と言った。困ったような笑い声が起きる。岸氏のことは持ち上げて、こちらにはそういう態度なわけかと、わたしはちょっとムッとした。あらためて見ると、白木は膳の皿

にほとんど手をつけていなかった。

「お酒だけで栄養を取る体にはできていませんので」

言い返すと、

「こういうしゃらっとした料理で腹をいっぱいにしたくないんですよ、僕は」

と白木は言った。わたしは今度こそ腹が立った。たしかに体裁ばかりの、さしておいしくもない料理だったが、主催者にも店のひとにも、わたしにも失礼な言い草ではないか。

「食通でいらっしゃるのですね」

皮肉を込めてそう言うと、

「豆腐一丁にしても、本物しか食いたくないというだけのことですよ」

そんなこともわからないのか、という口調で白木は言った。わたしがそれきり黙ってしまったので、場の空気は少し気まずいものになった。

「はい、はい、はい」

白木が手を打ち鳴らす。

「今日のこの膳の上にも、本物がひとつだけあるんだよ。どれだかわかるひとはいますか。わかったら一万円進呈しますよ」

それで、皆の注目はわたしから逸れて、場はふたたび沸きはじめた。結局のところわたしも彼から気遣われたということなのかもしれない。今朝ハイヤーの中で感じた暑苦しさが再び戻ってくるようで、わたしは座敷を出た。

化粧室に入ったあと、座敷とは反対方向へ歩いて、電話機を見つけた。東京の家にかけると、真二が出た。

「いたのね」

「どうしたの」

真二は驚いているようだった。わたしが旅で家を空けることは多かったが、緊急の用件でもないかぎり、旅先から連絡することなどなかったから。自分でも、なぜ電話をかけたのかわからなかった。

「宴席がうっとうしくて」

そうだ、それが理由だと思いながらわたしは言った。

「憧れの岸光太郎先生はどうなの」

「彼はわたしなんか眼中にないの。白木篤郎を崇《あが》めたてまつっているから」

「ああ、もうひとりいるんだったね。白木篤郎と一緒なんてすごいじゃないか。どう？　彼は」

「どうってことないわ。チビで、声だけが大きくて」

真二は静かな笑い声を立てた。それからわたしは何を言えばいいのかわからなくなって、会話は途切れた。真二が何か言ってくれればいいと思った。けれども彼も黙っていたので、わたしは彼に腹を立てた。

「明日、帰ってくるんだろ？」

結局、真二はそう言った。

「さあ。わからない」

理不尽に怒りを募らせたままわたしは言った。

「昨日の残りの鯖《さば》の煮付け、みはるが食べてしまったよ」

真二は面白いことを思いついたように言った。

「何の話？」

「灰色のみすぼらしい奴がさ、今朝からうちの周りをうろついてるんだよ。みはるって名前をつけた」

「野良猫の話？　いやね」

「帰ってこなかったら、野良猫のみはるを可愛がることにしよう」

「そうすればいいわ」

言い捨てて電話を切った。何かがどうにかなるという期待があって電話をしても、この男はもう自分にとってはなんの役にも立たない、ということがわかるだけなのだ。真二のためにわたしは夫を捨て、子供を捨てすらしたのに。

帰路もわたしは白木と一緒だったが、ホテルから飛行場までのタクシーの中でも、搭乗を待つ間も、白木は往路ほどには喋らなかった。

むっつりというよりはぼんやりしていて、短い会話を交わしても、通り一遍のことしか言わなかった。昨夜のことを気にしているというよりは、わたしへの関心をすっかり失ったような感じだった。

たとえばわたしがどんなふうだったら、彼の関心は持続したのだろう。白木が静かなせいで退屈にもなったので、そんなことを考えた。白木のような男の妻はどんな女なのだろう。昨夜の宴席で、妻の美しさを自慢する白木の言葉を耳にしていた。うちの嫁さんはまあ、文壇の女房の中ではぴかいちの美人だろうね、などと臆面もなく喚《わめ》いていた。

それが事実ならば、少なくとも妻にかんしては、飾っておけるような女であればいい、ということだろうか。着物をよく着る、文壇ぴかいちの美人の妻は、今頃何をしながら夫の帰りを待っているのだろう。

「長内さん、これ切ってください」

目の前にぬっと差し出されたのはトランプだった。飛行機は離陸し、シートベルト着用のサインがさっき消えたところだった。わたしと白木は、行き同様に隣り合って座っていた。

「好きなところで切ってください。ほら」

白木に急《せ》かされるままに、わたしはトランプの束をふたつに分けた。

「せっかく会ったから、あなたの未来を占ってあげますよ。僕のトランプ占いは本物ですよ。雑誌で占いコーナーを持っていたこともあるんだから。女優から政治家まで占って、どんぴしゃ当たると大評判だったんですよ」

トランプはまだ真新しくて、封を切ったばかりの箱が、白木の膝の上にあった。もしかしてこのためにわざわざどこかで調達したのか。昨夜の詫《わ》びのつもりだろうか。でも、占いなどいらぬお世話だった。そんな真似《まね》をするくらいなら、寝たふりでもしていてくれればいいのに。

「さあ、何が知りたいですか。恋愛でも仕事でもいいですよ。ただいちどきに占えるのはひとつのことだけだから、選んでください」

わたしの現在は知らなくても、これまでの恋愛のことは、わたしが書いたものや文壇の噂で白木も少しは知っているはずだった。それでわかったようなことを言われるのはまっぴらだったから、仕事のことをお願いしますと答えた。

「仕事ね。それでいいんですね」

白木は脅すように念を押すと、わたしが切った面を上にしてトランプをまとめ、広げたトレイの上に並べはじめた。色白で細くて短い指が、美しいと言っていい動きかたをした。きっと始終こんなことをやっているのだろう。女流作家と同席したとき、あるいはバーのホステス相手に。

「……クローバーの8が来たね。なるほど。こっちはどうかな。おっ、10か。いい札ですよ、これは。ここでエースが出てほしいんだけどね。さあ出ろ……ほら。出たよ。出ましたよ。最高。最高」

「最高」を「サイッコー」と白木は発声した。例によって大声を張り上げてまくし立てるからスチュワーデスがわざわざ様子を見にやってきた。いやいや付き合っていたはずだったが、気がつくとわたしは白木がめくるカードに見入っていた。

「長内さん、このエースはね、あなたのこれまでを全部流してしまうカードですよ」

「……これまでって？」

「この数年で、あなたは書くものが変わるはずだ。そう言われるとわかるでしょう」

わたしは思わず白木の顔をまじまじと見た。実際、彼が言う意味がわかったのだ。わたしはこれまでずっと中間小説を書いてきた。書いたものはよく売れ、流行作家と呼ばれていた。でも、わたしは自分の男に倦《う》むとともに、自分が書くものに倦んでいた。自分にはもっと違う小説が書けるのではないかと考えはじめていたのだ。

「信用してもよろしいのかしら」

混ぜ返す口調で聞くと、

「俺じゃなくてカードがそう言ってるんだからね」

白木は真面目な顔でそう答えた。

徳島からの飛行機が羽田空港に着いたのは正午過ぎだった。じゃあ。白木はひょいと片手を挙げて、タクシーに乗り込んだ。拍子抜けしなかったと言えば嘘《うそ》になる。昼食とかお茶とかもしかしたら昼酒を、彼から誘われたときの断りの言葉をあれこれ考えていたから。

わたしは渋々家に戻った。帰るかどうかわからないようなことを真二には言っても、目下わたしが帰る家は中野《なかの》のこの家しかないのだから。飛行場から帰りは電車を使ったので、最寄駅で降りて家まで歩いた。その道のりが長くうっとうしかった。路地に入ると自分の家が黒い塊のように見えた。自分と男が暮らす家が、こんなふうに見えたら、もうだめだ。わたしはそう考えたが、もしかしたらわたしにとって家というものはいつでも黒い塊なのかもしれなかった。男への恋情がほんの一時期その黒さを覆い隠すというだけなのかもしれない。

旅の前もそうだったように、わたしは仕事に没頭した。これまでにない量の仕事を好きこのんで抱え込んでいた。真二との暮らしのことを考えるより、小説を書いていたかった。旅の仕事も積極的に入れていたが、結局のところ家の中で仕事をしていても、旅に出ているのと同じようなものかもしれなかった。実際、書斎で徹夜して降りてきた朝、これから出勤しようとしている真二に「おかえり」と皮肉っぽく言われることは何度もあった。

帰ってから一度だけ、真二に白木の話をした。ふたりでお酒を飲みながら、あまり話すようなこともないとき、真二のほうから持ち出したのだ。ああいう小説家は女にはどんなふうなんだと聞くので、トランプ占いの話をした。それでコロリといくような女もいるんでしょうね、と。当たったのかと真二は聞き、ちっともよ、とわたしは答えた。本当のことは言わなかった。

月が変わって、文芸誌の最新号が何種類か送られてきた。中の一冊に、白木の短編が載っていた。それは九州の廃坑を舞台にして、養鶏場を全焼させた不審火や春をひさぐ少女や遺棄された赤ん坊のことなどを書いた気味の悪い話だったが、白木という男を知ってから読むと、こむずかしいというだけではない印象が残った。読み終えて、もう一度最初から読んだ。胸がざわめくのを感じた。小説というのはこんなふうにも書けるのか、こんな小説を書いてみたい、と思った。三度目を読みはじめたとき、自分が知りたがっているのは白木の小説の方法であるとともに、白木そのひとであることに気がついた。

雑誌を置くと、もう陽が傾きかけていた。昼食のあとにぱらぱらとめくるだけだったたつもりが、数時間も没頭していたことになる。仕事に戻る前にお茶でも淹《い》れようと立ち上がったとき、庭に灰色の猫がぽつんと座っているのがガラス戸越しに見えた。

本当にいたのだ、とわたしはちょっと可笑《おか》しくなる。真二が電話でした猫の話を、甘ったるい作り事だと決めてかかっていたのだった。ガラス戸を開けると猫はさっと逃げた。しかし遠くへは行かず、睡蓮《すいれん》鉢の陰に身を潜めてこちらをじっと窺っている。

「みはる、みはる」

真二がそう呼んでいたということを思い出してわたしも呼んだ。

「みはる、みーちゃん」

猫は飽きたような顔をして生垣から出ていってしまった。とたんにわたしは忌々しくなって、大きな舌打ちをひとつした。

それから二階の書斎へ行くと、自分の本を数冊選んだ。どうということのない短い手紙を書き、本に添えて小包にした。出版社経由で白木に送ってもらうために。

笙子

娘を幼稚園に送って帰ってくると、見計らったように電話が鳴った。

ヤエちゃんが取ってくれればいいのにと思うが、あちらは私が取るのが当然と思っているらしく、ダイニングテーブルで週刊誌を広げたまま動こうともしない。取りたくない、と私は思う。この前のいやな出来事の電話も早朝だった。あのときかけてきたのは看護婦で、どういう心理なのか、まるで私を詰《なじ》るような話しかたをした。

幼稚園からの連絡かもしれない。そう思い直して受話器を取った。どのみち電話を鳴りっぱなしにしておくことなど私にはできない。どんな電話にせよ、今取らなければまたかかってくるのだろうし。かけてきたのは看護婦でも幼稚園の先生でもなく、菊川さんだった。ロシア語教室で知り合った男性だ。

「白木さん、教室をやめたって、本当ですか」

前置きもなしに菊川さんは言った。それこそ、詰る口調で。

「ええ、そうなんです。急に決めたのでみなさんにご挨拶もできなくて、ごめんなさい」

「どうして……。はじめたばっかりなのに。笙子《しょうこ》さん、あんなに熱心だったのに」

「白木さん」が「笙子さん」になった。そのことでわずらわしさが何倍にもなる。菊川さんが私に好意を持ってくれていることには気づいていたが、それをさらにあきらかにされたところで、やめることはもう決まっているから。

「夫の手伝いが忙しくなってしまって、どうしても時間が作れなくて……」

ロシア語教室では、篤郎の職業は「国文学者」で、私は助手的な役目を担っていることになっている。もし聞かれたらそういうことにしておこうと、ふたりで相談して決めた。小説家だなんて明かすといろいろ面倒なことを言ってくるひともいるだろうから、と。最初は「警察官」はどうだなどと笑いながら言っていたが、あれこれ聞かれたらたちまちボロが出るからということで却下になった。どうせすぐにやめるのなら、なんだってよかったのだが。

「今やめてしまったら、きっともう一生習い事なんてできないよ。きつくても、がんばったほうがいいんじゃないのかな。ご主人にも協力してもらって……」

ああこのひとは、恋情にうかされている、と私は思う。そうでなければたかだか二ヶ月、週に一回会っただけの相手に、こうまでずけずけとお節介なことは言わないだろう。まったく、色恋を印籠みたいに振りかざすひとたちがどうしてこうも多いのだろう。

それなら私は伝家の宝刀を抜くことにした。

「自分の体調からしてもちょっと不安があって」

「えっ」

「ふたりめができたんです。つわりがひどくて」

つわりがひどいというのは嘘だったが、妊娠二ヶ月であるのは本当だった。菊川さんは気の毒なくらい狼狽《うろた》えて、すみませんとかお大事にとか口ごもりながら、ようやく電話を切ってくれた。


「誰からぁ？」

とヤエちゃんが聞く。ずっと聞き耳を立てていたのだろう。ロシア語で一緒だったひとよ、と私は事実を答えた。

「笙子さんがやめちゃって寂しいってぇ？」

これには返事をしないことにする。五年前、娘が生まれたときに佐世保《させぼ》の母が心配して、住み込みの家政婦として探してくれたのがヤエちゃんだった。私より六歳下だから今ちょうど三十歳で、ときどきどちらが雇い主かわからないような態度になるし、細やかさともほど遠いけれど、とにかく彼女がいるおかげでたった二ヶ月といえども習い事に通うこともできたわけだった。

ロシア語を習ってみたらどうだと言い出したのは篤郎だった。本当にそう思っていたというよりは、そんな言葉を妻に言ってみたかっただけだったのだろう。後日、私が市《いち》谷《がや》の語学学校のパンフレットを取り寄せて見せたとき、だから彼はびっくりしていた。

私にしてみれば、べつにロシア語でなくてもよかった。ただ、自分がこの家の外で何かできるのかどうか、試してみたかったのだ。結局、できないということがはっきりしたわけだけれど。やめる、というのは私から言った。やめてほしいと篤郎が思っていることがわかったから。

週に一度、娘が幼稚園へ行っている間の慌ただしい外出であっても、自分がいてほしいときに私がそばにいないことに、結局、篤郎はがまんできない。やめろとは言わなかったが、あとでもいい仕事をわざわざロシア語教室の日に持ち出したり、娘よりもよほど待ちくたびれた顔をして迎えられたりすれば、やめるのがいちばん簡単に思えてくる。習っている間は面白かったが、やめると決めてしまえば、それほど続けたいわけでもなかったように思えてきた。篤郎と一緒になってから、私の心は彼という男にふさわしいように作り変えられてしまった。彼ではなく、自分自身によって。

洗濯終了を知らせるブザーが鳴った。ヤエちゃんが動こうとしない――まったく、どちらが家政婦かわからない――ので、私が行く。洗濯物を持ってベランダに出る。

ベランダからは中央公園の広い草地が見える。十七号棟まである大きな団地の、南の端の六号棟の二階に、去年から私たちは住んでいる。知り合いの編集者が分譲の抽選に当たったのだが事情があって買えなくなり、うちに話が回ってきて、篤郎がその気になった。以前の小金井《こがねい》の借家に比べれば広くて清潔で便利だが、なぜかこちらのほうが借りものに住んでいる気分になる。

買ってしまったからおいそれとは移れない、と思うからだろうか。もっと有り体にいうなら、おいそれとはご破算にできない、と。それで逆に何か間違った場所にいるような気分になるのかもしれない。こういうのは、篤郎の気分の伝染だろうか。彼はそれを口に出すことはまだしないけれど。間違いなく篤郎が思っている通り、家庭を持ってよかったのだろうかと私もときどき考えてしまう――つまり、篤郎のような男と結婚してこのごに及んでも悔いていないような女が、という意味で。

干し終わって部屋に戻ると、サカさんが起きてきていた。サカさんは篤郎の祖母で、かぞえでもう九十になる。篤郎の妹が面倒を見ていたのを、結婚を機に引き取って一緒に暮らしている。ヤエちゃんがサカさん用のいつもの朝食――温めて砂糖を入れた牛乳と、耳をとって小さく切った食パンにバターを塗ったもの――を用意してくれていた。

私は向かいの椅子に掛けて、老女が食べるのを眺めた。

篤郎のじつの母親は彼が四歳のときに出奔《しゆつぽん》した。父親は父親で放浪癖があるひとで、小金井の家に一度だけひょっこりあらわれたことがあるけれど、それきり会うことがないまま数年後に亡くなった。篤郎を育てたのはこの祖母だった。篤郎は「サカばあちゃん」と呼んでとても大事にしている。しわくちゃで、真っ白なほやほやした髪の毛を僅かに生やした、鳥の雛《ひな》みたいにも見える、歯のない口をゆっくり動かしながら皿の上のものを着々と平らげていく老女。食べ終わるまで私は見ていた。それは結局、篤郎を見ていた――あるいは探していた――ということなのだろうけれど。

「海里《かいり》ちゃんはおらんとね」

「幼稚園に行っとるとよ。お昼には戻ってくるたい」

毎朝恒例のやりとり。サカさんと話すとき私は佐世保弁になる。

親子三人の寝室にしている六畳間には文机《ふづくえ》が置いてあり、そこは私の「書斎」だ。サカさんが四畳半――ヤエちゃんと共同で使っている――に戻ったので、私は机の前に座った。私がここにいるときは娘も、ママコちゃん(私のことだ)はお仕事だからじゃまをしてはいけない、と理解している。もちろん、いつでも聞き分けがいいわけではないけれど。

篤郎は国文学者ではないが、私が彼の助手であるのは本当だ。彼は原稿用紙の升目を埋めていくということができなくて、小説はノートに書く。だからそれを原稿用紙に清書する人間が必要になる。糸くずを散らばしたような小さな字は今のところ私にしか判読できない。

清書するぶんは今日はなかった。でもそれ以外にも彼がときどき私にやらせる「手伝い」がある。ロシア語をやめたのだから、今、それに取りかかるべきなのだろう。ヤエちゃんは篤郎の仕事のことは何ひとつわかっていないから、彼女の目を気にする必要はなかった。

しかしあまり集中できない。昼ごはんはどうしようか。気がつくとそんなことを考えている。娘は幼稚園でお弁当を食べてくるから、みりん干しと味噌汁くらいでいいだろうか。つわりが軽いとはいっても、やはり脂っこいものはあまり食べる気にならない。夜はどうしよう。今夜、篤郎はいない。朝早く出て徳島へ行っていて、帰ってくるのは明日になる。

それで私は、今度は昨夜の夫との会話のことを考えはじめる。徳島での講演は、岸光太郎、長内みはると一緒だということを昨日聞いたのだった。どちらにも私は会ったことはなかったが、岸さんのことは篤郎がよく話題にするし、本人から篤郎宛てに送られてくる単行本や、雑誌に載っている小説を私も幾つか読んでいた。長内みはるについては、週刊誌のグラビアなどで何度か目にしたその容姿と、小野文三《おのぶんぞう》という小説家の愛人だった、ということだけを知っていた。

何年か前に長内みはるは、小野文三ともうひとりの男と彼女との三角関係の顛末《てんまつ》を赤裸々に明かした長編小説を書いた。その小説が雑誌に載ったとき、私は最初の数ページだけ読んだ。残りを読まなかったのは、たまたま私が読んでいるところにやってきた篤郎が、ああそれはくだらん小説だよ、やめろやめろ、と言ったからだ。見計らったようなタイミングや、その言いかたから、逆の意味にも取れたのだけれど、結局、私は夫に従った。べつの機会に読むことはできたし、それがわかったとしたって篤郎は怒ったりはしなかっただろうが、それでもなんとなく、再び手に取る気にはならなかった——ようするにロシア語と同じだ。

けれども昨夜、篤郎はまるで自分が私に勧めてふたりともそれを読んだことがあるような口ぶりで、あの小説のタイトルを口にして、「ああいうふうに書かれたら男はどうしようもないよなあ」と言って笑った。私も笑った。このひとはもうすっかり忘れているのだ、と気がついて、呆《あき》れて笑ったのだった。長内みはるの小説を読むなと言ったことだけではなく、きっとこの前の出来事まで。あれはもう篤郎にとってはなかったことなのだ。

看護婦からかかってきたあの電話。幸いだったのは、あの日はたまたまヤエちゃんが海里を幼稚園に送って行ったから、そのとき家には私と夫と四畳半でまだ眠っているサカさんしかいなかったことだった。

私が取って、篤郎に渡した。「白木篤郎さんをお願いします」と先方が言ったからだ。聞きたくなかったから私は用もないのに洗面所へ行ったが、篤郎の大きな声は容易に届いた。はい。はい。知っていますが。ええ？　はい。はい。わかりました。すぐに行きます。病院の場所を教えてください。

それから「おーい」と篤郎は私を呼んだ。ウィスキーのおかわりを持ってきてくれと書斎から呼ぶときみたいに。そして私が出ていくと、「すまないけど、見舞いに行ってきてくれないか」と言った。

「見舞い？　誰の？」

「知り合いの女が手首を切ったんだ。何か考え違いをしていて、俺を呼んでるらしいんだよ」

「だったらあなたが行くべきでしょう」

「俺が行くとまたみょうなふうになるから。本当に考え違いをしているんだよ。こういうのは女同士のほうがいいんだ。あんたが行ったほうが相手も納得するから」

篤郎はあきらかに動揺していて、動揺のあまり、後先のことは考えていなかった。少なくとも相手の女と私の気持ちはこれっぽっちも考えていなかっただろう。とにかく一刻も早くこの件を片付けて、無関係になりたがっていた。実際のところ彼の中で、女はすでに他人だったのだろう。だから躊躇《ちゅうちょ》なく私を行かせたのだろう。

そう——私は行ったのだった。よそ行きのワンピースに着替えて、途中銀行に寄って篤郎から指示された通りに、けっこうな額のお金をおろして。たいていの妻はこんなときには行かず、かわりに夫を問い詰めたり詰ったり泣きわめいたりするものだということも知っていたけれど、それはただの知識にすぎなかったし、「たいていの妻」がどこにいるのかもわからないと思っていた。私にとっては行くことがいちばん簡単だった。なぜなら自分がすでに篤郎を許そうとしていることがわかっていたから。

女はまだ二十代の後半くらいで、たくさんの血が失われてベッドに横たわっているときでさえ、ふっくらとして可愛らしかった。私は彼女の名前を知っていた。「バーにいる面白い女」として、ときどき篤郎がその名前を口にしたからだ。女のほうは私を訝《いぶか》しげに見上げ、私が名乗ると衝撃をあらわにした。少し泣いたが、結局は私が行ったことで、あきらめがついたようだった。篤郎がそこまで計算していたかどうかはわからないけれど。

私は小一時間病室にいて、女の話を聞いた。篤郎が自分に言ったこと、したこと、そしてしなかったことを女は話した。それから自分がしたことも。途中で覗《のぞ》きにきた看護婦は、私を女の姉だと思ったようだった。男に騙《だま》された妹を慰めているのだと。

「ごめんなさいね」

私は言った。

「どうして奥さんがあやまるんですか」

そのときはじめて女の声は険しくなった。

「ずいぶん傲慢なんですね」

私はそれには答えなかった。私のこの態度を傲慢というのなら、私は傲慢になるしかない、と考えていた。これは態度というより方法だからだ。これ以外の上手《うま》い方法を思いつかない。

女にお金を渡して――思っていたよりあっさり受け取ってくれたから助かった――、家に戻った。「早かったな」という出迎えの言葉とは裏腹に篤郎は待ちかねていたようだった。女と私とを会わせることの危険について、ようやく考えが及んだというふうだった。

「おかしな女だったろう。へんなこと言われなかったか」

そのときはもう帰宅していたヤエちゃんや娘の耳を気にして、玄関先で声を潜めて篤郎は言った。どのみち不穏な気配を娘はともかくヤエちゃんは容易に察して、あとで私がしつこく詮索されることになったのだが。

「本気で死ぬつもりではなかったんでしょう。もう大丈夫だと思うわ」

私は夫の質問には答えずにそう言った。

「金は受け取ったのか」

「ええ。でもあとで、あなたから電話してあげたら」

「いや……そうするとまたみょうなふうになるから」

でも、このひとは電話するかもしれない。一件落着したことにホッとして。そしてその電話をきっかけにして、ほんのしばらくの間かもしれないけれど、情事を再開するかもしれない。

そう思ったけれどもちろん口には出さなかった。ほかにも言わないことはあった。女が私に打ち明けたこと。二度、篤郎の子供を堕胎したと言ったこと。ええ、もちろん白木さんは知っています。一度めのときは病院に付き添ってくれました。次にもし子供ができたら、そのときは産んでほしいって彼は言ったんです。でも……。

それを女から聞いたことを、私は篤郎に言うつもりはなかった。

「ごはん、今日はどうしますかぁ」

ヤエちゃんがキッチンで声を上げる。私は米を研ぐために立ち上がった。文机の前には一時間あまり座っていたが、結局何もできなかった。まあそんな日もある。

ロシア語をやめなければよかった、とちらりと思う。あの教室でキリル文字と格闘している間は、よけいなことを考えずにすんだから。

篤郎は翌日の午後に帰ってきた。

今、羽田に着いたところだという電話があって、「ろくなものを食っていない」と情けない声で言うので、夕方に行くつもりだった買い物を慌ただしくすませた。

「ああ、うまい。やっぱりうちの飯がいちばんうまいな」

熱々の呉汁《ごじる》――大豆を潰したものを味噌汁に仕立てたもので、これは昨日のうちに用意してあった――を啜《すす》って、篤郎は満足げに言う。ほかの家族はすでにすませているので、彼ひとりの遅い昼食で、テーブルの上にはほかに茹《ゆ》でたそら豆、佐世保のすぼ蒲鉾《かまぼこ》をさっと煮たもの、鯨の尾の身の刺身が並んでいる。それにもちろんウィスキーのオンザロック。帰ってきてから二杯目だ。

「ごはん、まだいいの。炊けたわよ」

「おっ。じゃあ少しもらおうか」

今日の昼は私たちは冷やご飯を温め直してすませたのだが、篤郎は炊きたてのごはんしか食べたがらないから、急遽《きゆうきよ》一合炊いたのだった。小さな土鍋で炊き上がったご飯をしゃもじでさっと返し、三口ぶんほどをふわりと茶碗によそう。

「ごま塩をくれ」

はふはふ、と声を出して篤郎はごはんを口に運ぶ。貧乏育ちで、口に入ればなんでもいい、というようなときもあったと本人から聞いているが、存外にきれいな食べかたをする。

「海里ちゃんもごはん食べる」

よほどおいしそうに見えたのだろう、私の隣に座っていた娘がねだった。

「海里ちゃんは幼稚園でお弁当食べたでしょう?」

「食べる」

「弁当より炊きたてのごはんがいいよなあ。食べろ食べろ」

それで娘の小さな茶碗――「狼《おおかみ》少年ケン」の絵が入っている――にもほんのすこしよそってやる。娘は父親の真似をしてごま塩をふった。

「うまいか」

「うん」

「鯨も食ってみるか」

偏食でなまものなど普段はまったく食べようとしないのに、その場の勢いで娘は父親が箸で差し出した尾の身を、ぱくりと口に入れる。一瞬、複雑な表情になったがどうにか飲み込み、「おいしい」と言ったから私も篤郎も笑った。

「海《かい》ちゃんもうまいものがわかるようになってきたんだな。小さい頃からこういうものを食ってれば間違いがないよ」

篤郎は娘の頭を撫《な》でる。めったに撫でられることはないので海里はきょとんとしている。篤郎は海里を可愛がっていないわけではないけれど、子供好きな男ではない。今日はばかに機嫌がいい、と私は思う。浮き立っているといってもいいほどだ。そしてそれは、今回の講演旅行で何かがあったせいなのだろうと私にはわかる。

「どうだったの、徳島は」

「あんたも飲めよ」

私と夫はほとんど同時に発言する。私は自分のぶんのオンザロックと、夫のおかわりを作るために立った。ものの本には妊娠中には飲酒は控えるようにと書いてあるけれど、海里を妊娠しているときから「この程度ならかまわない」ということにうちではなっている。

もう自分の相手はしてもらえないとわかったのだろう、海里は食べかけのごはんを放り出して、六畳間へ行ってしまった。ヤエちゃんが縫いものをしているようだから見ていてくれるだろう。茶碗にごはんを残すことを篤郎はこの前は叱ったのに、今日は何も言わなかった。もう娘への関心が失われたのだろう。

「うどんを食いたかったけど食うひまがなかった、講演会もまあ、こういうもんだろうと考えてた通りだった。客はけっこうたくさん入ってたよ」

篤郎はグラスを受け取りながら言った。

「ただ人形作りの職人に会えたんだよね。近江巳之助《おうみみのすけ》って知ってるか。浄瑠璃の」

「講演会に見えたの？」

「いや、彼の家へ行ったんだ。長内みはるがインタビューに行くというから、ついていった」

それからしばらく篤郎は、その人形師について喋った。彼の仕事や心ばえのすばらしさ、そんな人間を厚遇しない国への憤懣《ふんまん》。

いつものことだが、私は不思議な気持ちで、そして少し憂鬱《ゆううつ》にもなって、夫の顔を眺めた。篤郎は仕方のない嘘吐《つ》きだが、こういうときの興奮や怒りだけは本物なのだ。それは彼という男の最悪なところでもある。砂は砂だけでできていればいいのに。そうして、その熱心な語りの向こうに、透けて見えるものもあった。私は篤郎が聞いてほしがっていることに気づいた。だから聞いた。

「長内みはるさんは、どんな方だったの」

「しゃらーっとしてたよ。案外、いい着物を着てるんだ。ああいう女を好きな男がいるっていうのはわかるよ。俺はちっともいいと思わんけどね、ああいうのは」

「向こうも同じように思ってるわよ、きっと」

「そりゃ、そうかもな。でも帰りの飛行機でトランプ占いしてやったら、びっくりしてたよ、当たってるって」

長内みはるの著書が数冊、テーブルの上に置かれていたのは、それから一週間ほど経った日のことだった。

さっき届いた小包の中身がこれだったのだろう。中の一冊は以前に話題にした私小説だった。椅子に座ってほかの郵便物をあらためていた篤郎は私が見ていることに気づいて、「ほら、これ」とその本を示した。

「本人から送ってきたんだよ。これを俺に読めっていうのはどういうことかね」

篤郎は笑った。満足げな顔だった――呉汁を飲むときと同じような。

そのあと、私が海里を迎えに行こうとしていると、「これ、出しといて」と篤郎から頼まれた。長内みはる宛ての葉書だった。受け取って、階段を下りながらそれを読んだ――わざわざ私に託すということは、「読め」ということなのだろうと思えたから。

文面はどうということはない礼状だった。ただ、本だろうが果物だろうが、礼状はいつでも私に書かせる夫が、自分でさっさと書いたということが特別だった。本、受け取りました。これから読んでみます。そのうち僕の本も送ります。ありがとうございました。それだけが葉書の面いっぱいに書いてあり、あとから思いついたように隅のほうに小さな字で、「占いの効果はありましたか」とある。

幼稚園の手前にある郵便局のポストに、私は葉書を投函《とうかん》した。ストンという音が聞こえるはずのない音量で耳を打ち、馴染《なじ》みのある予感はすでにはっきりしたものになっていた。

chapter 2
1966
夏から冬

みはる

あかるくなっても真二は戻らず、原稿は進まなかった。わたしは苛立《いらだ》ちながら髪を梳《す》いた。

櫛《くし》に絡みついた幾本かの髪の毛を、しばらく見下ろす。抜けた髪の毛というのは、それが自分のものであるとわかっていても、敵意のようなものが湧いてくるのはなぜだろう。

それから、ふっとべつのものが見えた。まるくやわらかな頬。そこに張りついた幾筋かの髪の毛をはらってやる自分の指。頬はつめたい。ずっと外遊びしていたせいだ。頬から指をわざとすべらせ、小さな唇の中にぽんと入れてやると、きゃーっという嬉しげな声が上がる。

実際に、自分のすぐうしろでその声が聞こえた気がして、わたしは思わず振り返った。いつもと変わらぬ書斎の風景があるだけだった。積み上がった本、書き損じた原稿、冷えたお茶が底に溜《た》まっている湯呑《ゆの》み。

わたしは再び仕事を続けた。午前九時を回ったところで、下へ降り、真二の会社に電話をかけた。応答した事務員に、彼が出社していることをたしかめる。取り次ぎは無用です、と言う前に彼が呼び出されてしまった。

「申し訳ない、あっちにいた」

「あっち」というのは会社のそばにわたしが借りてやっているアパートのことだ。しばらく使っていなかったのに、最近になってそこに泊まることがまた増えている。

「泊まるのはいいけど、何かあったんじゃないかと心配になるから電話くらいして頂戴」

「どこかで死んじまってたほうがよかっただろ」

「バカなこと言わないで」

でも真二の言う通りかもしれない。彼の無事ではなく無事でないことを知らされたくて、わたしはいちいち電話をするのかもしれない。

置いた受話器をすぐ上げて、出版社に電話をかけた。知りたい電話番号を、担当者はすぐに教えてくれた。理由も用意しておいたのだが、とくに聞かれることもなかった。それからわたしは着物を着替えた。今日は五月の最後の日だったが、仕上がってきたばかりの琉球絣《りゅうきゅうがすり》の単《ひとえ》を着ることにする。癖のある作り手の独特な赤に合わせる帯をあれこれ考え、あまりことさらな感じにならないような、締めなじんだベージュの染めの帯を選ぶ。ようやく身支度が整うと、さっき教わった番号を書き留めたメモをハンドバッグに入れて、家を出た。

もったりした晴天で、風がなくて蒸し暑い。大通りでタクシーを拾い、四十分ほど乗って、桜上水《さくらじょうすい》の駅前で降りた。降りたことのない、私鉄の駅。うちがある中野のような町に比べると、駅前の風景はすっきりしていて、そのぶんなにかすかすかした、急拵え《きゅうごしら》な感じがあった。わたしはきょろきょろと辺りを見回し、電話ボックスを見つけると、メモの番号に電話をかけた。わたしはためらわなかった。これはためらうようなことではないと、自分に言い聞かせていたから。

「もしもし」

応答したのは女の声だった。穏やかな声。

「白木さんのお宅でしょうか」

「はい」

「白木篤郎さんはいらっしゃいますか。長内みはると申します」

「はい……お待ちくださいませ」

名乗ったとき、ほんの微《かす》か、はっとするような気配が相手にあった。もちろん、小説家の妻ならば、わたしの名前くらいは知っているだろうけれど。

受話器を置いて、移動する足音が聞こえた。それから重そうな引き戸を開ける音。きっと白木は書斎にいるのだろう。話し声は聞こえない。わたしからの電話は白木にどんな言葉で伝えられるのだろう。あなた、電話よ、長内みはるさんから。篤郎さん、電話よ、誰からだと思う？ 様々に想像してみる。また足音。さっきよりも重い、早足の。椅子を引く音、なにかがぶつかるガタンという音。狭くてものがごちゃごちゃある家の中を思い浮かべる。

「はい。白木です」

突然、太い声が響いて、わたしは頭がくらりと揺れるような心地がした。

「長内でございます。突然ごめんなさい。あの、わたし今、桜上水の駅前に居りますの」

ひと息に言うと、

「えっ」

と白木はひどく驚いた声を上げた。

「団地を書こうと思っているので、見学に来ましたの。たしかこちらの団地にお住まいだと仰《おつしゃ》っていたのを思い出して、それで……」

「ああ、わかりました。迎えに行きますよ。駅のどっち側にいるんですか」

白木に言われた通りに、わたしは短い商店街を下り、見えてきた団地のフェンスの前で待った。白木に会うためにここまで来たのに、何か理不尽なことに巻き込まれているような気持ちで。白木はきっとわたしの非常識に呆《あき》れているだろう——そのことさえ、自分ではなく白木に仕組まれたような気がした。

白木は自転車でやってきた。団地に沿った坂道をゆっくりと上がってきて、わたしの前でキイッと止まった。クリーム色の長袖のポロシャツに、焦げ茶色のコール天のズボンという軽装だった。

「やあどうも。こりゃまた、どこの皇太后かと思いましたよ」

それが白木の第一声だった。着物のことを言っているのか、それとも突然の来訪を茶化しているのか。詫《わ》びめいたことをわたしがぼそぼそ言うと、白木はぱっと自転車を降りて、「案内しますよ」と歩き出した。今、彼が来たのとはべつのほうから、団地の中へ入っていく。

広い石畳の両側に、真新しい薄ピンク色の五階建ての建物が並んでいる。舗道の両側はまださほど高さがない桜の木が縁取っている。この団地ができてから日が浅いのだろう。駅前と同じような印象を受ける。清潔だがよそよそしくて。だだっ広いが面白みがなくて。

「団地の何を書くんですか」

白木が聞いた。

「何というか……次の短編の主人公の住まいを、団地にしようかと考えているんですの。来てみれば、なにか思いつくこともあるかと」

「つまらんところですけどね」

わたしの心の中を覗《のぞ》いたかのように白木は言った。

「こちらに越してこられたばかりなんでしょう」

わたしがそれを知っているのは、徳島の講演会の後の宴席で、彼が喋《しゃべ》っていたからだった。SF小説みたいなところですよ。そのときはむしろ自慢げに、そう言っていた。

「まあ、つまらんところが小説としては面白くなりますからね」

建物は十七号棟まであるのだと白木は説明した。途中途中に焼却炉があり、あるものからは煙が出ていた。不快なようで、どこか懐かしいようでもある匂い。舗道は団地内を縦断していて、突き当たりに木立に囲まれた小さな公園があった。木製のベンチだけが円形に並べられていて、逢引《あいびき》する男女のために作られたような場所だった。ベンチに沿ってわたしたちはぐるりと歩いた。「座りますか」と白木は言ったが、すぐに「ま、いいか」と自分で答えた。

「そうだ、滑り台へ行こう」

わたしたちは来た道を戻って、途中で左に曲がった。今度は遊具や砂場がある、子供用の公園があらわれた。滑り台というのは一段高くなった中央にある、二階屋ほどの高さと幅がある大きなもののことだった。「滑ってみますか」と白木は言い、「まさか」とわたしが答えると、白木はひとりで階段を駆け上っていった。

滑り台の上に着くと、白木はわたしを見下ろして笑った。乱杭歯《らんぐいば》があらわになるその笑顔を見て、わたしはようやく気がついた。この男はここにわたしがいることに――あるいはここにわたしといることに、すっかり度を失っているのだ。

両足を揃《そろ》え、両手を上に挙げた滑稽な格好で、笑顔のまま白木は滑り降りてきた。近くで遊んでいた小さな子供たちが不審そうに彼とわたしとを見比べる。おじちゃんと一緒に滑るか？　白木は子供のひとりに話しかけて無視されると、わあ、と叫んで階段を使わずに滑り台を駆け上った。

公園の横には広々した草地があって、わたしたちはそこへも行った。もうすぐ正午で、小さな子供を連れた若い夫婦が敷物を広げて弁当を食べていたが、ほかには誰もいなかった。そのひとたちの前を通って草の上をさくさくと歩いた。

白木は突然立ち止まると、草地に面した建物を指差した。

「二階の端、あそこが僕の家ですよ」

箱の中のビスケットのように並んだベランダの、中のひとつをわたしは見た。物干し竿に洗濯物がはためいている。タオルや、水色の子供用のスモック。小さな木箱の上に赤い花の鉢がひとつ。ベゴニアだろうか。

「お子さんがいらっしゃるのですね」

「そう。女の子で五歳になります。十二月にもうひとり生まれるんですよ」

「まあ、おめでとうございます」

「僕の祖母も一緒に暮らしているんですよ。間もなく九十になりますが、毎晩酒を飲んで煙草を吸ってる。僕を育ててくれたひとでね、嫁さんがよく世話してくれてるけど、まさか人生の最後にこんなところに連れてこられるとは思ってなかったでしょう」

「きれいで、気持ちのいいところじゃありませんか」

お為《ため》ごかしを言うなというふうな目で、白木はわたしを見た。ここでの暮らしは、自分で選んだことだろうに。それともわたし自身が自分の暮らしにときどき感じるように、なにかを強制されている感じ、なにか間違ったことをしている感じが、彼にもあるのだろうか。白木から目を逸《そ》らしてあらためて建物を仰ぐと、その向こうは空で、その青と薄ピンク色の外壁との組み合わせを、わたしはなにか奇妙な気分で眺めた。どちらもこの世にはない色みたいに見えた。今、わたしと白木にだけ見えている色みたいに。

それから彼が立ち上がったから、このあと、彼の家へ連れていかれるのだとばかり思った。白木の家族と一緒に昼食をとるような事態は遠慮したい、どんなふうに断ればいいだろう。そんなことまで考えていたのに、白木が向かったのは団地の出口だった。上がっていく坂道は、最初に白木があらわれた道だった。駅前まで自転車を押しながら彼はわたしを送ってくれたけれど、その間、ほとんど無言だった。口を利いたら最後わたしを追いかえせなくなる、とでもいうように。

「まあ、じゃあ、がんばって書いてください。こんどゆっくり酒でも飲みましょう」

駅へ着くと、ようやくほっとしたように、白木はそんなふうに言った。

女主人公に団地の中を歩かせていると、向こうから白木がやってくる。ゆっくりと自転車を漕ぎながら。女に目を留め、つまらなそうな表情になり、行き過ぎる。

焼却炉に直結するダストシュートに女が手紙の束を放り込んでいると、頭の上でドアが開く音がして、白木が階段を下りてくる。水色のスモックを着た女の子の手を引いて、女と入れ替わりにダストシュートの前に来て、手紙を一通だけ、そこに投げ込む。

わたしはペンを置くと、下に降りた。真二は今日は午後八時頃帰ってきていたが、わたしは書斎に詰めきりでろくに顔も合わせていなかった。自分で敷いた布団で真二はぐっすり眠り込んでいた。帯を解き、長襦袢《ながじゅばん》だけの姿になって、真二の布団に滑り込んだ。

うしろから、男を抱く。メリヤスの下着の襟から伸びた首筋に、鼻と唇を埋める。この男を愛して、はじめて自分の人生を生きはじめた気がしたものだった。婚家を出奔《しゅっぽん》したとき、不安や罪悪感を上回る高揚があった。けれども真二は、わたしがそこまでするとは思っていなかったのだ。責任を負いきれなくなり、わたしを捨てた。わたしは東京でひとり生きることになり、小説を書きはじめ、小野文三と知り合って、彼を愛した。小野は家庭のある男だったけれど、わたしたちは愛し合って、半同棲《どうせい》のような暮らしをして十年が経った頃、真二が再びわたしの前にあらわれたのだった。事業に失敗してやつれ果てたその姿を見て、わたしは彼を選ぶという間違いを犯してしまった。互いの負い目をなすりつけ合いながら、それを愛だということにして、そのままずるずると今日まで来た。腕の中のこの男が誰なのか、今はもうわからない。

真二が目を覚まして、こちらを向いた。長襦袢の胸元に手を差し込みながら「餌の時間か」と呟《つぶや》いた。

腹は立たなかった。ただ、どちらがどちらの餌なのだろう、と思った。お互いに、まだ食べる部分が残っているということか。食べ尽くせば終わりになる。そのために食べるのだと思った。

「ああよかった、いましたね」

電話は白木からだった。午後八時過ぎ。軽く夕食を済ませて、お茶でも淹《い》れようかと思っているところにベルが鳴った。

「すぐ近くにいるんだけど、ちょっと寄ってもいいですか」

どうぞおいでくださいとわたしは答えた。びっくりしたし、動揺してもいたけれど、この前の自分の行動のことを思えばそう応じるしかない。

「酒はありますか」

「ええ、ビールとウィスキーなら」

「それで御の字です、じゃああとで」

三十分もしないうちに白木は来た。彼の背後で雨が降りはじめていた。座敷に通して、ちゃぶ台を挟んで向かい合った。

ウィスキーをロックで飲むというので氷と酒とグラスを運んでいくと、自分でわたしのぶんも作って何も言わずにひと口飲んで、「やっぱり旨くないな、ウィスキー飲むならオールド・パーくらい置いておかないとだめですよ」と言った。

「これは、うちにいる男が飲むんです」

白木のずうずうしさがいっそ面白くなりながらわたしは教えた。

「そのひとは今日はどうしてるんですか。まだ帰ってこないんですか」

「どうでしょう。わたしにはちっともわかりませんの」

「帰って来ればいいのにね。三人で飲んだら面白そうだ」

そう言いながら、その男は今どこにいるのだとも、呼んだらどうだとも白木は言わなかった。男がいる女の家に上がりこんでいることも、どうとも思っていないふうにふるまっていた。

今日の白木は、細い縞《しま》模様のカッターシャツの上にジャケットを羽織っていて、はじめて会った講演会のときと同じような姿だった。飲みはじめてから彼がそれを脱いだから、わたしは受け取ってハンガーに掛けに行った。戻ってくると、呆れたことに白木は靴下まで脱いでしまっていた。行儀が悪い男であるのは間違いなかったが、わざとそうしているようにも感じられた――子供が、はじめて訪れた家ではしゃいでみせるみたいに。あぐらを組んだ足は白くて細かったが、そんな体つきには大きすぎるような踝《くるぶし》が灯に照らされて生々しく見えた。

「今日はどちらからいらっしゃったんですの」

「新宿でちょっと用があって」

白木は具体的には答えなかった。なんとなく、彼は最初からこの家を目指して家を出てきたのではないかという気がした。

「ここは紀伊國屋《きのくにや》へ行くにも近くていいですね。あなたは日頃どんな小説を読んでるんですか。フォークナーなんか読みますか」

読んでいますとわたしは答えたけれど、どうせろくに読んでないんだろうという口調で白木は喋りはじめた。そのアメリカの小説家のすばらしさについて、まるで自分自身のことみたいに語った。実際のところ、彼は自分自身のことを語っていたのかもしれない。

そうかと思えば、

「紀伊國屋といえば、この前面白いことがありましたよ。僕の本を熱心に見ている男がいてね」

そんな話をはじめたりした。

「あまり一生懸命見ているから、ちょっと感動したというか、嬉しくなってね。その男が本を持って歩き出したから、声をかけてみようかという気持ちになったんですよ。自分はその本の著者だが、よかったらサインをしますよと言おうかと……。そうしたらそいつ、本を持ったまま、レジを通らずにすうっと出ていってしまった。堂々たる窃盗ですよ。あれはびっくりしたねえ。もっと早く声をかけてたらどうなっていただろうと考えると面白くてね……」

「小説みたいな話ですね」

「そう、作り話だと思うでしょう、でも本当のことなんですよ。俺が書く小説みたいだって、みんな言うけどね。俺が書くならもっと上等なストーリーにしますよ」

いつの間にか「僕」が「俺」になっていた。そんな感じであっという間に数時間が経ってしまった。日付が変わる頃、白木はことさらな動作で腕時計を見ると、ああもうこんな時間か、と言って立ち上がった。じゃあ、また飲みましょう。引き止められたがっている素振りも見せずに、いっそ冷淡な様子になってさっさと上着を身につけた。雨は本降りになっていて、わたしが差し出した男ものの傘をためらいなく受け取って、自分の家から出ていくように帰っていった。

一週間後、その傘を返しにきたという名目で白木は来た。そのあとは二週間に一、二度の頻度で訪ねてくるようになった。

真二と白木が顔を合わせる機会はずっとなかった。「三人で飲んだら面白そうだ」などと言っていたくせに、白木は訪問の前には必ず電話してきて、わたしの応対で真二の存在が感じられると、「じゃあ、またにしますよ」と電話を切った。といってわたしは、真二に白木のことを隠していたわけではない。オールド・パーを常備するようになった理由を説明しなければならなかったし、なによりわたしと白木の間柄は、二、三時間ちゃぶ台を挟んで酒を飲み交わす以上のものではなかったから。

原稿を取りにきた男性編集者に、酒や食事をふるまうこともあったから、白木もそういうひとりだと考えることもできた。ただ、彼がわたしにとってとくべつな男であることは、どうしようもなく真二に気づかれていただろう。

白木が帰ったすぐ後に、真二が戻ってきたことがあった。

「ああ、白木さんか」

まだ白木がいたときのままのちゃぶ台の上を一瞥《いちべつ》し、真二はどうでもよさそうに呟いて、白木が土産に持ってきてふたりでつまんでいた押し寿司をひとつ、口に入れた。その顔の上には不快も嫉妬もあらわれてはいなかったけれど、無表情という表情があった。

「知っていますか。俺とあなたは同じ誕生日なんですよ」

ある夜、白木がそう聞いた。

「まあ、本当に？　五月十五日？」

「あなたは幾つになるんですか」

「四十四歳になります」

「じゃあ俺の四つ上ですね」

「そうなんですね。もっと上かと思っていたけど」

白木の本の著者プロフィールで、彼の生まれ年をたしかめていたから年齢差は知っていたけれど、わたしはそう答えた。

「白木さんの奥さんはおいくつ？」

「えーと、今三十六かな」

そのことは知らなかった。白木よりも四つ下。わたしよりもずいぶん若い。

「奥さんの声はいい声ね。やさしくて……」

「えっ、いつ話したんですか」

「団地にうかがったときに、電話したじゃありませんか」

ああそうか、と白木はほっとしたような声を出したが、講演会のときのように妻の自慢をしようとはしなかった。そうなるとわたしのほうが、彼の口から彼の家庭のことが聞きたくなった。

「もうかなり目立つでしょう、十二月が予定日なら……」

「そうでもないよ。もともとが細いひとだから」

「上のお子さんはお嬢さんなのよね。次は男の子がいいとか、ふたりとも女の子がいいとか、そんなことを白木さんも考えたりするもの?」

その答えを、実際のところわたしはとくに知りたいわけではなかった。知りたいのはべつのことだった――たとえば、白木はずっとこのままわたしの「友人」でいるつもりなのか、というようなこと。でもそれは聞けなかったから、かわりの問いが必要だったのだ。

白木は答えなかった。黙ってグラスに目を落としているから、怒っているようにも見えた。つまらない女だと思われたのかもしれないと、わたしが後悔しはじめたとき、

「あなたは子供を持つことは考えなかったんですか」

と不意に白木が聞いた。わたしは喉元に手を突っ込まれたような心地がした。もちろん白木は、わたしの来し方をすべて知っているわけではないのだ。

「……女の子を生みました。婚家から逃げ出したときに置いてきて、それきり二十年近くも会っていません」

「ああ……そうなのか」

白木の呟きはわたしへ向けられたものではなくて独り言のようだった。

「俺の母親も、俺を捨てたんですよ。男を作って、出て行った。俺が四歳のときに」

わたしはとっさに返答ができなかった。そういえば、祖母に育てられたと以前言っていた。母親は早くに亡くなったのだろうと勝手に思い込んでいた。

「お母さんとは、それっきり？」

「子供の頃に、一度自分で会いに行きました、佐世保にいる頃に。ばあちゃんは行くなって言ったけど、会いたくてね。ばあちゃんの言う通りだった。行かないほうがよかった」

わたしは再び、何も言えなくなってしまった。すると白木がへヘッと笑った。照れたような、困ったような笑いかただった。

「おかしな偶然ですね、俺とあなたは」

玄関の戸が開く音がした。ああ、真二が帰ってきてしまった。そう思いながらわたしは何か動くことができずに、ぼんやり座っていた。真二がひょいと顔を出して、ふたりの男が挨拶を交わすのを、他人のような顔で見ていた。

それから小一時間ほど、三人で飲んだ。真二は最初は戸惑っていたけれど、最終的には白木の話術に引き込まれて、笑い声を上げさえした。真二が席を立つ前に、白木が「じゃあ、そろそろ」と腰を上げた。

わたしは彼を玄関の外まで送っていった。追いすがったように真二の目には見えるかもしれないと思ったが、かまわなかった。実際のところそうだったのかもしれないから。いつものようにさっさと歩き出そうとした白木は、ふっと思い出したように振り返った。

「来月の九州……」

わたしが講演会を引き受けて、来月福岡へ行くということを、さっきちらっと話題にしていた。

「僕も行きますよ、同じときに。宿泊先がわかったら、教えてください」

わたしはぽかんと白木を見た。白木は背中を向ける前の一瞬、へへッと笑った。さっきと同じ、照れたような、困ったような笑いかたで。

その年の冬に、わたしは京都に家を買った。そうして、実質的に真二と別れた。修羅場はなかった。真二はあっさりとわたしの人生から立ち去っていった。眠らせない拷問を受けていたひとが、ようやく許され、ベッドに倒れ込むかのような別れだった。固くもつれあった紐も、一方が引くのをやめれば簡単に解《ほど》けるのだと思った。

わたしは真二が羨ましかった。今はもう自由な真二。真二と別れてなお、同じ道を自分だけがまだ歩き続けていた。真二のために夫と娘を捨てて以来、ずっと歩いている道を。


わたしはドアを見ている。

夏、それは開き、白木が入ってきたのだった。博多のホテルの一室だった。そのあとドアは何回開いただろう。

今は十二月の終わりで、わたしは目白台《めじろだい》のアパートの一室にいる。京都の家を買ったすぐあとに、東京での仕事場として借りた部屋だ。そのドアが今夜も開く。灰色のオーバーコートを着て濃い緑色のマフラーを巻いた白木は、ケーキの箱を持っていた。

「叩《たた》き売りみたいにして売ってたから、買ってきた」

リビングのテーブルの上で開けてみると、クリスマスケーキが入っている。無造作にぶら提げてきたのだろう、サンタクロースの人形が生クリームの上に俯《うつぶ》せていた。ああそうか、今日はもう二十五日なのだと気がついた。休みなく仕事に没頭していて、クリスマスどころではなかった。

氷を入れたロックグラスに酒を注ぎながら聞くと、いや、俺はいいよと白木は言った。

「今、食べる？」

「あとでゆっくり食ったらいいよ」

「ひとりじゃこんなの食べきれないわ」

「そう？　じゃあ持って帰るかな」

どうせ置いていくくせに。そう思いながらわたしもウィスキーを飲む。強い酒が喉を通り、張りつめていた神経がようやく少し緩んでくる。

「お墓のことやなんか、もう落ち着いた？」

「うん……どっちみちうちには墓はないから。妹がなんかやいやい言ってきたけど、ばあちゃんの骨を持っている権利は俺のほうにあるからね」

遺骨が財産でもあるかのような話しかたを白木はした。十日ほど前に白木の祖母が亡くなったのだった。その日、会う予定だったのが会えなくなって、わたしにも知らされていた。

「泣いたんでしょう、ずいぶん」

わたしがそんなことを聞いたのは、その夜の白木の雰囲気がどこかいつもと違う感じがしたからだった。泣かないよ、もう覚悟はできていたからね、と白木は言った。

「死んでから、写真を撮った」

「写真？　ご遺体の？」

「嫁さんからは止められたけど、どうしても撮っておきたくて。どうしてだろうな、そうしないと心の決まりがつかなかったのかな」

わたしはなんだかいたたまれなくなって、立ち上がってナイフを持ってきた。ケーキの上のサンタを立たせて、その部分を切った。食べはじめると、さっきはひとりで食べろというようなことを言っていたくせに、「よせよせ、あとでもっと旨いものを食いに行こう」と白木は言った。

「ふたり目がもうすぐ生まれるから、ばあちゃんはその子に生まれ変わってくるんじゃないかって、家の者は言ってるよ」

「もうすぐなのね。いいの？　こんなところにいて」

「よろしいんじゃないでしょうか」

白木はおどけた口調で言って、わたしが切ったケーキの上からサンタクロースをつまみ上げて、口にくわえてひょっとこみたいな顔をしてみせた。その顔で迫ってきたから、わたしは逃げて、わたしたちは笑いながら寝室へ行った。

抱き合ったあとふたりともすっかり空腹になって、外へ食事に出ることにした。わたしが身支度をすませて出ていくと、白木はもうコートを身につけて、不器用な手つきで首にマフラーを巻きつけているところだった。

その姿がかわいらしくて、わたしはつい手を出した。首にぴったり巻きついているマフラーを少し緩めようとすると、白木はちょっと身を引くようにしてから「これ、いいだろう」と言った。

「きれいな色ね」

「ほしかったら五千円で売るけど、どう？」

「高いわねえ」

「特別製だからね。嫁さんが編んだんだ」

「へえ。それなら一万円払うわ。譲ってよ」

白木はニヤッと笑った。わたしの答えが気に入ったのだろう。男と女の関係になってから、白木は再びわたしの前で、出会った頃よりもずっと露骨に、妻の自慢をことさらにしてみせるようになった。

白木はそういう男なのだと、わたしはもう知っていた。そういう男を、わたしはすでにどうしようもなく愛していた。

笙子

夕方、篤郎はいったん家を出てすぐに戻ってきた。

忘れもの、忘れもの。そう言ったのはマフラーのことだった。昨夜編み上がって渡したばかりの緑色のマフラーを持ってきてやると、あんたが巻いてくれと篤郎は言った。あったかいねえ、やっぱり。こちらが恥ずかしくなるほど嬉しそうに笑って、それじゃあ行ってくるよと、階段を下りていった。

臨月になり大きなお腹《なか》を抱えて思ったように動けなくなってから、赤ん坊用の小物をせっせと編んでいた。弾みがついたというかなんだか中毒みたいになって、篤郎のマフラーまで編んでしまったのだった。あり合わせの包装紙に包んで、はい、クリスマスプレゼントよと渡したのだが、篤郎の喜びようといったらなかった。

六畳間の私の文机《ふづくえ》の横で、小さなクリスマスツリーに巻きつけた色とりどりの豆電球が瞬いている。クリスマスプレゼントは去年から、イブの夜の枕元に置いておくようになったが、ツリーは今年はじめて飾った。幼稚園だけでなくお友だちの家でもツリーを飾っていることを海里が知って、どうしてうちにはないのと言うので、一昨日、樅《もみ》の木と飾りもの一式を慌てて買いにいき、一緒に飾りつけした。

子供も五歳にもなれば、外でいろんなことを覚えてくるようになる。人間になってくる、とも言える。いつまでも父親や母親の付属品みたいには生きていない。そんな当たり前のことに私はひどく動揺させられる。篤郎はクリスマスツリーのようなものが家の中にあることを嫌がるのではないかと思ったが、ああ、きれいだねえと、あっさり受け入れていた。たまたま受け入れる気分だった、ということには違いない——来年はどうなるかわからないけれど。

海里がダイニングにやってくる。今まで四畳半にいたようだ。今その部屋にはサカさんの遺影を祀《まつ》った小さな祭壇ができているのだが、めずらしいらしくてよく見に行っている。サカさんが亡くなったとき海里は泣きはしなかったが、死ということについてはそれなりに理解しているようだ。

「ケーキ食べる」

と海里はねだる。クリスマスケーキは先週、原稿を取りにきた編集者ふたりがお土産に持ってきてくれたので、食べても食べてもなくならない状況になっている。

「今食べると夕ごはんが入らなくなっちゃうわよ。今日はクリスマスのご馳走《ちそう》よ」

「ご馳走ってどんなの?」

「あとのお楽しみ。折り紙を一枚くれる? 緑色の折り紙」

それで海里はケーキのことはあっさり忘れて、折り紙を持ってきてくれる。私は娘に、まだ見ちゃだめよと言い渡して、緑色の折り紙を切り抜いて小さな樅の木を四つ作り、裏にそれぞれ楊枝《ようじ》を留めつけておく。

クリスマスのご馳走といってもじつのところコロッケだ。ヤエちゃんに衣をつけておいてもらったのを、私が揚げる。本当なら揚げるところまでやってもらいたいのだが、ヤエちゃんはすぐに油から目を離してほかのことをしようとするので、危なくてしょうがないから。いつもは俵形に作るコロッケを今夜はピンポン球のかたちにして、揚がったものを白い洋皿に盛り、折り紙の樅の木を刺す。

海里は歓声を上げた。成長したとはいってもこんなものでまだまだ喜んでくれるのはありがたい。ほかにはサラダとコーンスープ、大人のつまみ用に春菊の白和《しらあ》えや昨日の鯛《たい》の刺身の残りを胡麻《ごま》醬油に漬けたものも並んでいるから、いつものごとく和洋折衷の食卓だ。今夜は篤郎がいないからかなり手を抜けるということもある。

食事が終わる頃、うっすらとした痛みがきた。予定日までにはまだ三日ほど早かったから、食べすぎたかしらと思っていたが、時間とともに陣痛であることは疑いなくなってきて、私は慌てて支度をした。

　よく眠っている海里を起こさないようにそっと家を出て、徒歩十分ほどの距離にある病院内の陣痛室に落ち着いたのは、午後十一時をまわった頃だった。

「篤郎さん、早く帰って来ればいいのにねえ」としきりに繰り返していたヤエちゃんが、ようやく帰ってくれたからほっとした。ひとりの部屋。ヘッドボードに枕をあてて半身を起こすと正面がドアで、そこに掛かっているカレンダーが見える。雪遊びをする子供の写真。ちょうど海里くらいの歳だ。陣痛はまだ十分間隔になったばかりで、それほど辛《つら》くはない。

　看護婦さんが入ってきて、幾つかの処置と計測をし、「ふたり目だもの、どんと来いよね」と励ましてから出ていった。ふたり目。自分がふたりの子供の母親になるなんてびっくりする。海里を産んだとき、私の妹は「笙子ちゃんが母親になるなんて、ショックだ」と嘆いていたものだけれど。

　海里を妊娠したとき、私と篤郎はまだ正式に結婚していなかった。式の代わりに私の両親を交えての会食をしただけで、そのあと籍を入れぬままだったのだ。籍なんて形式上のものだからどうでもいいことだと私たちは考えていた——少なくともそのことについて口に出すときは、お互いにそう考えているのだとたしかめ合った。でも、今から考えれば、あれは保留期間だったということなのだろう。事態が決定的になってしまうことを引き延ばしていたのだ。その気持ちはもしかしたら篤郎よりも私のほうが強かったのかもしれない。

海里が生まれたのは二月で、今日よりもうんと寒い日だった。朝のうちにお風呂屋さんに行ったのだが、その帰りに破水してそのまま入院したのだった。篤郎は家にいたのに病院にはついてきてくれなくて、やっとあらわれたのはその日の夜中、海里が生まれたあとだった。

どこかで飲んできたらしくて、酒が強い彼にはめずらしくひどく酔っ払っていた。看護婦さんがぷんぷん怒りながら海里を連れてきて彼に見せた。わははははあ、というような声を彼は上げた。そんな声も、そのときの彼の表情も、私にははじめてのものだった。温かいお湯みたいなものがどこからか私の中に流れ込んできて、さっきまで海里がいた部分を満たしていくような感じがした。私は幸福で、同じくらい怖かった。篤郎はどうだったのだろう。

いずれにしても私たちは、海里の出生届を出した日に入籍もしたのだった。そしてその帰りに篤郎は、当時のうちの経済からするとかなり思い切ったお金を出して、ニコンの一眼レフを手に入れた。そのカメラで、彼は毎日のように写真を撮った。その写真を私がアルバムに貼った。アルバムはリビングの、テレビを置いた棚の下に刺さっている。

海里がときどき自分で出してきて、めくっている。呼ばれて、私も一緒に見ることもある。おっぱいを飲んでいる海里、私と一緒に入浴している海里、タオルに包まれた海里。私が撮った篤郎と一緒の写真もある。海里を抱いている篤郎、海里を肩車している篤郎。これは誰？と赤ん坊の自分を指差して海里はいつもわざと聞く。これは誰？　と私も娘を真似《まね》て、篤郎を指差す。ときには自分自身を。

「ご主人、どちらにいらっしゃるの？」

看護婦さんが聞く。わからないんですと私は答える。仕事なので、と。

「仕事じゃしょうがないわよね。お家に帰ってきて奥さんがいなかったら、病院だってわかるものね」

そうですねと私は頷《うなず》く。篤郎が小説家であることはこの病院のひとたちにはもう知られていて、最初は煩わしかったけれど、こういうときには便利だ。こんな時間に家に帰っていないのも、どこにいるのかすらわからないのも「そういう職業だから」ということで納得してもらえる。

看護婦さんが部屋を出て行くと、私は、篤郎がどこにいるのか考えはじめる。べつに考えたいわけではないのだが、あんまりみんなが――ヤエちゃんも知りたがっていた――聞くからだ。

きっと長内みはると一緒にいるのだろう。ほとんど確信できることは不思議でもなんでもない。とくに行き先をはっきりと告げずに篤郎が家を出て行くときは恋人に会いに行くときだし、目下の彼の恋人は長内みはるだからだ。

今年四月、徳島の講演会ではじめて会ってから、ふたりがどんなふうに関係を深めていったのか、もちろん私には知る由もない。彼女から家に電話がかかってきたのは五月の終わりだった。白木篤郎さんはいらっしゃいますか。長内みはると申します。やや早口の、高い声。歌うような口調だったが、少し緊張しているようにも感じた。今もはっきりと耳奥によみがえるということは、私も緊張していたのかもしれない。

ちょっと行ってくる、近くまで来てるって言うから。篤郎はそう言って出かけていった。私は昼食の用意にかかっていて、篤郎がどのくらいで帰ってくるのか、昼食は何人分用意すればいいのか、知りたかったが聞かなかった。なんとなく聞きづらかったし、聞きたくなかったから。その日はペリメニ（ロシアふう餃子《ギヨウザ》）を作るつもりだった。もしも篤郎が長内みはるを連れて帰ってきたら、ペリメニはつまみにして、ワインでも飲んでいる間に次の料理の算段をすればいいか。そんなことだけは考えていた。どちらかというなら、長内みはるを連れてきてほしかったのかもしれない。

結局、篤郎は一時間も経たないうちに、ひとりで戻ってきた。長内さんはお帰りになったの？　と私が聞くと、うん帰った、団地を小説に書きたいんだってさ、とだけ篤郎は答えた。ああ腹が減った、食おう、食おう。それから、ペリメニを食べているとき、ああ、今日の昼めしがこれだとわかっていたら、呼んでやったのになあと言った。わかっていたとしたって呼ぶ気はなかったのだろうと、すぐに知れてしまうような口調で。そのあと六月になってから、篤郎が男ものの傘を持ち帰ってきたことがあった。長内さんとこで、借りてきた。篤郎はそう言ったのだった。

編集者が長内さんとこに行きませんかと熱心に言うんで、しょうがないからついていったんだよ。中野の一軒家に住んでて、ああそうだ、あの男も一緒に飲んだよ。彼女が一緒に暮らしている、ほら、例の小説にも出てくる男……。家は薄暗くて時代がかって、なかなか洒落《しやれ》た感じだったけど、男はつまらなかったねえ。よくまああの程度の男のために家を飛び出したりなんだりしたもんだね。酒も角瓶しか置いてなくて、往生したよ……。

その説明の、どこからどこまでが嘘《うそ》でどこまでが本当だったのかはわからない。だがその辺りからはじまったのだろう、ということは想像できる。そのうえ私は、篤郎と長内みはるが肉体関係を持った時期すら、たぶんほとんど誤差なく言い当てることもできる。妊娠中の私に対しても宥《なだ》めるのに苦心していたらしい彼の性欲が、ある時期からぱったりおとなしくなったからだ。

こんな話をたとえば妹の蒔子《まきこ》——篤郎の最初の恋人が発覚したとき、うっかり打ち明けてしまい、そのあと別れなかったことで、未《いま》だに私に向かって「笙子ちゃんは堕落した」と言い募る——にしたら、どんなことを言われるだろう。私は笑いだしたくなる。結局のところ、私がこんなふうにわかってしまうのは、篤郎が私に知らせたがっているからなのだ。そう明かしたら、蒔子はいったいどんな顔をすることか。

篤郎と出会ったのは、私が二十三歳、彼が二十七歳のときだった。

場所は、佐世保の松浦《まつうら》町にある早坂《はやさか》氏の家だった。私は女学校を卒業して、国語の教師として佐世保市内の高校に勤めながら、共産党の青年支部に入ったり、左翼系の劇団に参加したりしている頃だった。早坂氏は左翼の運動家で、尊敬するひとだった。

当時、私には付き合っているひとがいて、でも自分の気持ちを決めかねていて、そのことで早坂氏に相談に行ったのだった。今、自分に正直になるなら、相談ではなく告白だったのかもしれない——その男よりも早坂氏のほうが好きだったたから。そこにあらわれたのが篤郎だった。

こんにちは。白木です。大きな声を上げながら、私と早坂氏がいる茶の間にずかずか入ってきた。夏の終わりだったが、ピンクのようなオレンジのような、奇妙な色の開襟シャツを着ていた。私を見て「あっ」と言った。早坂氏が笑いながら紹介した。私は党の機関紙で彼の名前を見たことがあった――その頃は篤郎も党員で、何編かの詩や小説を発表していたからだ。

しばらくしてから私が暇《いとま》を告げると、篤郎も立ち上がった。おいおい、今日は俺と一晩中将棋を指すと言うとったやろうが。早坂氏が苦笑しながら篤郎に言った。私たちは帰りのバスに一緒に乗った。チビで声ばかり大きくて、私への関心を隠そうともしない男のことが、私はうっとうしくてしょうがなかった。もう会話しなくてもすむように鞄の中から本を取り出すと、「ああ、それ読みたいと思うとったとですよ」と篤郎は臆面もなく言った。木下順二の『夕鶴』。彼がそれを持っていってしまったので、返してもらうためにあらためて会わなければならなくなった。

待ち合わせの場所に、いつでも篤郎は先に来て待っていた。篤郎と会うようになって、私が早坂氏のことを考えなくなったのはたしかだけれど、彼の姿を見るたびに、このひととかかわるのはもうやめよう、と思った。奇妙な色のシャツだけでなく、奇妙な形の上着とか、雨も降っていないのに長靴を履いているとか、彼はいつでもおかしな格好をしていた。一緒に歩くのが恥ずかしかったし、篤郎の格好の独特さというのは、ようするに彼自身の独特さだった。篤郎のような人間に、私はそれまで会ったことがなくて、そのことに惹《ひ》きつけられながらひどく不安にもなった。篤郎は「魔」のようで、一緒にいるとどこかとんでもないところに連れていかれそうだった。そこに行ってみたい気持ちもたしかにあったけれど、行かないほうがいいだろう、と思っていた。

私が距離を置こうとすると、篤郎は私の行く先々にあらわれた。あたりを憚《はばか》らぬ大声で、十分でいい五分でもいいから、話をしようと迫った。篤郎のような男にそんなふうに熱烈に求められれば、心は揺らぐ。なぜ私なのだろうということを、あの頃よく考えた。でも、あの頃でさえ、彼には私以外の女がいたのだった。

篤郎と一緒に暮らすことが決まったとき、篤郎は東京での仕事の目処《めど》をつけるため、私よりも先に上京していた。そのときに、その女も呼び寄せていたらしい。最初に住んだ中野区野方《のがた》の家には、その女からよく電話がかかってきた。篤郎の「友人」として、佐世保で何度か会ったことのある女だった。女との関係がわかったとき、別れましょうと私は篤郎に言ったが、彼は聞き入れなかった。あの女とはなんでもない、と篤郎は言った。何かあったとしても、それはたんに肉体だけのことで、あんたと俺の繫《つな》がりのようなものではない、全然違うのだから、と。なんという理屈だろう！　でも私は許してしまった。なぜだろう？　きっともうそのとき私はすでに、とんでもないところに――それまでいなかった場所、ほかの女たちはけっして行かない場所に連れてこられていたからだろう。

数日前に送られてきた週刊誌に、長内みはるの家の写真が載っていた。

著名人の住まいを毎週紹介するモノクロのグラビアページで、その週が長内みはるだったのだ。彼女は最近、京都に家を買ったらしい。

だから私は、写真で見たその家の中に、彼女と篤郎を置いてみる。違い棚のある座敷で差し向かいになって、くつろいでいるふたりの姿を思い浮かべる。

でも、これは間違った想像だろう。京都まで行く時間の余裕は篤郎にはないはずだ。とすれば東京で会っているのだろう。今夜、京都へ居を移した長内みはるとこちらで逢引《あいびき》するとき、篤郎はどこへ行くのだろう。どこで？　ホテルだろうか。どこかで食事し、そのあと連れ込み宿のようなところへ行くのだろうか。

私はホテルにも連れ込み宿にも行ったことがないから、この想像はむずかしい。それで結局、京都の家にふたりがいるところをあらためて思い浮かべる。どこだって同じことだ。今このとき、篤郎は長内みはると一緒にいる。私はひとりで病院のベッドの上にいる。その事実は変わらないのだから。

なぜか寂しくも悲しくもない。ただ、この世界に、そんなふうにふたつの場所があるのだ、とだけ思う。

突然、乱暴にドアが開いて、見知らぬ男がぬっとあらわれた。私を凝視したまま棒立ちになっている男の後ろからすぐに看護婦が来て、「違う違う、あっちの部屋ですよ」と言いながら男を連れて行った。ああ、あの男は部屋を間違えたのだ、彼の妻がべつの部屋でやはり出産を待っているのだと、それでわかった。

ここは大きな病院ではないけれど、それでも産婦人科でひと晩に数人の赤ん坊が生まれる日もあるのだろう。大きな病院ならば十数人も生まれるのかもしれない。たくさんの赤ん坊。たくさんの父親と母親。たくさんの男と女。なんだか呆然《ぼうぜん》としてくる。

陣痛の間隔は短くなり、痛みが増してきている。思わずナースコールを押してしまう。はあいと軽やかな声を発して看護婦さんはすぐにあらわれて、私の体を調べ、まだまだ、もうしばらくはかかるわよと背中をさすってくれてから出て行ってしまう。

痛い。ふたり目といったって、こんな痛みにはとうてい慣れられるものではない。あまりにも痛くて、私は次第に怖くなってくる。痛みに閉じ込められてしまうようで。自分で自分の檻《おり》を作っているみたいで。

ドアが音もなく開いて、サカさんが入ってくる。わかっている、これは幻だ。入ってきてくれればいいのにと思っているだけだ。サカさんは毎晩欠かさず湯呑み一杯の日本酒を飲んでいた。「今日は飲みたくなか」と言ったのは亡くなる前の前の晩だった。それで私は心配になって、今いるこの病院に電話をかけたのだ。九十に近い方ならそういうこともありますよ。医者は笑いながら取り合ってくれず、そうしてサカさんは、翌日の夜にはいつも通りの量をおいしそうに飲んだから、私も篤郎もほっとしていた。翌朝、おばあちゃんが冷たくなっていると、血相を変えたヤエちゃんが私と篤郎を呼びにきた。

いつ死んでもおかしくない老婆だったが、それでも死は絶対的に突然なものだと、私たちは知ったのだ。

生温かい感触が、胸元によみがえってくる。篤郎の涙の感触。サカさんの遺体をじっと見下ろしているときも、そのあと写真を撮っているときも、彼は涙を見せなかったのに、その夜、布団に入ったとき、私にしがみついて静かに泣いた。サカばあちゃん、と私は篤郎の呼びかたで老婆に呼びかける。どこにおるとね。生まれかわってくるつもりなら、近くにおらんといけんよ。戻ってきてくれんね。私はこれからずっとあのひとと暮らしていくとよ。私はどがんすればよかと。私は心細かとよ。

ドアのそばでサカさんはにやあっと笑う。歯のない口を開けて。サカさんは出ていこうとしている。出ていってしまう。

篤郎はもうあんたひとりのもんたい。

サカさんは言う。

篤郎はもうあんたから離れんよ。あんたがそう決めたとたい。そうでっしょう、とサカさんは言う。

chapter 3
1967～1969

みはる

タクシーはさっきからほとんど動かなかった。事故かな、と運転手が言う。わたしは返事をせずに、着物の襟を少し緩めた。気がつけばひどく消耗していて、窓の外をたしかめたり運転手と会話したりする気力もない。早く家に帰り着きたい、今までいた場所から早く遠ざかりたいとばかり思っているのに、この車の後部座席でいつまでもじっと身動きせずにいられたら、それがいちばんいいような気もした。

別れた夫に会ってきた。真二のために出奔《しゅっぽん》してから、話し合いや手続きで何度か会っていたけれど、その最後のときからすでに十六、七年が経っていた。わたしの女友だちが偶然、彼に会って、面会の算段をしてくれたのだ。彼が指定したホテルの中華料理店の個室で、二時間余を過ごしていた。彼は穏やかで終始微笑《ほほえ》みながら、再婚した相手のことや、すでに成人したわたしの娘のことを語った。

再婚相手の女性は、実の娘のように愛情を注いでわたしの娘を育てた。彼女は自分の子供をあえて産まなかった。娘は美しく成長した。育ての母の影響で、英語が堪能で、アメリカの大学に留学した。産みの母であるわたしのこと、わたしと父親との経緯は、あらかた察している。「それ以上のことは知りたくない」と本人が言っている。

「何と言ったらいいか……」

感謝の言葉を言おうとしたら、涙が頬を伝っていき、わたしは狼狽《ろうばい》した。今日は絶対に泣くまいと決めて来ていた。彼の前で泣く権利など自分にはないと思っていた。

「何も言わなくていいんですよ」

彼は言った。わたしの涙には気づかぬふうを装っていた。

「我々はじゅうぶん幸せにやっている、と伝えたかっただけですから」

彼の口調はあいかわらずやさしげで、わたしを詰《なじ》ろうとはしていなかったけれど、そこに込められた意思ははっきりしていた。彼らにとってわたしはすでに無関係な人間だった。彼はそのことを伝えに来たのだ。

「あれ、火事だね」

運転手が言い、それが合図になったように、サイレンが聞こえてきた。十メートルほど先の交差点を、消防車が何台も横切っていく。四谷《よつや》のほうみたいですね、と続けた声にいくらか残念そうな響きが聞き取れたのは、告げた行き先ではそちらは通らないからだろうか。どうせなら火事を見物したいのかもしれない。

火事のほうへ行ってください。そう言ってみたらどうだろうという考えをもてあそぶ。わたしも火事を見たかった。燃えていくものと、燃やす火とを。その火をつけたのが自分であるような気さえしていた。

待ち合わせの店に白木はまだ来ていなかった。

ただ若い女の店員がわたしを見て、「あっ」と親しげな笑みを作った。こちらの素性を知っているわけではないだろう。毎月、同じ頃にやってくる奇妙な客として覚えられているのだ。この店は白木が住む桜上水の駅前にあるケーキ屋で、奥に小さなテーブルふたつだけの喫茶コーナーが設《しつら》えられているのだった。そんな狭苦しいところでケーキを食べようと思う者はいないのか、そもそも喫茶コーナーがあることが知られていないのか、いつ来ても席は空いていた。

コーヒーを注文する。それが運ばれてくる頃、白木はやってきた。狭い通路をせかせかと歩いてきて、ニコリともせず「や」と片手を挙げる。俺もコーヒー、あとシャーベットね。ストロベリーとメロンがありますが、どちらになさいますかと、いつも聞かれることを店員から聞かれ、これもいつものように「ストロベリー」と白木は答える。あんたは食わないんですか、シャーベット。わたしに向かってそう聞くのも毎回同じだ。じゃあシャーベットはふたつください、どっちもストロベリーで。わたしは店員に言う。これ？　店員が立ち去ると、テーブルに置いた茶封筒を手に取って白木は言い、はい、とわたしは頷《うなず》く。ここへ来ると自然と畏《かしこ》まった態度になってしまう。わたしが今朝書き上げたばかりの原稿を白木は茶封筒から取り出し、読みはじめる。店員が白木のコーヒーとシャーベットを運んできて、大変ですね、というふうに、悪戯《いたずら》っぽい視線をちらりとわたしに向ける。わたしの素性同様に白木が誰であるかもわかっているとは思えず、ただ何か習い事の師弟関係だと見ているようだ。実際のところ、この店でのわたしは弟子で、白木は師匠にほかならない。毎月文芸誌に書く原稿を、編集者に渡す前に俺に見せろ、直してやるからと言われて、わたしは従っているのだった。男女の関係になって間もなくこの習慣はできたから、もう半年ほども続いている。

　この店のシャーベットというのは店頭で売られているもので、小さな銀色のアルミのケースに入っている。シャーベットの上に絞り出した生クリームと砂糖漬けのチェリーの飾りがのっている。わたしは自分のぶんの蓋を開け、白木のも開けてやる。凍りついた生クリームをチビチビと削って舐《な》めながら、採点される学生のように縮こまって、白木を見守る。目の前で自分の小説を読まれるのは、相手が編集者であっても落ち着かないものなのに、それが同業者で、そのうえ自分の男であるとなれば身の置きどころがない。

その気持ちを知ってか知らずか、読んでいる間、白木はほとんど口を利かない。無言で、わたしの原稿に、持参の赤いボールペンをふるう。シャッと線を引き、小刻みに手を動かして、何か書き込む。ときどき「フン」とか「ああ」とか聞こえる声を発し、ときどき口の中で文章の一部分を読み上げて、眉を寄せ、何かを探すように宙を見つめる。合間にコーヒーを飲み、シャーベットを食べる。ピンク色の氷菓を口に運ぶときにも、そのスプーンを、何か文学的に正しくないことがあらわれてはいないかというふうにじっと見るから、わたしはだんだん可笑《おか》しくなってくる。自分とこの男は、いったい何をやっているのかと。

「うん、これでいい」

やがて白木はそう言って、原稿を封筒に戻し、わたしに返した。大きく直した箇所を口頭で伝える。はい。はい。わたしはひたすら頷いた。いつの間にか白木のコーヒーもシャーベットの器も空になっていて、わたしのほうはどちらも半分以上残っていた。

「じゃあ、また。ここは払っておいてくれよ。あんたのほうが稼いでるんだからね」

これも毎回の科白《せりふ》を白木は吐くと、さっさと出ていってしまう。近所の店でこんな姿を見せて大丈夫なのかしらと、他人事《ひとごと》ながら心配になるけれど、白木はいっこうにかまわないようだった。さっさと帰るのは彼のほうも毎月この時期は締め切りが集中しているせいだ。にもかかわらず、原稿を書き上げたわたしが電話をすると、白木は必ず時間を作ってこの店までやってきた。わたしにしてもこの時間を捻出するために徹夜するというようなこともあったのだけれど、今月は見てもらわなくても結構ですと彼に言うことは考えなかった。白木が書く小説を、すばらしいと思っていたからだ——間違いなく、白木本人に対してよりもよっぽどまっすぐな気持ちで。さらに正直に言うなら、このひとときは、わたしにとっては白木とのもう一種類の性交のようなものなのかもしれなかった。

白木が出ていったあと、店員に盗み見られながら、そそくさとコーヒーとシャーベットの残りを片付けた。香料がきつくてそのくせ味は薄い、このシャーベットの味もどこかエロティックに感じられた。

白木に直してもらった原稿を清書して、編集者に渡す。その原稿が文芸誌に載る。同じ文芸誌に白木の短編も載っている。

まず、自分の小説を読み返す。手書きの原稿を活字に組んだゲラも読んでいるけれど、雑誌のページの上ではまた新たな印象がある。

白木が赤いボールペンで削ったり、言葉を足したりしたわたしの小説。彼が直した部分がどこだったのか、もう、よくわからない。自分の文章のある部分を、彼の赤い線が強く否定しているのを見たとき、見せてはいけない体の一部分を見せてしまったかのように、顔が赤らむ思いがしたのに、それが削られた文章を雑誌のページの上で読めば、はなから自分が書かなかったかのように見えてくる。

言葉もそうだ。白木が書き加えた、あるいは書き換えた言葉を見たときにははっとして、その言葉によって開かれた窓から見える風景の豊かさに打たれたのに、今はもうその言葉は自分の内からあらわれたものと混じっている。こんな言葉の使いかたは自分の性根だ、と感じる。その一方で、この文章はいったい誰が書いたのだろう、と不思議になる瞬間もある。白木ではない。とすればわたしに違いない。けれどもそこに使われている言葉を選んだ記憶がない。知らないうちに産みつけられていた卵が孵《かえ》るように、その言葉はわたしの小説の中に落ちている。小説を書くことの不思議を思う。深い穴に落ちたように思えることもある。自分はいったいなんということをしているのかと。

それからわたしは、白木の小説をめくる。ちょうど、彼の訪れを待っているときと同じように、心を騒がせながら。小説家としての観察が終わると、どうしても白木の小説の中に、彼を探しはじめてしまう。自分では関知できない卵の孵化《ふか》が彼の小説の中にもあるとすれば、それこそが本当の白木なのではないか、と。

わたしは彼の小説を読む。雑誌に掲載されたものだけではない——まだ読んでいない彼の単行本があるし、すでに読み終えた本も、もう一度読んでみる。それだけではなく、白木が心酔しているドストエフスキー、フォークナー、アラン・シリトーなども読む。読み漁《あさ》る、と言ってもいい。そしてそれらの小説の中も含めて、水中の魚の鱗《うろこ》が光るように、白木がいた、と感じる瞬間がある。わたしは目を凝らし、だが見つめるほどに自信がなくなってくる。これだろうか。本当にこれだろうか。本当に白木はここにいるのだろうか。

それから再び白木を探すため、次の本を開くのだ。

わたしの男。

すでに白木は、それになっている。

不思議なものだと思い返す。徳島の講演会のとき、朝のハイヤーの中で白木にはじめて会ったときには、その声の大きさも、自信たっぷりな態度も、うっとうしいばかりだったのに。

あの頃、一緒に暮らしていた真二の上にはすでに心がなかったが、男がほしいと思ってなどいなかった。むしろそういう関係はもうこりごりだという気持ちでいたのに、どうしてまたこんなことになっているのか。約一年前の四月からの日々を、わたしは辿《たど》る。

このときはもう白木を好きだった、このときはもう白木とそうなってもいいと思っていた、と数えていく。そんな数え上げには意味がないことをたしかめるために、数えるのだ。何かがあって白木を好きになったわけではなかった。理由などないのだ。雷に打たれたようなものだとわたしは思った。結局、あの徳島の講演会の日の朝に、わたしめがけて白木が落ちてきたのだ。

わたしの男。

その男は世界中の、虐げられた人々のことを思っていつも腹を立てている。その男は自分が書く小説は、ドストエフスキーの次に上等だと真面目な顔で言う。その男には妻とふたりの娘がいる。上の子の名前は海里で、ずいぶん凝った名前を付けたものだとわたしは密《ひそ》かに思っていたのだが、下の子には焔《ほむら》と付けたというからびっくりした。女の子にそんな名前を付けるなんて。奥さんは賛成したのかと聞いたら、すました顔で、もちろん、と答えた。ものがわかっている女だからね。サユリとかマユミとかヨシコとか、そんなしゃらっとした名前より焔のほうがずっと高級だってことがわかっているんだ、と。今度は「高級」ときた。わたしの男語録ができつつある。

わたしの男の妻は、とても美しく、料理の腕前は玄人はだしだそうだ。しゃあしゃあと、何度でも繰り返し彼はわたしに聞かせる。自分の小説のすばらしさについて臆面もなく語るように、彼は自分の妻のすばらしさを吹聴する。それでわたしには、彼はわたしのために妻を捨てるつもりはないのだということがわかる。彼はむしろわたしにというより自分自身に向かってそのことを確認しているようだ。あるいはわたしたちが、それを言える関係であること、わたしが、それを言える女であることを。

妻自慢があまりにすぎるとうんざりはするけれど、わたしには嫉妬はない。悲しみもない。家族から彼を奪おうとも、奪いたいとも思わない。わたしの男を、自分ひとりだけのものにしたいとも、そうできるとも思わない。どのみち、白木にかぎらず誰だって、家庭があろうがなかろうが、自分ひとりのものになどできないのだから。

ある夜、白木はわたしの部屋でブランデーを飲みながら、上の娘のことを話す。この春、小学校に上がったそうだ。

「学校は楽しそう？」

「偏食だから給食を心配してたけど、今のところ大丈夫みたいだね。幼稚園のときの友だちもたくさんいるから、まあまあ機嫌よく行ってるよ」

団地の同じ号棟に住む子供たちが、六年生から一年生までグループになって、毎朝集団登校するそうだ。一年生がうちのと、もうひとり女の子がいて、赤いランドセルに背負われたみたいになってひょこひょこ歩いているよ。そう言う白木の声が終わりのほうでへんなふうに濁ったので、彼の顔を見ると、驚いたことに涙を浮かべていた。

「こんなに小さい子供が、これからこの世界でどんな苦労をするのかと思ったら、たまらなくなるんだよ」

白木は眼鏡を外すと手の甲で目を拭った。言葉に出したことであらたな涙が湧いてきた、というふうだった。そんな姿を見てわたしがどう思うかなど気にもしていないのだろう。そうしてわたしはといえば、白木の親らしさに、それをわたしに見せてくれたことに、静かに感動しているのだった。

白木はようやく泣き止《や》んで、バツが悪そうにブランデーを啜《すす》った。わたしが何も言わないせいもあるだろう。何を言えばいいだろう。わたしも、自分の娘のことを話してみようか。娘が、わたしについてもう何も知りたくないと言っていること。あるいはあの日の火事のこと。火をつけたのは自分であるような気がしたこと。いや、そうではない。正確に言うなら、燃やしてしまいたい、とわたしは思っていたのではなかったか――何を？

わたしは話さなかった。黙って、わたしの男の頭を撫《な》でた。美しい妻との間に生まれた娘の人生を思って泣く男は、今はわたしのそばにいる。それだけでじゅうぶんだと思った。

またある日、白木は一枚のチラシを持ってきた。

封切られたばかりの映画のチラシだった。その映画監督は文壇バーなどにもたまに顔を出していて、わたしはまだ会ったことはなかったが、白木とは面識があるらしいことは知っていた。

それで持ってきたのだろうか。たまには一緒に映画を観《み》ようというつもりかしら。そう思いながらチラシを眺めていると、白木がひょいと手を伸ばして裏返し、

「俺が好きな女はどれだと思う?」

と聞いた。そこにはストーリーの紹介とともに、出演者の顔が並んでいた。女優は四人いる。

「これ」

と適当に指すと、違う違う、と白木はニヤニヤしながら言った。

「違う。あんたもまだまだ俺がわかってないねえ」

「これ」

これだよ、これ。白木が指したのは「新人」と注釈された、まだ十代にも見えるような女だった。いかにもあの映画監督に見込まれそうな、野性的な雰囲気があって、男なら誰だってこういう女を意のままにしてみたいだろう、と思わせた。だからわたしは逆に選ばなかったのだ。

「案外わかりやすいお好みね」

そう言ってやると、

「見た目ほどはわかりやすくない女だけどね」

と白木は言った。

「腕なんかはちはちしてて子供みたいなくせに、物事がよくわかってる。そこらへんの女流小説家よりよっぽど気の利いたことを言うよ」

ということは白木は、この娘と会ったことがあるわけだ。会ったどころか寝たのかもしれず、わたしに聞いてほしいのはそのことなのかもしれない。

そう思ったが、そこまで親切になる気はなかったから、

「申し訳なかったわね、そこらへんの女流小説家の家に来ていただいて」

とわたしは言った。

「あはは、怒ったね。嘘《うそ》、嘘」

白木はわたしの首に腕を巻きつけ、ひょうきんな顔で唇を突き出しながら、引き寄せた。

わたしの男。

わたしのそばにいるときも、彼がそこにいなくなることが、だんだんと増えてくる。

女優のときのように、彼から知らされること以上に、わたしが知ってしまうことが増えてくる。

白木がわたしの部屋へ来るようになってもう一年と半年が過ぎた。月に数回、わたしが東京の仕事場にいるときに彼は来る。白木と会うために上京することもある。そのことが当たり前になり、約束や確認が不要になって、作ったつもりのないルールや習慣がいつの間にかできていて、ベッドに入る前に彼が脱ぎ捨てる服が寝室の肘掛け椅子に掛かっているかたちすら決まりきったものになるにつれ、白木の心だけがしだいにそこから離れていった。

その頃、白木の噂がときどき耳に入るようになった。わたしと白木の関係に気づいているひと、少なくとも勘ぐっているひとが、噂をわたしに聞かせて反応を見る。そういうこともあったのだと思う。荒木町《あらきちょう》に姉妹でやっているバーがあって、その姉のほうと白木は以前に関係していた。姉は自殺未遂を繰り返した後、病を得て最後は吐血して死んだ。白木さんのすごいところは、そのあとで妹のほうと付き合っていることですよ。いや妹も妹だけどね。そんなふうに、わたしに話して聞かせるひとがいた。

わたしは平気な顔で相槌《あいづち》を打った。そんなふるまいに長《た》けることは簡単だ。そうしてひとりになって、聞いたことをあらためて思い返すと、最近の白木の行動や言葉のひとつひとつに、ああ、そういうことだったのかと裏打ちができた。

蒸し暑い夏の夜に、白木はむっつりと訪ねてくる。その不機嫌の理由を説明するように、暑いな、と繰り返す。わたしはクーラーの温度を下げた。ウィスキーを飲みはじめるがいっこうに涼しくならない気がして——白木が来る前は、暑いと感じてもいなかったのに——立ち上がり、クーラーの送風口に手をかざす。なにやってるんだ、と白木は苛立《いらだ》たしげな声を出した。

「壊れてるんじゃないかと思って」

　でも、落ち着かないだろう。座りなさいよ、落ち着かないから」

　でも、落ち着かないのは白木のほうだ。上の空で、わたしの話にろくな相槌も返さない。彼のほうから喋《しゃべ》らないので、沈黙が目立ってくる。気持ちが悪いのでわたしが無理やり話題を探すと、

「よくまあ、そんなつまらんことをぺらぺら喋れるもんだな」

　と白木は吐き捨てるように言った。

「ちょっと電話をかけてくる」

　白木は立ち上がり部屋を出た。電話は廊下とわたしの書斎に置いてあり、白木が向かったのは廊下のほうだった。わたしも続いて立ち上がったが、その動作を白木は、廊下の声が届かない場所に遠慮するのだろうと受け取ったかもしれない。でも、わたしが向かったのは書斎だった。そこの電話の受話器を取ると、もう一台の電話での通話が聞き取れることを知っていたからだ。

「……じゃあ、行くよ」

受話器を耳に当てるとすぐに白木の声が聞こえてきた。

「今どこなの？」

女の声がそう聞いた。若いというよりいっそ幼い声だった。

「ちょっと、外。用事が早く終わりそうだから。終わったら行くから」

「早くって、何時頃？」

「九時か十時かな」

「十時に来たって、すぐ帰らなきゃならないじゃない。いいわよ、今日はもう、来なくても」

「行くって言ってるだろう。なるべく早く行くから」

「外ってどこ？　新宿？　声がへんよ、なんだか……」

「ひとの家にいるんだよ。ちょっと済ませなきゃならない用事があるんだ」

「無理しなくたっていいのに」

「そんなにごねることないだろう。行くって言ってるのに……九時までには行くから」

わたしはそっと受話器を置いた。リビングに戻ってオンザロックを作り、ごくごく飲んだ。白木はたぶん、ここへ来る前に女に電話をしたのだろう。あるいは白木の家に女から電話があって、彼は外からかけ直したのかもしれない。そして何か諍《いさか》いをした。それを引きずったままわたしの家に来た。そんなふうなことだったのだろう。

白木が戻ってきた。仕事の電話ででもあったかのように、難しい顔をしている。あのあとどんなふうに女を宥《なだ》めたのか。「なるべく早く」女のところへ行くために、このあとわたしに何を言うのか。じっくり待ってやろうと思ったが、待てなかった。わたしはウィスキーを飲み干してしまい、あらたに氷を入れ、ウィスキーを注いだ。白木は気圧《けお》されたように、電話の間にすっかり氷が溶けてしまった自分のグラスに口をつけた。

「九時までに行くんなら、もう出たほうがいいんじゃない？」

「えっ」

白木は思わず笑いたくなるほどわかりやすく、狼狽した顔をした。

「そんな話が聞こえてきたものだから」

廊下の声が聞こえてしまったのだと、白木は受け取っただろう。実際、さっきの電話で、彼がわたしの耳を気にしている様子はなかった。きっと女とのやりとりに必死になりすぎていたのだ。

盗み聞きしたことを明かさぬかわりに、一方でわたしは、白木に逃げ道を与えたのだった。全部を聞いたわけではないと。

「あんたが思っているような相手じゃないんだよ。向こうが勝手に思い込んでいてあれこれ言ってくるから、一度きちっと話をしなくちゃならんと思ったんだ」

果たして白木はそう言った。口をとんがらかして、怒られて言い訳する子供みたいな顔で。

「それなら、どうぞお出かけになって」

冗談めかしたようにも、怒っているようにも聞こえる口調でわたしは言った。白木がわたしをちらりと見る。考えている。

「まあいいよ、今日は。自分だけ飲んでないで注《つ》いでくれよ、俺にも」

その夜、白木は九時になっても十時になっても出ていかなかった。今夜のところはわたしが選ばれたというわけだ。そう思っても嬉しくなるはずもなかった。これからこんなことが始終起きるのかと思うとうんざりした。

白木に抱かれている間も、待ちぼうけを食わされた女のことを考えていた。今頃彼女はどんな思いでいるのか。女とわたしの立場など、オンザロック一杯程度の彼の気分であっさり入れ替わるだろう。

それから白木の妻のことが浮かんできた。これまではあまり考えなかった。だが、白木がこんなふうならば、彼女が何も気づいていないということはありえない。若い女のことだけでなく、わたしのことも。

白木の妻は、今、どこでどうしているのだろう。何を考えているのだろう。白木のような男と、どんな気持ちで暮らし続けているのだろう。

「ごめんなさい、今日はこれから京都へ戻るのよ」

電話口でそう言うと、「ええ?」と白木は、荒い声を上げた。

「これからって……なんで? こっちに来たばかりじゃないか」

このところずっと、普段なら上京しているはずの日にわたしは京都にいたのだった。

「明日の朝、向こうの家で会わなきゃならないひとがいて」

「誰?」

「誰って……言ったってわからないわよ。町内のことでちょっと……。いろいろ面倒があるのよ、あの町は」

出任せの理由だったが、白木はそれ以上追及はしなかった。あるいは出任せだとわかったから、聞きたくなくなったのかもしれない。

「なんだよ、今夜は出かけるってもう嫁さんに言ったのに」

かわりに白木は拗《す》ねたように言った。

「予定変更ということで、なんとかして頂戴。京都から戻ったらまた連絡しますから」

「いつ戻ってくるの」

「さあ……とにかく今日はこれで」

白木の声を押し戻すようにしてわたしのほうから電話を切った。

理由は出任せでも、京都へは本当に今夜帰ろうと思っていた。白木に会うために上京してきたのだが、実際に会うことを考えると、水を吸った綿のように気分が動かなくなってしまった。京都に家を買ってよかったと思った。白木が気ままには訪ねてこられない町。

来たときからほとんど中身を出し入れしていない小さな旅行鞄を提げて家を出ようとしたとき、ふいに気が変わった。京都に戻るのは今夜でなくてもいい。というより、電話での白木の哀れっぽい声を聞いて、今度は京都へ戻る気力が失われてしまったようだった。

ときどき白木と一緒に行く近所の蕎麦《そば》屋へ行って、夕食を済ませた。部屋に戻ったが仕事をする気にはならず、本を読む気にもならないまま、ウィスキーを飲みながらぼんやりしていると、電話が鳴った。午後十時近かった。電話機を見つめたまま呼び出し音を数えた。十五回鳴ってそれは切れた。

わたしはハンドバッグを摑《つか》むと家を出た。タクシーを拾い、繁華街の名前を告げる。細長いビルの地下のバーには顔なじみの作家や編集者が何人かいて、わたしは彼らのテーブルに混じった。ひとりで来たことがめずらしがられ、あれこれ聞かれたが上手に受け答えして、すぐにその場に馴染《なじ》んだ。やろうと思えば、こんなふうに夜を過ごすことは容易《たやす》くできる。そのうちあたらしい男があらわれもするだろう。

小一時間ほど過ぎた頃だろうか、白木の大きな声が聞こえてきて、わたしはぎょっとして振り返った。今、店に入ってきたところで、べつのグループのテーブルに着こうとしていた。わたしは急いで姿勢を戻した。白木篤郎だ。白木さんが来てる。一緒にいる編集者や作家がちらちらと向こうを見、何人かが挨拶に立っていった。

わたしは自分の迂闊《うかつ》さを呪った。わたしがふらりと入れるようなバーは、白木がふらりとやってくるようなバーでもあるに決まっているのに。どうすればいいだろうと迷っていると、「長内さん」と白木が呼んだ。振り向くと立ち上がってこちらを見ている。「ごきげんいかがですかあ」と白木はおどけた調子で言って手を振り、わたしは慌てて立ち上がり、お辞儀をした。それだけだった。白木は近づいては来ず、わたしを呼び寄せもしなかった。

挨拶に行ったひとたちが戻ってきて、わたしたちはまたそれまでのように飲みはじめた。わたしの背中に、陽気に騒ぎわめいている白木の声だけが聞こえてきた。白木さんはいい調子だな。彼はいつもああだよ。挨拶に行ったひとと行かなかったひととが言い交わした。わたしとのことを勘ぐっているひとはここにはいないようだった。だからこそ気づいたのだが、彼らの口調にはどことなく白木を疎《うと》んじるような響きがあった。

その場にいたくなかったが、自分から白木のほうへ行くこともできなかった。白木が平気を装っていることがよけいに気持ちを乱した。京都にいるはずのわたしが編集者や彼ではない同業者たちと飲んだくれているのを見て、どんな気持ちでいるだろう。あの陽気さの裏側で、きっと彼は傷ついているだろうし、腹を立ててでもいるだろう。案外こんなことで、わたしたちは別れるのかもしれない。それが望みだったはずじゃないの、と自分に繰り返し言った。

白木のテーブルから、何人かがこちらに移ってきたが、やはり白木は来なかった。気がつくと白木の声が聞こえなくなっていて、振り返ると彼はカウンターにひとりで座っていた。それまで白木と同じテーブルにいたひとたちが、帰ったり、席を移動したりして、いつの間にか白木はぽつんと放り出されているのだった。

「適当に逃げないと、絡むからね、白木さんは」

「何話しても自分のほうに持ってくからなあ。日本文学のドストエフスキーでいらっしゃるから」

わたしの視線に促されたのか、こちらのテーブルで再びそんな囁《ささや》きが交わされた。文壇の中での白木の扱われかたに、わたしは今更気がついた。白木はどんな場でも中心を攫《さら》っていくように見えるけれども、それは彼がそうふるまっている、ということにすぎなかったのかもしれない。編集者は白木を持ち上げるけれど、では同業者はどうかといえば、小説への評価とは無関係に、白木は異端児に違いなかった。ばかばかしい事実だが、文壇には学閥らしきものがあり、電波関係の専門学校しか出ていない白木はどこにも属していない。少なくともわたしが知ることができる範囲では、白木に友人と言える相手はいないということにも、わたしはあらためて思いいたった。わたしは振り返った。白木のそばに行こうと思ったのだ。けれどももう白木はいなかった。黙ってひとりで、出ていってしまった。

わたしたちは別れなかった。

白木はそれまでのようにわたしの部屋にやってきた。バーでのことは話題にしなかった。

白木がいるわたしの部屋の風景の、何かが変わった。損なわれたものがあるように思えたが、何かが書き加えられたような感じもした。それはつまり、白木という男のことを、以前よりも知った、ということなのかもしれない。

そうして、白木という男、と思うとき、わたしは同時に、わたしという女、と考えた。

その店に、今日は白木が先に来ている。コーヒーとストロベリーのシャーベット。狭い通路を体を横にして入っていくと、「おう」と手を挙げる。

「あんまり時間がないんだ」

そう言いながら、わたしの原稿をめくる。わたしはシャーベットを舐めながら、わたしの男を眺める。ふさふさした真っ黒な髪。細い肩。こげ茶のスウェードのジャンパーは、彼にしてはちょっと洒落《しゃれ》ている。妻の見立てかもしれない。

細い指に挟んだ赤いボールペンが、ふらふら揺れている。わたしは白木が読むのに合わせて、自分の小説を思い返す。読み返せばやっぱり、自分でうわっと思うような言葉があらわれているのだろうか。それを白木が今、読んでいる。この短編にわたしは、女と、女の部屋に通ってくる男のことを書いた。女の部屋には蘭《らん》があり、男はその花を一輪むしりとる。火をつけるのはどちらにしようかと迷ったが、女にした。灰皿の中で、ブランデーをかけて燃やすのだ。炎がぼうと上がる。

「すごいものを書いたなあ」

白木は原稿を置くと、ちょっと困ったような顔で、そう言った。

「そう思う?」

とわたしは言った。

「うん、すごいよ。最高。負けました」

白木は自分のシャーベットをすくって、わたしの口元に差し出した。

笙子

遠くだった音はぐんぐん近づいてくる。サイレンだ。私はボールペンを置き、耳をすませた。

文机《ふづくえ》の横でトットトッターに座らせている焔《ほむら》が目をぱちくりさせる。海里も部屋に入ってきた。

「火事？」

「そうみたいね」

海里は文机に登って、その向こうの窓から外を眺めた。花の刺繍《ししゅう》がついた白いハイソックスに包まれたむっちりしたふくらはぎが、私の顔のすぐ横にくる。

「消防車、見えないよ」

「そうね、八百屋さんの道を通ったのかもしれないね」

「八百屋さんが火事になったの？」

「ううん、どこだかはわからないけど……。煙は見えないね」

「煙！」

海里はそれを探そうとして窓に張りつく。火事が気になるというより、かまってほしいのだろう。

「もうすぐお仕事が終わるから、そしたら公園に行こうか。かけっこの練習するんでしょ」

私はそう言って、上の娘をどうにか文机から引き離した。


午後三時過ぎ。日が長くなり、まだじゅうぶんな明るさがある。五月の連休が終わってから、初夏らしい陽気が続いている。

焔を乗せたベビーカーを押しているから、階段を避けて、中央公園の芝地までは少し遠回りになる。あれじゃない？と海里は雲を指差す。まだ煙を探しているのだ。

芝地では海里より少し上の年頃の男の子たちが三人、ボールで遊んでいる。ほら、走ってごらんと言っても、海里は動かない。母親と一緒に徒競走の練習をしているところを男の子たちに見られたくないのだろう。彼らを意識していることを母親に知られるのも恥ずかしいらしく、あいかわらずそこに重大事が潜んでいるかのように空を見上げながら、「あれ、ぜったい火事の煙だよ」とまた言い出す。

「火事の煙がちぎれて飛んできたのかもね」

　私は芝の上に腰を下ろし、そう言った。

「煙が飛んできたらその下も火事になっちゃう?」

「そんなことはないわ」

「ヒカリちゃんちはそれで火事になったよ」

「火事になったのはご近所のお店でしょう。ヒカリちゃんのお家は、お水が少しかかっただけで、大丈夫だったんでしょう?」

「でもヒカリちゃんのランドセルねえ、焼けちゃったんだよ」

「あら、本当?」

　本当だよ、と海里はきっぱりと言うが、嘘であることは間違いない。小学校の入学式から間もない頃に、同じクラスの女の子の家の近所でボヤ騒ぎがあったのは本当だったが、火元の定食屋の窓枠とその周囲を少し焦がす程度の火だったのだから。

「筆箱や下敷きも焼けたから新しいのを買ってもらったんだって。でも、前と同じのはなかったんだって」

　そんなことまで海里は言い出す。なんのために吐《つ》くのかわからないような嘘を、この娘は幼稚園の頃からよく口にするようになった。転んだことを報告するのに、「きれいなお姉さんが通りかかって、傷口にハンカチを巻いてくれた」と付け加えたりするのだ。そのハンカチはどうしたの、と聞けばすぐに返答に詰まってしまうような稚拙な嘘。この件について篤郎は「さすが俺の子だな」と笑っている。彼も子供の頃、身の回りの出来事になんの得にもならない脚色をして「嘘吐きあっちゃん」と呼ばれていたそうだ。

男の子たちがいなくなったので、ようやく海里は走ることになる。幼稚園の頃から走るのが遅かったのだが、最近になって急に「ビリにならないように練習したい」と言い出した。体育の授業やほかの場面で、いろいろ比べられることも増えてきたのかもしれない。

海里はふわんふわんと、まるで雲の上を行くように走る。遅いのも当たり前だ。もっと手と足を小さく、速く動かし走ってごらん。私はアドバイスする。あまり進歩があるようには見えないが、そうそう、その調子、と励ましてやる。

立ち上がったついでに、六号棟を見上げる。同じ形のベランダの中のひとつの、私たちの家。ここへ来るたびになんとなくたしかめてしまう。いつもと違う感じがするのはハツカネズミの檻《おり》が出ているせいだ。カラスや猫に襲われるといやだから出さないでと言っているのに、ヤエちゃんがまた勝手に出したのだろう。

焔がぐずりはじめた。そろそろ戻ったほうがいいだろう。あと一回走ってから帰る、ということにする。

「手と足を機関車みたいに動かして、うしろからライオンが追いかけてくると思って走ってごらん。ママコちゃんはそれで速く走れるようになって、中学のときは選手になったんだから」

ママコちゃんというのは私のことだ。篤郎がチチで、私がママコちゃん。妊娠がわかったときに大人が使いはじめたふざけた呼称を、いつまでも修正しなかったから、海里も自然に使うようになってしまった。

「本当？」

「本当よ」

私は嘘はほとんど吐かない。少なくとも、吐く理由のない嘘や、すぐばれる嘘は。

「あっ、チチだ」

海里が篤郎を見つける。駅からの坂道を自転車で降りてくるところだ。

私たちに気づいて、ほーいと叫びながら両手を挙げて見せるのでヒヤヒヤする。この前も酔っ払って自転車に乗り、スピードを出しすぎて転んだばかりだ。

「かけっこの練習をしたんだよ」

私の代わりに海里が説明してくれたので、

「原稿、できてるわよ」

と私は言った。篤郎がノートに書く小説の清書のことだ。彼は今月出版社に渡すぶんを書き上げたノートを私に託すと、「ちょっと外の空気を吸いに」出かけていたから。

「ああ、終わった？　すぐ見るよ」

篤郎の応答はどこかぎこちない。自分の自転車とともにベビーカーを階段下の自転車置き場に置いてくれるが、そのあと、私から焔を抱きとろうとする。寝てるから私が連れていくわ。私にそう言われて、普段自分がそんなことはしないということに気がついた、というふうだ。

家に戻ると、篤郎は買ってきたという文庫本を見せる。ブラッドベリの短編集が二冊。ようするにこれは本屋に行ってきたという証拠のつもりだろう。

「アメリカンフットボールはやっぱり迫力があるな。練習試合みたいなことをやってたから、つい観戦してしまったよ」

そんなことも言う。日大のグラウンドでも時間を食った、と言いたいのだろう。嘘吐きあっちゃん。私は胸の中で言う。

散歩と称して、私に言えないことをしてきたのだと、結局それではっきりとわかってしまう。数日前に長内みはるから電話があったことを私は知っていた。きっと彼女に会ってきたのだろう。毎月の締め切り間際の彼女からの電話。原稿を書き上げた篤郎の、昼間の短い外出。そういうことが、もう半年以上も続いている。ただ、何をしているのかがわからない。

篤郎は自転車で出かけて、一時間もしないで帰ってくる。彼女の仕事場へ行くほどの時間はないし、駅前で会っていると考えるのが妥当だが、近くに男女がふたりきりになれるような場所はないはずだ。それとも、あるのだろうか。こっそりアパートでも借りているのか。だがそれなら、こんなに早くは帰ってこないだろう。まだ仕事が残っているときに出かけるときもあり（今日だって、まだ推敲《すいこう》していないのだから）、そんな慌ただしいときに、わざわざ逢引《あいびき》する理由がわからない。

わからないことで、私はめずらしく不安になっている。篤郎の女性関係で、彼がやっていることが「わからない」というのははじめてだから。篤郎が私に隠している、ということでもある。これまで彼は、私に対してどんなにひどい裏切りをしたって、それを私に伝えずにいられる、ということはなかった。隠しているふりをしながら、私に知らせたがっていたのだから。

考えすぎかもしれない。

言うほどのことではないから、篤郎は言わない。それだけのことかもしれない。

小説家のふたりが、その月の仕事をやり終えて、小一時間お茶を飲み、慰労し合う。担当編集者にかんする愚痴を言う。業界の噂話を交換し合う。そういうことなのかもしれない。

それでも私は、安心することができない。篤郎の女性関係にかんして「安心」できることがあると考えるなんて、自分でどうかしていると思うけれど。

不安というのとも、少し違うのかもしれない。恐れているわけではないと思うから。ただ、これまでの女のときのようには、長内みはると篤郎とのことを、考えずにいることができない。

長内みはるが小説家だからだろうか。

篤郎と同じ職業。それに……。

自分と長内みはるとのことを、私が何も気づいていないとは篤郎は思っていないだろう。彼女との関係がはじまってから、彼女の小説について以前のように夫婦で話題にすることはなくなった。篤郎はしないし、私もしない。私は長内みはるの小説を読まなくなった。文芸誌に彼女の名前があれば、そのページには手を触れない。

以前、小野文三ともうひとりの男との三角関係を書いたように、彼女が篤郎とのことを小説に書いているとは思えない（もしそうなら、篤郎は弁明するなり嘘を吐くなりするに決まっている）。ただ長内みはるが何を書いても、その小説の中に、篤郎のことはきっとあらわれてしまうだろう。無意識に、あるいはどうしようもなく。篤郎のような男が出てこなくても、女主人公の述懐の中に、あるいはその女が歩く風景の一部に、篤郎がいることを、長内みはるが気づかないとしても、私は感じとってしまうだろう。私はそれを避けている。長内みはるから滲《にじ》み出る篤郎の姿を知りたくない。知れば、あのふたりのことを許せなくなってしまうかもしれないから。

それに比べれば、篤郎の小説はある意味で平穏な心で読むことができる。彼が描くこの世界の現実に——それを変えたいと願う彼の思いの強さに胸が痛むことはあっても、彼の小説の中に、私が見たくない女は、その片鱗《へんりん》も気配も登場しない。篤郎の過去の恋人も、長内みはるも、それに私自身も。長内みはるはそのことに気づいているだろうか。小説を書くとき、篤郎の中に私たちは存在しない。それがどういうことなのか、私はあまり考えないようにしている。

夏。

その夜の夕食にはD社の編集者がふたり来ていた。

室井《むろい》さんと新城《しんじよう》さん。どちらも篤郎と同じ年頃で、付き合いが長いひとたちだ。室井さんが海里に、猫の顔を象《かたど》ったマグカップをお土産に持ってきてくれた。

「うちは何喋っても文学になるよ」

篤郎は食事がはじまる前からハイペースで飲んでいて、さっそく調子を上げている。先月、他社から出た長編の単行本をふたりが競い合うように褒めてくれたので、ご機嫌だ。

大鍋に入れてテーブルの中央に置いたボルシチを、新城さんがおかわりしようとしたので、温め直すように私はヤエちゃんに頼む。六畳のダイニングキッチンに置いた細長いテーブルに、焔を抱いた私と篤郎と海里とヤエちゃんと、大柄な男性客ふたりが着いているから、余分なスペースがほとんどない。

「このひとはつまらんことは絶対言わないからね。どんな話題でもぴーんとした答えが返ってくるから。ぴーんとしすぎて、ときどきこっちがふにゃっとなったりするけどさ」

客たちが笑う。エロティックな言葉遣いにヤエちゃんまでが反応してケラケラ笑っている。海里がもう少し大きくなったら、子供のいる前ではもう少し考えて喋るようにと、篤郎に言って聞かせなければならない。

「そりゃあ、ふつうの女のひとじゃ務まらないでしょう、白木さんの奥さんは」

室井さんが言い、

「原稿の清書もなさってるし、こんな旨い料理もお作りになるし……。いや、本当に旨いですね、これ」

新城さんが言う。

「料理もうまいけど小説はもっともっとうまいよ。一度、このひとに注文してみなさいよ。ものすごいのを書くと思うよ」

私はぎょっとして、篤郎を睨《にら》む。調子に乗りすぎているようだ。

「奥さん、小説をお書きになるんですか」

「いいえ、まさか」

私は苦笑した。焔が吐き出した離乳食を、タオルで拭う。もう食べないようなので、抱いて隣室に連れていく。会話を避けたふうには見えないだろう。

「書け書けって俺は言ってるんだけど、書かないんだよ」

篤郎は少々軌道修正したようだ。

「お子さんもまだ小さいし、そんな時間はないでしょう」

「読んでみたいですけどねえ」

客たちは口々に言う。私は焔をトットトッターに座らせることに苦心しているふりをした。

食事のあと、客たちと篤郎はリビングに移動した。

ダイニングとの間に仕切りがないので、ヤエちゃんと洗いものをしていても、酔って濁った彼らの声が、ガヤガヤとした塊になって聞こえてくる。笑い声。女子供がそばにいないせいで、食事中よりもほどけた空気になっているようだ。あまりお酒に強くない新城さんが、とりわけ大きな声で笑っている。

「……そういえば、初子さんは亡くなったんですよね。白木さんはご存知《ぞんじ》でしたか」

水を止めたとき、新城さんがそう言うのが聞こえる。一瞬、辺りが静かになる。初子さんという名前をこの家で出すのは適切ではないと、たぶん室井さんはわかっているのだろう。

「知ってるよ。胃潰瘍だと本人には言っていたが胃がんだったというんだろう。うちのが……」

また水栓をひねったのでその先は聞き取りにくくなる。篤郎に頼まれて私が見舞いに行ったことを話しているのだろう。手首を切ったときに一回、胃がんで入院しているときに一回。私は彼女に会っている。二回目はもうモルヒネを投与されていて、意識はなかったけれど——病室にいた彼女の母親に、花と、篤郎から託された見舞金の封筒とを渡して、私は病室を出たのだった。

私が彼女を見舞ったことについて、新城さんと室井さんがどう言ったのかは聞かずにすんだ。この話題で最後に耳に届いたのは「香典を店に置いてきたよ」という篤郎の声だった。それから間もなく、あんたもこっちで飲みなさいよと呼ばれて、私はエプロンを外した。

客たちが帰ったのは日付が変わった頃で、そのあと入浴したり明日の用意をしたりがあって、私が寝室に行ったのは午前二時近かった。

焔は海里の赤ん坊の頃と違って、夜はすぐ寝てくれるからありがたい。海里は小学生になったのを機に、ヤエちゃんと一緒に寝かせている。夜中に目を覚まして私たちの寝室にやってくることがときどきあるが、今日は大丈夫なようだ。

布団に入ると、先に寝ていた篤郎がくるりと振り向いて巻きついてきた。酒には途方もなく強い男だが、今夜はそれなりに酔っ払ってはいるようで、性交する気はなさそうだ。ただじゃれているだけなのだろう。さっきの会話が聞こえたかどうか気にしているのかもしれない。

「お葬式、行かなかったの?」

それで、私はそう聞いた。いつもなら聞かなかったふりをするけれど、今日はなぜかそうしたくなかった。

「葬式?」

と篤郎は考えるふりをしてから、

「ああ、あの話か」

と言った。

「俺が行くとまた面倒なことになるだろう。葬式なんて気持ちの上のことだからさ。行かないほうがよかったんだよ、お互いに」

最後のほうは口の中でモグモグ呟《つぶや》いて、篤郎はパタリと仰向《あおむ》けになると、すぐに寝息をたてはじめた。「眠ろうと決めたらすぐ眠れる」のは彼の特技だ。

「お互いに」か。自分も眠ろうとしながら、私はどうしても考えてしまう。お互いにだなんて、死んだ彼女は思わないだろう。篤郎に葬式に来てほしかったに違いない。もう篤郎を愛していなかったとしたって。最後に恨みきるためだけだとしても。

でも篤郎の中には、もう彼女はいない。「お互いに」などとさらりと言えるくらい、関心が失われているのだ。摘み取られ、そんなふうにあっさり破棄された女のために私は悲しくなる。篤郎のために自殺未遂し、あげく体を壊して死んでしまっても、篤郎はもう女との記憶さえすっかり手放してしまったかのようだ。

そんな男を、どうして彼女は愛してしまったのだろう。眠りに落ちながら、私はまだ考えている。愛が、人に正しいことだけをさせるものであればいいのに。それとも自分ではどうしようもなく間違った道を歩くしかなくなったとき、私たちは愛という言葉を持ち出すのか。

さっき飲んだ牛乳が、いつまでも喉にはりついているような気がする。きっと明け方に気味の悪い夢を見たせいだ。

洗面所へ行って口をゆすいでいると、海里がやってきた。海里はもう二年生になった。

「あたしが学校へ行ってる間に、ヤドカリを焼かないでね」

思いつめた顔で言う。そうだ、あんな夢を見たのはヤドカリの一件のせいでもあるのだ、と私は思う。

「焼いたりしないわよ。チチはふざけていたのよ」

「ぜったい、ぜったい、焼かないでね」

「大丈夫。ほら、早く朝ごはんをおあがりなさい。カオルちゃんがお迎えに来ちゃうわよ」

海里は不安そうな顔のまま、しぶしぶダイニングへ行った。私も洗面所を出て、リビングのサイドボードの上に置いてあるヤドカリの水槽に目をやった。ハツカネズミはとうに死に、今はこれがいる。子供の拳ほどの大きさの巻貝をかぶったヤドカリは、十日ほど前に篤郎が夜店で買ってきたものだった。昨夜、篤郎は書斎から出てくるなり、「それ、一匹焼いてみてもいいか」と言いだしたのだ。ヤドカリを焼く場面を書くので、焼いたらどんな臭いがするのか知りたいのだ、と。

海里が泣きべそをかき私が強く怒って、わかった、わかったよと篤郎はあっさり撤退した。どのみち本気ではなかったのだろう。小説が思ったように進まなくて、父であることや夫であることが罪のように思えてそんなことを言ってみたに違いないのだ。それにしても子供に言うことじゃないでしょうと、昨夜二人きりになったときにあらためて非難すると、あんたはなんでも大層に考えすぎるんだよと篤郎はむくれていた。

呼び鈴が鳴り、海里が玄関に走っていく。六年生に先導される集団登校はもう終わって、今は同じ学年の友だちふたりと登校している。

行ってきますと言って海里が出ていったあと、私はなんとなく窓から外を見る。ドアを開ける前に娘はもう一度、ヤドカリを焼かないように私に懇願した。大丈夫、約束する。私がそう言うと、疑わしそうな表情で、「でもママコちゃんはいつもチチの味方をするもん」と海里は言った。

その娘がカオルちゃんと一緒に、建物から出てくるのが窓から見える。いつの間にか篤郎が目を覚まし、私の背後に立っていた。ぴょんぴょん跳ねるような足取りで遠ざかっていく子供たちを、ふたりだまって見送る。今はもうヤドカリのことは忘れたように見え、私は少し安心する。犬っころみたいだな、まだまだ。篤郎はぽつりと言う。そんな科白を吐く彼は、昨日とはうってかわって父親然としている。

私はもう一度ヤドカリのことで念を押しておきたくなった。でも、口に出す直前で気を変えて、今朝方見た夢の話をすることにした。

ヤエちゃんが焰を連れて出てくれた。

篤郎は書斎にこもっているし、海里は学校に行っているので、私は小さなグラスに氷を入れて梅酒を注ぎ、ダイニングの椅子に腰掛けた。

「今夜の予定、なくなった」

篤郎が書斎から出てきて、そう言った。そう。じゃあごはんは家で食べるのね。うん、と篤郎は頷く。梅酒を俺にもくれと言うので作ってやる。それを持って書斎に戻ろうとして、篤郎は、思い出したように振り向く。

「次の短編、さっきの夢の話を書いてみたら。あれを出だしにしてさ。あんたの日常みたいなことを書いたら面白いんじゃないか」

そうね、と私は頷いた。


私は文机の前に座り、原稿用紙に向かう。

ヤエちゃんと焰が帰ってくる前に、少し書いてみたくなって。

私はもう三つの短編を、文芸誌に発表している——もちろん、白木篤郎の名前で。篤郎が長編の連載に難渋して、べつの出版社から引き受けていた短編を書く余裕がなくなり、かわりに私が書いたのがはじまりだった。さっきのように篤郎が二、三のモチーフを提案し、私が書き、篤郎が推敲する。そういう方法だ。

最初に書いた短編はかなり好意的に批評された。「作者の新境地」などと書いてあるものもあり、私たちは笑ったものだ。それでまた数ヶ月後に、私が書くことになった。あんた、自分の名前で出したくはないのか。そのときに篤郎がそう聞いた。いやよ。あなたの名前で出してちょうだい。私はそう答えた。本心だったし、今でもそうだ。篤郎からのヒントがあるのだから、一から十まで自分が書いたとは言えないだろうし、それがなくても、あれらの小説を私が書いたと誰に知られるのも私はいやなのだ。篤郎が書いたことになっているから、晒《さら》すことができるのだ。

私は書きはじめる。それは馬の夢だった。海辺で、馬が何頭も倒れている……。ボールペンはすらすらと動く。だが次第に覚束《おぼつか》なくなってくる。これはさっき篤郎に話して聞かせた夢の情景だ。でも私が見たのは本当にこんな夢だったのかと。私はどうして、何のためにこんな情景を書いているのだろうかと。篤郎がまた書斎から出てくる。

「やっぱり今夜、出かけることにした」

どうも気勢が上がらんからさ、と篤郎は言う。

chapter 4
1971 〜 1972

みはる

白木が最近、そんな真似《まね》をすることはめずらしかった。

わたしのほうも久しぶりに着物姿で彼を出迎えたせいかもしれない。その日は昼間に都内のホテルでインタビューを受けていて、帰宅後すぐに白木が来たので、着替える暇がなかったのだった。以前は家でも着物でいることが多かったけれど、この頃、なぜか洋服に散財したくなって、銀座の仕立て屋で次々にオーダーメイドしたワンピースを家でも着ていた。洋装を白木が気に入っている様子だったせいもある。

今日、白木は玄関のドアを開けてわたしを見ると「おっ」と声を上げた。そうして、そのままわたしを抱き寄せたのだった。慌ただしく靴を脱ぎ、わたしを壁に押し付けると、首筋に顔を埋《うず》めながら体をまさぐってきた。会うなり磁石みたいに体をぶつけ合うことは、最初の頃にはよくあった。衰えてきた情熱やそのほかを、わたしの着物を乱すことで白木はやや無理やりに掻《か》き立てようとしたのかもしれない。

わたしが「あっ」と思ったとき、同時に白木が「わっ」と声を上げた。彼はわたしを突き放すようにして身を引いた。ぬるり、と何かがわたしの太股《ふともも》の間を落ちていき、白木は危険物を見るような目で自分の右手の指を見ていた。人差し指と中指が赤く染まっている。

「いやだ。ごめんなさい」

わたしは小走りになって拭うものを取りにいった。血は床には落ちなかった。襦袢《じゅばん》を汚して、そこで止まったのだろう。動くときになるべく下腹に力がかからないように気をつけていたが、あらたな出血はないようだった。

「ついこの前、そうだったんじゃなかったか」

わたしが渡した紙で指を拭き、あいかわらずその指を自分から遠ざけるようにしながら、白木は言った。

「少し乱れてるの、この頃」

わたしは言った。白木にはわざわざ言うつもりもなかったことを、こんなふうに明かす羽目になった成り行きを恨めしく思いながら。

「病院へ行ったほうがいいんじゃないか」

白木は何もわかっていないようだった。ただ、女の体に毎月訪れる変化のことをはじめて知った少年みたいに、気味悪そうにわたしを見ていた。


結局、わたしは病院へ行った。

行くまでもないと思ったけれど、決まりをつけたかったのと、悪い病気の可能性を排除しておくために。

まず検査をし、結果を聞くために二週間後に再び出かけた。検査結果は異常なしだった。どこにも悪いところはない。やっぱり、思っていた通りだった。更年期が近くなると、こんなふうに不規則になるということは、年上の友人から聞いて知っていた。突然、どろっと出てくるからいやになっちゃうの。友人の言葉に、わたしは顔をしかめていたが、そのとき思い浮かべていたのは下着や服の汚れのことだけで、男の指にそれを知られてしまうことなど考えてもみなかった。

「まあ、来たり来なかったりがあって、だんだんに閉経していきますから」

つるりとした顔に眼鏡をかけた、わたしと同い歳くらいの医者は、言い慣れた口調でそう言った。窓の木枠がモスグリーンのペンキで塗られていたが、なぜか途中でやめたような塗りかたになっていて、上の枠だけ白い。そこに錆《さ》びた画鋲《がびょう》が、何かの暗号のように点々と刺さっている。北京《ペキン》で子供を産んで以来のことだからもう三十年近くも、産婦人科を訪れる機会はなかった。受診したのは都内の仕事場の近くにある個人病院だった。通い続けるようなことにはならないだろうと思ったし、気が進まない用事をさっさとすませてしまおうという気分で、ほとんど考えずに通りすがりの小さな病院に入ったのだ。

「薬でどうにかできないのでしょうか」

わたしが聞くと、「どうにか？」と医者はいくらか難じる口調になって言った。「辛《つら》い症状があってどうしてもというのなら、薬を出す場合もありますが……。これは自然のことですからね」

その言葉にもまた、何度も口にしてきたのだろうという感じがあった。目眩《めまい》がしたり、のぼせたり、鬱々と気分が沈んだり。わたしにはまだないが、そんな症状に苦しむ女たちの話も聞いていた。彼女たちに向かって、医者は今の言葉で慰めるのだろう。自然のことですからねと。あなただけではない、女性なら誰もが経験することなのですからね、と。けれどもわたしは、ちっとも慰められなかった。自然。ようするにそれは、どうにもならない、ということだ。どうにもならないものに、わたしたちは支配されているということだ。

外に出ると蒸し暑さが増していた。七月に入り梅雨明けしたが、天気はずっとじめじめしている。病院の門を出ようとしたところで、左足のサンダルのストラップが外れているのに気がついた。屈《かが》み込んだタイミングが悪かったのだろう、ちょうど来合わせた誰かの足が、わたしの頭をかすめた。いつもならそんなこともなかったのだろうに、ある種の消耗をしていたのかもしれない、わたしはバランスを崩して尻餅をついてしまった。

「まあ、すみません、大丈夫ですか、すみません」

駆け寄ってきたのはわたしよりひと回り若いくらいの女性だったが、ぶつかったのは彼女の傍らにいる少女のようだった。ほら、あんたもきちんと謝りなさい。わたしの背に手をあててさすりながら、母親であろう女性は、娘に促した。ごめんなさい。中学生だろうか、セーラーの制服を着た少女は、自分が尻餅をついたかのように目をまるくして謝った。

こちらこそすみません、大丈夫ですと返しながら、わたしは立ち上がった。どこも痛いところはなく、背にあてられた手の感触だけが不快だった。逃げるようにふたりから離れて、大通りへ向かう坂道を下りはじめたとき、あの母娘はいったいどんな用事で産婦人科の病院へ来たのだろう、という考えが浮かんできた。付き添いというなら、母親が娘の、と考えるのが自然だろう。月経の問題だろうか。でもそう考えるには何となく、あの少女はあっけらかんとしていた。母親に妊娠の兆候があって、嬉しいニュースの瞬間を娘と共有するために来たとか。最近はそんな母親もいるのかもしれない。ああそうか、見舞いかもしれない。あの病院で出産したひととその赤ん坊が、奥の病室には何組かいるはずだから……。

そんなふうにわたしが考えているということは、きっとあのふたりもこちらについて、いくらか話題にしているだろうと思われた。妊婦だとはまさか思わないだろうから、いたわるべき病気の女だと見なしたかもしれない。これまで自分がそうだったように、更年期や閉経で産婦人科に来ることがあるなんて、少女はもちろんのこと、母親のほうだってまだ念頭に浮かばないだろう。さっき背中をさすられたときの感触が戻ってきて、振り払うようにそこに手をやる。

行きは、それが坂道であることもほとんど意識せずすたすたと登ったのに、帰りの下りは路面の滑り止めに爪先が引っかかりそうで、みょうに歩きづらかった。突然老婆になったような気分でのろのろと歩きながら、あの日、汚した襦袢がそのままになっていることを思い出した。あのあとすぐに洋服に着替えたが、そのときに汚れを見て気が滅《め》入《い》り、あとで染み抜きをしなければと思いながらまるめて抽斗《ひきだし》の奥に突っ込んだきり、思い出すのをやめていた。もう、捨ててしまうしかないだろう。あらためて広げて黒っぽく変色した染みを目にするのもいやなことだ。

あの日、白木は結局、あらためてわたしを抱こうとはしなかった。上がり込んでいつものようにウィスキーとブランデーの杯を重ねたけれど、寝室には入らずに帰った。はじめてのことではなくて、この頃はそんな日もまれにある。でもあの日は、何かそれまでの「品行方正な夜」――というのは、そういう日にどちらかが冗談めかして口にする言葉だったが――とは違う感じがあった。それとも同じだろうか？　最初の情熱が少しずつ失われていった先に、白木のあの表情があった、ということだろうか。

京都に家を構えてから六年目に入っていた。

新聞小説の舞台を祇園《ぎおん》にすることに決めて、わたしはそこへ通うようになった。自腹でお茶屋に上がり、芸妓さんや舞妓さんを呼んで祇園のしきたりを覚えるうちに、彼女たちはわたしを気に入ってくれて、いろんな話をしてくれるようになった。祇園の人間は口が堅い。彼女たちが披露する愛憎や陰謀のエピソードに出てくる名前は、故人にかぎられていたけれど、驚くばかりの人物の、めくるめくような物語がいくつもあった。彼女たち自身の打ち明け話も華やかで熱っぽく、それが悲劇でも喜劇でも、幸せな話でも不幸な顚末《てんまつ》でも、聞いているといつでも、うす甘く温かい葛湯がゆっくり喉元を通っていくときのような感じがした。

様式美としきたりとに堅く守られて、なまめかしい女たちと成功した者たちが交歓する祇園は、べつの星のようだった。それでもそこにいるのはやっぱり人間に過ぎなかった。どんな物語もはじまれば終わるしかなくて、血を吐くような恋をした女も、歴史を動かした男も、やがて死んでしまい、そうなればただの物語の一部になってしまう。

　祇園に通っていると、白木とのことを思いつめるのはばかばかしく感じられた。それでもその一方で、わたしは彼からの電話を待っていた。あのことのあとというよりそれ以前から、彼からの電話は間遠になっていた。以前は会えない日にも電話だけは欠かさずくれた。今はほとんど、会える日にそれを知らせる電話だけになっている。その電話すら減っているから、当然、会う日も少なくなっている。

　そういうことなら、こちらも京都の家に籠もって、それこそ白木とはべつの星に住んでしまえばいい。そう思っていても、電話が鳴って、それが白木からではないとあきらかになるたびに、彼からの電話を自分がどれほど待っているかに気づかされた。

　会いたいという理由だけで、わたしから白木に電話することはなかった。それはふたりの間の暗黙のルールみたいなものだった。白木のほうは電話をかけたいときにかけてきて、会いたいときに会いにくる。そのためにわたしは外出の予定や仕事のスケジュールをやりくりしなければならなかったけれど、そういう関係を不満に思ったことも、惨めに感じたこともなかった。それらは些末《さまつ》なことだった──これまでずっと。白木への恋情や欲望にこそ、圧倒的な質量があった。

でも今、それは失われようとしている。白木が離れていくのを感じながら、わたしは自分が彼から離れていくのを感じていた。にもかかわらず、白木からの電話を待って苛々《いらいら》していた。何かいやらしい、得体の知れない小さな生きものが足元に無数にいて、何本ものちっぽけな手がわたしの足首にまといついているかのように。

突然、新宿に呼び出されたと思ったら、タクシーに乗り込むことになり、白木が運転手に告げた行き先は横浜港だった。

「ソ連に行く船が出るんだよ、知人がそれに乗るから、見送ってやりたくてね」

というのが白木の説明だった。

「大きな船をあんたも見てみたいでしょう」

べつに見たいとも思わなかったし、白木の知人を見送るのにわたしが一緒に行かなければならない理由もさっぱりわからなかったけれど、わたしは白木とともに、おとなしく運ばれていった。

まあ、たまには変わった場所に行くのもいいかもしれない。船はともかく港はわたしも好きだった。今日は着物を着ておいでよと、誘いの電話で白木から言われ、波の模様の絹紅梅に、帆船を織り込んだ紗《しゃ》の帯で洒落《しゃれ》てきたことも、いくらか心を浮き立たせていた。

「アツローッ！」

わたしがその姿を見つける前に、声が飛んできた。渡航ターミナルの待合室に碁盤の目のように並んだ椅子の間で、その女は立ち上がりこちらに向かってくるったように手を振っていた。身長は百七十センチをゆうに超えていそうな大柄な女で、なによりも赤毛の白人だったから、その場にいるほとんど全員が女に注目していた。

白木はさすがに面映《おもは》ゆそうに、片手をちょっと挙げて応えると、女のほうへ近づいていった。女もこちらに向かって駆けだして、白木に飛びついて抱きすくめた。アツロー、アツローと呼びかける合間に、異国の言葉を連ねる。ロシア語のようだった。

「わかったよ、ニーナ、わかったよ」

大きな身振り手振りで喋《しゃべ》りやめない女から白木はようやく体を離すと、うしろでぼんやり立っていたわたしのことを女が見えるような位置に動いた。

「みはる。ニーナ。ニーナ。みはる」

交互に指で差して紹介めいたことをする。ニーナは一瞬、刺すような目でわたしを見た。それから取って付けたように手を差しだしてきたので、仕方なくわたしは握手に応じた。大きな汗ばんだ手だった。

「ソ連で知り合ったひとだよ。十日ほど日本に来ていたんだ」

白木はわたしに説明した。昨年、彼はソ連の作家同盟から招待を受けて、ほかの何人かの文学者たちとその国を訪れていた。ニーナはあちらの事務局の職員であるとのことだった。何の名目で来日したのか、同行者らしい白人たちが、ものめずらしそうに椅子から伸び上がってこちらを見ている。

「ワイフ？」

ニーナが聞くと、

「ニエット」

と白木は言った。

「フレンド。ショーセツカ。キモノ、フォーユー」

オー、とニーナは叫んで、巨大な奥まった目で、あらためてわたしの全身を睨《ね》め回した。ロシア語で彼女が何か言うと白木はわかったふうに頷《うなず》き、「日本の着物に興味があるんだ」とわたしに言った。

「喜んでるよ。きれいな着物だって。上等なのはわかるんじゃないか、やっぱり」

お世辞のつもりらしい。上等なのか安物なのか、白木自身に区別がつくとも思えないのに。

出港は間も無くだった。待合室の椅子よりももっと気持ちのいい場所があるはずだという白木にターミナルを引き回されているうちに、その短い待ち時間は終わってしまった。ニーナにとっては同行者の目がないところで白木と別れを惜しめるという意味があったのかもしれない。元の場所に戻る前に、彼女は再び白木を抱擁して、両頰に口づけすると、ショルダーバッグの中から大事そうに取り出した包みを彼に手渡した。和紙のような白い厚ぼったい包み紙に、細い赤いリボンがかけてあった。

彼女が出国ゲートの向こうへ消えたあと、白木とわたしは桟橋に出て、ニーナが乗り込んだ客船を見上げた。デッキから見送り客に手を振る乗客の中から、ニーナの姿を見つけ出すまで、白木はほとんど隣にわたしがいることを忘れているようだった。出港のドラが鳴り響き船上からとりどりの色の紙テープが次々に投げ落とされ、白木はニーナのテープを拾うために走った。テープの雨の中を駆けていく小柄な男の姿は、奇妙に幼《いた》気《いけ》な感じがした。

ニーナはテープを胸に抱くようにして白木を見下ろし、投げキッスを繰り返していた。白木は短い腕をワイパーみたいに振ってそれに応えていた。わたしはと言えば、うっかり間違った場所に降り立ってしまった海鳥みたいに、船を見上げて手を振る人波の中にぽつんと突っ立って白木の背中を見ていた。

そのままひとり帰ってしまうこともできただろう。でもわたしは白木を待っていた。このあとわたしに、どんなことを言うのか知りたかった。船が行ってしまうと白木は、連れがいることをようやく思い出したようにきょろきょろしながら戻ってきた。「なんだ、一緒にいればよかったのに」というのが、わたしを見つけて最初に言ったことだった。

それからわたしたちは中華街へ行って、大仰な構えの店の二階席で向かい合った。午後三時過ぎという半端な時間で、白木が知っている店はどこも昼の休憩に入っていたので、選べる店がかぎられていたのだ。白木の希望で二階に上がったのだが、だだっ広いフロアーに客はわたしたちしかいなくて、居心地が悪かった。白木はわたしには何も聞かずに、小籠包《ショウロンポウ》と春巻きと牛肉の焼きそばと、紹興酒《しょうこうしゅ》のボトルを注文した。

「あちらの職員はみんなおそろしく感じが悪いんだ。その中でニーナだけが親切で、よく世話をしてくれたんだよ。でも日本の男はみんな怖気《おじけ》づいて、ろくに返事もできないんだ。俺だけが相手になっていたから、気に入られたんだ」

白木はあらためてそんなふうに説明した。

「何度か会ってたの？　こちらで」

とわたしは聞いてみた。

「手紙が来たんだ。ロシア語で書いてあるからちんぷんかんぷんなんだけど、ホテルの名前と日にちだけはわかるわけさ。おまけにそこに線が引っ張ってある。行かないわけにはいかないだろう」

わたしが黙って紹興酒を啜《すす》っていると、

「いや、ホテルでは待ち合わせをしただけだよ。ほかに彼女がわかる場所はないから。

ようするに、東京案内をさせられたわけさ。間が持たなくて和光《わこう》で腕時計を買ってやったりしたから、彼女はすっかり感激してしまったんだよ」

と白木は言い訳した。

「そういえば、別れ際に何か渡されていたわね」

「ああ、そうだね。開けてみようか」

白木は脱いだ背広と一緒に傍《そば》の椅子に置いていた包みを取った。ほら、とわたしに渡す。

「開けてごらんよ」

「そういうわけには……。あなたへの贈りものなんですから」

「いいから。どうせたいしたものじゃないよ」

断り続けるのも面倒になったので、わたしは包みを解いた。中身は布だった。包み紙と同じような白の、ふわふわした布が折りたたまれている。

「あら！」

広げてみて、思わず声が出た。それは女もののズロースだった。サイズからしてニーナのものに間違いないだろう。新品には見えず、もしかしたらターミナルで白木に会う直前まで穿《は》いていたのかもしれない。そう思ったら気持ちが悪くて、わたしは投げ捨てるようにそれを包み紙の上に戻した。

「ありゃ、まあ」

と白木は言って、わたしを見た。この事態をどうやってごまかそうか考えている。わたしの表情を窺《うかが》って、どう言えば怒らないかと計っている。ひと月足らずの滞在中に、異国の女をものにしてしまう白木。言葉もわからず、英語すら覚束《おぼつか》ないくせに、おそらくは、めずらしい昆虫を捕獲したがる子供みたいに一途《いちず》な、無責任な情熱で女の心を虜《とりこ》にして。

たぶん、日本に来ることがあったら必ず連絡してくれとでも言ったのだろう。わたしは緩衝材みたいなものだったのかもしれない。まさか本当に来るとは思ってもいなかった女が来た。滞在中はよろしくやったが、帰る頃には重荷になっていて、見送りに行くのも面倒になっていた。わたしを連れて行けば女の情を宥《なだ》められると思ったのかもしれない――それほど効果はなかったようだけれど。そうして、女が帰ってしまえば、ようやくわたしの機嫌が気になりはじめている。女から贈られた、巨大なズロースを前にして。

わたしは突然、猛烈に可笑《おか》しくなった。そして実際に笑った。アッハッハと、声を上げて。アッハッハ。アハハハハ。ああ可笑しい。ほっとしたように一緒に笑いはじめた白木が、鼻白んだ表情になるまで。

アッハッハ。アハハハハ。

わたしは笑う。タクシーの後部座席に、わたしと男は並んで座っている。

「よく笑うね」

男は言う。

「よく笑うひと、好きだよ」

男は二十八歳、本人の弁を信じるとすれば役者の卵で、京都には役作りのために思い立ってやってきたと言っていた。それが嘘《うそ》でも、すっきりした、見目好《みめよ》い姿をしている。お茶屋に上がったあと、芸妓や舞妓数人を連れていった祇園のバーに、彼はひとりで来ていた。京都にもそういうバーにもいかにも不慣れであるのがありありとわかり、わたしたちが来たことでいっそう居心地が悪そうにしているのを見かねて声をかけ、一緒に飲んだ。育ちのいい男らしく、話しはじめれば緊張しているところがこちらには逆に面白く、芸妓たちにもてはやされて、男にも思いがけないひとときになったようだった。

家まで送って行きますよと男が申し出たのは、芸妓たちに誘導されて、わたしと「そうなってもいい」と男が口にして座が盛り上がったという成り行きのせいだった。でも今、男が本気でそう思っていることがわたしにはわかっていた。男が寝てみたいと思っているのが、わたしというより「祇園のバーで芸妓と舞妓を引き連れて遊んでいる女流小説家」であったとしても。

「ホテルはどこなの?」

京都駅近くの安ホテルの名前を男は言い、わたしが運転手にその名前を言って、行き先を変更させた。

「わたしがあなたを送ってあげる」

ホテルの部屋は狭苦しくて、芳香剤の人工的な花の香りが強く臭った。シングルベッドひとつで部屋はほとんど塞がっていて、ベッドには金色と臙脂《えんじ》の紋織りのようなカバーが掛けてあった。この夜のあと男のことは忘れてしまっても、このあつくるしいベッドカバーの柄のことはときどき思い出したりするのかもしれない、と思った。

男はベッドカバーを剝がしもせずに、その上にわたしを押し倒した。今夜は洋服を着ていてよかったとも思った。若い男にも容易《たやす》く脱がすことができるから。男はわたし以上に酔っていて、たぶんそのせいで事はスムーズに運んだ。男が行為に集中していて、よけいなことを言わないのはありがたかった。でも、わたしのほうは頭の一部が妙に冴《さ》え冴えとしていて、この男は若いから酔っていても萎えたりはしないけれど、もしも酔っていなければ、五十女の体に欲情することができるだろうか、などと考えていた。

あれっ、と男が呟《つぶや》いて、体を起こした。すごく濡《ぬ》れてると思ったら、ほら。見せられた指が赤く染まっている。ああ、ごめんなさい。わたしはもう驚きも狼狽《うろた》えもしなかった。この男が白木でなくてよかったと思いながら、酔いが膨らみ冴えた部分を覆い隠して、自分の体への失望が、むしろ温かい湯のように広がっていった。

汚しちゃったかな、と男が言ったのはベッドカバーのことだった。男は体を離すと、わたしの下からそれを引き抜いて、床に落とした。それからバスルームへ行ってバスタオルを持ってきて、シーツの上に敷いた。照れもせず、てきぱきとそんな作業ができるのも若い男だからだろうか。

じゃあ今日はあれ付けなくても大丈夫だね。あらためてわたしに覆いかぶさりながら、男は嬉しそうにそう言った。

男とはそれきりだった。

また会いたいと連絡があったけれど、もう相手にしなかった。はなから男には何の興味もなかった。ただ、今の自分に白木以外の男と寝ることができるかどうか、試してみたかっただけなのだ。簡単なことだった。簡単だったが意味はなかった。わたしは男と寝ただけで、彼を愛したわけではなかったのだから。

それなら、男を愛する努力をしてみたらどうだろう。わたしはそうも考えてみた。男からの電話に応じてみたらどうだろう。悪い男ではなかった。年齢差が刺激となって、しばらくの間は面白おかしく付き合えるかもしれない。そのうち、愛しているような気持ちにもなるかもしれない。そして白木と別れられるかもしれない。

だがそのあとは？

わたしは男に飽きるだろう。あるいは男がわたしに飽きるだろう。そうしてわたしは再び、白木のような男の出現を待つのだろう。それから？　また同じようなことが繰り返されるだろう。

もちろんわたしは衰えていく。でも、体が衰えても、心はしぶとい。むしろ体が衰えるほどに、心が求めるものは切実になっていくだろう。さらに老いて、もう性交ができなくなっても、こんなことは続くだろう。なぜならわたしという人間には、それが必要だから。出会ってしまい魂が動かされれば、そのことに気づかないふりをすることはできない。気づかないふりをしながらゆるゆる生きるなんて耐えられない。だからこんなことは死ぬまで続くのだろう。


男と寝たことを、白木に明かそうと決めて明かしたわけではなかった。

その日、白木は約束した時間より二時間以上も遅れてあらわれた。遅れるという電話はあったが、白木の都合に合わせて一生懸命捻出した時間が、あっさり無駄になってしまったことにわたしはひどく苛々させられた。ぽっかりと空いた時間に、仕事をする気にも本を読む気にもなれず、ただ苛々と待つことしかできなかった。はじめてのことではなかった。わたしには何か予感があったのかもしれない。遅れることを告げて「すまないね」と謝った白木の口調が全然すまなそうではなかったこと、いつもは遅れる理由をくどいくらい説明するのに、今日はただ「ちょっと、予定が変わってしまった」とだけしか言わなかったことなどを、二時間ずっと考えていて、そういう自分にも腹を立てていた。

そうして、午後十時を過ぎてようやくあらわれた白木は、あろうことか女をふたり連れていた。ともに三十代半ばくらいの女たちで、ひとりはガラス作家、もうひとりは神保町《じんぼうちょう》でギャラリー兼バーのような店をやっている女だということだった。その店に置いてあるグラスを白木は気に入って、自宅用に幾つか購入した。べつの日に取りに行くつもりだったが、ガラス作家の女が今日たまたまその店にやってくるということを聞いて、会ってみたくなり急遽《きゅうきょ》予定を変更したのだと白木は言った。

「話が弾んで夜更けまで居座りそうだったんだけど、あんたが待っているのがわかっていたから、このひとたちを連れてきたんだよ」

白木はしゃあしゃあとそう言った。

「ガラス作りの話を聞いてごらんよ、面白いから。小説に書きたくなるかもしれんよ」

突然お邪魔してすみませんとか、お会いできて光栄ですとか、女たちも口々に言った。白木とわたしとの関係については疑ってはいないようだった――それはそうだろう、ガラス作家の女は白木に口説かれている真っ最中に違いなく、そういう女を連れて行く先が、関係のある女の家だとは、まさか考えないだろう。白木がそういうことを平気でする男であるとは、まだ知らないはずだから。

それにこの女は、もう白木と寝ているのかもしれなかった。少なくとも今日が初対面ではないだろう。わたしに対してだけではなくバーの女に対しても、初対面ということにしておけと白木から言われているのかもしれない。でも、そうでないことは、女の表情や白木への受け答えから簡単にわかってしまう。バーの女はともかくとして、わたしにわかってしまうということが、どうして白木にはわからないのだろう。いや、白木はわかっているのかもしれない。わかってやっているのかもしれない。何かのためにやっている。もしかしたら白木は、べつの情事を介在させることでしか、もはやわたしとの関係を続けられないのかもしれない。

「せっかくだから、サインしてもらったら」

白木が女たちに言っている。

「でも、本を持ってきていないから」

「あんた、ここにある本にサインしてやりなさいよ」

わたしは書斎から新刊を二冊持ってきた。為書《ためが》きをするために女たちにあらためて名前を聞いて、どんな漢字を使うのかを聞いた。美しいに英語の英です、とガラス作家の女が言ったから、その通りに書いた。美しいの美、英語の英、美英。女の名前を自分の本に書きつける万年筆と、それを動かす自分の手を見下ろしていると、ニーナのズロースを見たときのように、また声を上げて笑いたくなってきた。

「わたし、仕事をしてきます。三人でお好きに飲んでいてください」

ふたりの女に本を渡しながら、笑うかわりにそう言った。えっ、なに言ってるんだと白木が声を上げたけれど、聞こえないふりをして立ち上がり、書斎へ入った。

閉ざしたドアをすぐにも叩《たた》かれるかと思ったが、白木は追ってこなかった。もちろん仕事などできるはずもなくて、意味もなく机の上の本を片付けたり、書き損じの原稿を眺めたりしていた。無意識に耳を澄ませていたが、リビングからの声は聞こえてこなかった。ドアを閉ざしてしまえば外の音はほとんど届かない。あるいは三人は表情だけで会話しながらこそこそと飲んでいるのかもしれない。三十分ほど経った頃、ドアが乱暴に開けられて白木が入ってきた。

「ふたりは帰ったよ」

あらそう、とわたしは言った。

「ちょっとひどいんじゃないのか、あんなふうに放り出すというのは。あんたに会いたいと言ってせっかく来たのに……」

白木は荒々しく言った。信じられないことに、この男はこの状況で、わたしに対して怒っているのだ。

「会いたいなんて思ってなかったわよ。わたしがなにを書いているかもろくに知らなくて、ぽかんとしてたじゃありませんか」

「ほんの数時間、親切にしてやるくらいのことがなんでできないんだ」

「あなたが寝ている女に、どうして親切にしなくちゃいけないの」

穏やかに言い返していたつもりが、わたしの声は次第に昂《たか》まった。白木という男への、怒りというより哀れみに突き動かされて、わたしは激昂《げきこう》していた。

「どうしてそう、なんでも色恋のことに考えるんだ。人間として面白い女だから連れてきたんだよ。あんた以外の女とは話もするなっていうのか」

「不必要になった人間には何をやったっていいと思ってるのね、あなたは」

「何を言ってるんだ」

「あなたにはもう、わたしへの情熱はないんでしょう。どうすれば終わることができるかわからないでいるんでしょう」

「情熱を失ったのはそっちのほうじゃないのか」

「そうかもしれない」

わたしと白木は睨《にら》みあった。白木の目には怒りよりも当惑のほうが色濃くあらわれていた。きっとわたしも同じ顔をしているのだろう。本当のことを、今自分はこんなふうに明かしてしまうのだ、と思った。

「若い男と寝たのよ、わたし」

白木は目を剝《む》いた。その顔を見て、自分自身ではなく白木のためにわたしは後悔したけれど、もうやめることはできなかった。

「少しも気づかなかったでしょう。わたしが何をしたって、あなたはもう気づきもしないのよ」

白木は口を引き結んだまま家を出て行った。

その日から二週間余り、彼からの電話は途絶えた。


「ほら、トビウオがいるぞ」

白木が指差す。

「どこ？」

「ほら、また飛んだ。ほらあそこ。ほら、ほら」

わたしは懸命に目を凝らしたが、船の後を追ってくるというその魚を、船尾の水飛沫《しぶき》の中にどうしても見分けられなかった。

「もう見えないよ」

白木は拗《す》ねたように言った。

佐世保港から乗り込んだフェリーで、わたしたちが向かっているのは崎戸《さきと》だった。白木が少年期を過ごしたという島だ。午前中の船だったが、乗客のほとんどは島へ戻るひとのようで、船室に落ち着いて新聞を読んだり弁当を食べたりしていた。甲板に出ているのはわたしたちだけだった。

二週間ぶりに電話をよこした白木から、この旅に誘われた。佐世保へ行ってみないか。佐世保で一泊して、翌日は崎戸に行こう。いつかあんたをあの島に連れて行きたいと思ってたんだ、と白木は言った。ずっと会わずにいたことも、その原因となった諍《いさか》いのことにも、どちらからも触れぬまま、わたしたちはここまで来ていた。

「大丈夫？　船室へ入りましょうか」

「いや、風にあたってるほうが楽だから」

羽田空港で待ち合わせしたときから、白木は具合が悪そうだった。子供から風邪をうつされて熱があるらしい。白木が熱に弱くて、三十七度もあれば参ってしまう体質であることを知っていた。今回はやめておきましょうよとわたしは言ったが、一晩寝れば治るからと白木は聞き入れなかった。佐世保では小料理屋に短時間いただけですぐにホテルに戻り、実際白木はばったりベッドに倒れこみすぐに寝息を立てはじめたのだが、今朝になってみると体調はさらに悪くなっているようだった。

フェリーが港に着くと、わたしたちはタクシーに乗った。二坑《にこう》に行ってくださいと白木は運転手に告げ、車は海沿いの道を走り出した。十月だったが木はまだ青々として丘をこんもり膨らませている。カーブを曲がるたびに海が切り取られてキラキラ光った。丘の頂きに白いコンクリート造りの建物が整然と連なっている。あれは何？　あれは坑夫が住んでいたアパートだよ、と白木は答えた。熱のせいで張りが失われた白木の声は、べつの男の声のように聞こえた。

「お客さんは雑誌のひとね？」

運転手が話しかけてきた。

「いや、違いますよ」

白木はむっとしたように答えた。

「廃坑になってから、タクシーに乗るのは新聞とか雑誌のひとと決まっとりますけんね」

運転手はどこかわざとらしい、屈託のない口調で続けた。

「雑誌のひとでないなら、炭鉱跡に何ばしに行くとですか」

白木は黙っていた。いつもの彼なら、どれだけでも運転手を驚かせたり喜ばせたりする答えを、瞬時に返せるのに。

「ここに住んでいたんですよ、子供の頃に」

わたしは思わず口を挟んだ。

「そがん言われる方も多かです」

運転手は言った。

海沿いの集落が見えてくると白木は車を止めさせた。あちこち回るならここで待っときますたいという運転手の申し出を断って、わたしたちは集落に沿って歩いていった。

そこが二坑の居住区だった。木造の家はどれも朽ちかけ、互いに支え合ってどうにか崩れ落ちるのを免れているというふうだった。窓ガラスはほとんど割れるか取り去られるかしていた。覗《のぞ》き込むと畳を破って草が伸びている家もあった。ここは豆腐屋だった、と白木が立ち止まった建物にも、そこが商店だったという面影すらなかった。楼閣があったという一角には建物すら残っていなくて、なぜか掘り返された土が山になっていた。人の姿はまったくなく、その気配さえもとうに彼方《かなた》のものになっていた。崎戸炭鉱が完全に閉山したのはたしか三年ほど前だ。石炭産業が栄えていた頃には大勢の人間が行き交い活気に満ちていたであろう町も、たった三年でこんな有様になってしまうのだ。

「あなたの家はどこだったの」

「もう少し下の、路地の先」

その路地をわたしたちは下っていった。路地の先には細い川が横たわっていて、その対岸に、見てきたものよりさらにひしゃげたような家並みがあった。あなたの家はどこ。もう一度聞くと、あれだよ、と白木は指差した。あそこの、窓がちょっと傾《かし》いでる家があるだろう、あそこに住んでたんだ、ばあちゃんと俺と妹とで。わたしは頷いた——どこが窓なのかもわからないような家並みの中で、白木が指差しているのがどの家のことなのか、実際にはよくわからなかった。

その場所まで下りていくのかと思っていたが、白木はそうせずに来た道を戻りはじめた。さすがにきついな。ちょっと座っていいか。路地を出る前に白木は奥まった建物の前の石段に座り込んだ。隣にわたしも腰かけようとすると、待て、待てと白木は言って、腰を浮かせてズボンの尻ポケットからハンカチを取り出し、石の上に敷いた。そんなふうな思いやりを、自分でそれとも気づかずに何かがぽろりとこぼれるみたいに見せるのが白木という男だった。

「ここは銭湯だったんだよ。覗いてごらん」

背後に大きく開いた戸口から中を覗くと、思いがけぬ広さがあって、脱衣所の名残のような棚も見えた。浴場との仕切りはとっくになくなっていて、表の明るさが届かない奥が、霊廟《れいびょう》のように見える。姿勢を戻すと、背中がぞくぞくするようだった。

「廃坑になってから、もう何度来た?」

わたしがそう聞いたのは、この島に白木といると、炭鉱で栄えたかつての町ではなくて今のこの廃墟《はいきょ》こそが、彼の故郷であるように感じられてくるからだった。

「何度も来たよ」

と白木は短く答えた。

「十五、六の頃まででしたっけ、あなたがここにいたのは」

「うん、そう」

「放浪していたというお父さんは、崎戸では暮らさなかったの？」

「いや、崎戸では一緒にいた時期もあったよ」

「お父さんも炭鉱で働いていたの？」

「そう。事務方だったから、山には入ってないけど」

「あなたは十五の頃には、トンネルで石炭を運んだりしていたんでしょう」

「うん」

白木は言葉少なくて、公表されている彼の年譜やこれまでに本人から聞いた話を思い出しながら話すわたしのほうが饒舌《じょうぜつ》になった。

やはり熱があるせいなのだろうか——これまでにあきらかにした以上の逸話を、得意の脚色も混じえて白木はここで語り尽すのだろうと、わたしは身構えていたのに。でも、こちらが本物の彼なのかもしれない。わたしは不意にそう思う。廃墟の中で言葉もなくぼんやりしているのが、白木の本当の姿ではないのか。

「ここに連れてきたのは、嫁さんのほかにはあんたがはじめてだよ」

白木は言った。嘘じゃないよ、と続けたからわたしは少し笑った。どうして彼はわたしをここに連れてきたのだろう。

行こうか。白木は腰を上げながら、わたしの手を取った。そのままわたしたちは手を繋《つな》いで海に向かって路地を歩いた。白木にとっては、熱でふらつくせいだったのかもしれないけれど、彼と手を繋いで歩いたのはそのときがはじめてだった。その手は熱くて乾いていた。

わたしの体の奥底から込み上げてくるものがあった。この男がいとしい、とわたしは思った。どうしようもない男だけれど、いとしい。いとしくてしかたがない。

白木との関係を終わりにしたいと、これまでにない熱量で思ったのも、同時だった。路地の先に見える明るさがくっきりと真横に区切られていて、下半分が海だった。このままあそこへ入っていきたい、と思った。白木と一緒には行けない。道連れにはできない。わたしひとりで行くしかない。決意というよりそれは憧れに近いものだったし、文字通り、わたしの前にあらわれた道だった。

笙子

いわゆる旗竿地《はたざおち》というのか、その物件は二軒の住宅に挟まれた細長い通路の先にあって、私たちはなんとなく二列になって歩いた。

先頭に秦《はた》さんと篤郎、その後ろに私と不動産屋の担当のひと。待ち合わせした久我山《くがやま》の駅からずっと、秦さんは篤郎に負けない大きな声で喋り続けている。土地の話ではなくてこの前死刑判決が確定された「毒ぶどう酒事件」の話で、警察や司法のやりかたについて強い言葉で非難しているから、不動産屋は居心地が悪そうだ。

道の片側にはプランターが並んでいて、プランターには赤や黄色やピンク色の、幼稚園の花壇でよく見かけたような花が咲き誇っている。これ、わざわざ置いてくださったんですか、と私は不動産屋に聞いた。

「いえいえ……たぶんお隣の方が置いてるんでしょう」

私と同年代くらいの小太りの男は、ひどく慌てた顔をして答えた。

「窓から花が見たいんでしょう。ひとが通らないから、ご自分の敷地みたいな気持ちになってるのかもしれませんね。ご購入が決まれば、もちろん撤去していただくように申し入れますよ」

そういうことを言いたいわけではなかったのだ。でも、会話を打ち切るために、私は曖昧に頷いた。窓から花が見たいんでしょう、という言葉が妙に耳に残った。どんなひとがどんな気分で、窓から花を眺めているのだろうと。

「おお、いいじゃない、この見晴らし」

秦さんがひときわ大きな声を上げる。秦さんは篤郎がどこかの飲み屋で知り合ったひとで、本業は土建屋だが、行動や発言からすると活動家といったほうが正しい感じがする。数回、家に来ただけで、篤郎とすっかり親しくなってしまった。そろそろ家を建てなよ、俺が面倒見てやるからと来るたびに煽《あお》られて、調子を合わせているうちに土地を探すところまで話が進んでしまったのだ。

そういえば駅からの道の途中に長い坂があったのだった。見えるのは住宅ばかりだったけれど、そこはたしかに見晴らしのいい場所だった。

「こっち側にばーんと広いテラス作ってさ、ビール飲んだら気持ちいいよう」

秦さんが言い、夏には花火も見えますよと不動産屋が口を添えた。

「白木さん、どう？　かなりいい線いってるんじゃない？」

「うん、悪くないね」

「奥さんはどうです？」

「そうね、いいんじゃないかしら」

　秦さんは不動産屋に向かって、おどけた顔をして見せた。悪くないねと答えはしても、きっと今回も——今日のが三つ目に見た物件だったが——購入にはいたらないと思っているのだろう。

　実際、篤郎は決めないだろうと私は思う。何かぴんとこないとか、もうひとつふたつ物件を見てから比べてみたいとか言うだろう。土地の広さとか価格とか坂があるとかないとか、そういうことではないのだと思う。この物件を断る理由があるとしたら、きっとあのプランターの花だ。隣人が敷地を越境したとかどうとかは関係ない。プランターに整然と植え込まれた一年草、そこに込められた意志のようなものに、私も篤郎も、たぶん足元をすくわれる気がしてしまうのだ。


　日曜日、海里と焔《ほむら》はミニチュアの家具セットで遊んでいる。

　二年くらい前にベッドとソファと食卓と椅子のセットを海里にねだられて買ってやったのがはじまりで、子供の掌《てのひら》サイズのおもちゃの家具は、今は大きなクッキー缶がいっぱいになるほど種類も数も増えている。

海里の家と、焔の家。それぞれハンカチや空き箱の蓋を敷いて部屋を作って、家具を並べている。ここが応接間、ここがごはんを食べる部屋。家具が足りないぶんはマッチ箱や瓶の蓋や細々したガラクタを使って工夫している。そういうことが楽しいようだ。二階まではエレベーターに乗っていきます。私の使い古しの小銭入れがパックリと口を開け、薬局でもらったカエルのゴム人形を乗せて、海里の指に摘まみ上げられ上昇していく。

「気がすすまないなら、当分ここでいいんじゃない？」

私は篤郎に言う。団地の、私たちのダイニングで。ダイニングテーブルは最近買い換えたもので、めずらしく篤郎と映画を観《み》に行った帰り、たまたま近くでやっていた陶磁器の展示会に立ち寄って見つけた。器を並べる台として使われていたのを、無理を言って譲ってもらったのだ。売りものではないからと先方が渋るのに私がしつこく食い下がったことに、篤郎は驚いていた。

「しかし秦さんと約束しちまったからなあ」

篤郎は枇杷《びわ》の皮をむきながら言う。枇杷は彼の好物で、自分で皮をむいて口に入れる数少ない果物のひとつでもある。

「買うのなら、久我山は悪くなかったんじゃない」

「悪くはないけど、どうしてもここじゃないととも思わなかっただろう。違うか」

「そんな土地はそうそうないわよ。どこだって結局は東京の住宅地だもの」

「あんたこそ、本当はあんまり家を建てたくないんだろう」

「またそんなことを言う。私のせいにしたいのね」

私は苦笑してみせる。私たちの前には、これまで見てきた物件の資料と、さらに秦さんが集めてきた物件のチラシが散らかっている。篤郎が迷っていることが私にはわかる。どの土地を買うかではなく、家を建てることが正しいかどうかを。土地を買って家を建てることを、篤郎は自分の人生のある達成みたいに思わずにはいられなくて、同時にそういう心根を憎んでいるのだ。

「じゃあ、行ってきますね」

ヤエちゃんがひょこっと顔を出した。自分で縫ったあたらしいワンピースを着ている。日曜日は彼女の休日で、この頃は毎週外出するようになった。

「すごいな、あれは」

ヤエちゃんが出ていくと、篤郎が小声で言った。彼女の化粧のことを言っているのだ。私は唇に人差し指をあててみせた。十一歳になった海里はもう大人の話はそれなりに理解する。

「大丈夫なのか」

篤郎はさらに声を潜めて言う。ヤエちゃんには今、恋人がいるのだが、その相手が妻帯者であるという打ち明け話を、この前本人から聞いていた。「絶対誰にも言わないでくださいよ」と私はヤエちゃんから念を押されたのだが、その日のうちに篤郎に話してしまった。

「こちらでどうこう言ったって、なるようにしかならないでしょう、こういうことは」

私はわざと通常のボリュームの声で言った。ひみつの話をしている、と子供たちに思われないように。

「まあね」

と篤郎は認める。普段彼がやっていることからすれば、当然、認めざるを得ないだろう。それでも彼がヤエちゃんの相手や、そんな相手に「引っかかっている」ヤエちゃんに嫌悪感を持っていることは隠しようもない。自分以外の人間に彼が適用する道徳観は、私に言わせればまったく保守的なものだ。

「黙ってやってくれればいいのになあ」

結局、そういう言葉で篤郎はこの件を突き放す。

見計らったように、うわあああん、という泣き声が上がった。焔《ほー》がミニチュアの家具を投げつけながら、足を踏みならしている。もうやだ、焔ちゃんはすぐ泣くんだもん、ひとのものばっかりほしがって。海里が口を尖《とが》らせて言いつける。

私は子供たちの相手をするために、隣室へ行った。焔が引っ掻きまわしたのだろう、さっきまで部屋だったはずのハンカチがぐしゃぐしゃになっている。

厚ぼったいガラスの中に小さな気泡がポツポツと浮かんでいる。口径は歪《いびつ》で、全体的には植物を思わせるかたちをしている。氷を三つ入れてウィスキーを注ぐ。

「飲むでしょう？」

グラスを掲げて見せると、蒔子は一瞬目を丸くしてから「飲む飲む」と答えた。私は自分のぶんも作って、妹の向かいに掛けた。

夏休みに入ってもう半ばだ。今日は日曜日だから、ヤエちゃんはまた出かけている。篤郎は子供たちを連れて近所の大学のグラウンドへ行っている。海里の自転車の練習のためだが、蒔子が来ることは知っているから、間もなく戻ってくるだろう。

私は四人兄妹の長女で、蒔子はいちばん下の妹だ。私とは十四歳離れている。弟ふたりは佐世保で家業の和菓子屋の仕事を継いでいるが、蒔子は私を追うようにして東京に出てきて、今は芝居をやったり夜の店でシャンソンを歌ったりしている。いったいどうやって生活が成り立っているのか何度聞いてもよくわからず、きっと佐世保の両親から仕送りしてもらってもいるのだろう、と私と篤郎は考えている。いずれにしても両親にとって悩みの種であることは間違いないだろう。私がどうにか落ち着いた——と、彼らは信じようとしている——と思ったら、今度は蒔子が東京で、彼らにはさっぱりわけのわからないことになっているのだから。

「ここの家はいいね。昼間っから飲ませてくれるんだから」

蒔子はグラスを目の高さに上げて言う。

「洒落てるね、これ。どうしたの」

「篤郎さんがどこかで買ってきたの。ガラスであれこれ作ってるひとがいるんですって」

「へえ。あたしもひとつほしいな」

「篤郎さんに聞いてみたら」

グラスについて、私はそれ以上詳しくは言わない。篤郎が帰ってくれれば、私に吐《つ》いたのと同じ嘘を吐いてくれるだろう。

私は立ち上がり、燻製《くんせい》の鯖《さば》を切った。

「うわあ、おいしい。筐子ちゃんが作ったの？」

「萩原《はぎわら》さんがくれたのよ。彼女のお手製」

これについては私は本当のことを言う。

「萩原さんって、まさか、あの萩原さん？」

蒔子は目を剝く。そう、と私は頷く。

「ちょっと、笙子ちゃん。どういうこと？　あのひととまだ付き合ってるの？」

「付き合ってるというわけでもないけど、たまに電話がかかってくるのよ。めずらしい到来物があるとか、おいしいものを作ったからとか……。あのひと、料理が上手だったでしょう」

「だって萩原さんは篤郎さんと……。まだごちゃごちゃやってるわけ？　あのふたりは」

「ううん、そういうのはもう終わったはず。だから電話をかけてくるのよ。篤郎さんにじゃなくて、私にかけてくるの」

「それでこんなもの持って、この家に出入りしてるの？」

「この家には来ないわよ。私が取りに行くの。海里は荻窪《おぎくぼ》のおばちゃんって呼んでる」

「はあ。うちのような凡人には、いっちょん理解できまっせんばい」

蒔子はわざとらしく佐世保弁になってそう言った。私の予想に反して、それ以上は追及しないことにしたようだ。私が篤郎という男のふるまいに慣れたように、篤郎の妻となった姉のありように慣れてきたのかもしれない。

私と結婚する前の篤郎の恋人で、結婚してからもしばらく付き合っていたのが、萩原さんだった。でも今は、ふたりの関係は本当にもう終わっている。私にはそれが確信できる。萩原さんは私の存在を知りながら篤郎と関係していたわけだけれど、その関係が終わってしまえば（いや、その関係の最中でさえ）私は彼女を責める気にならない。そうして萩原さんのことを同志みたいに、私がまだ終えていないことをすでに終えたという意味で姉みたいにも感じている。そういうことを蒔子の前で言葉にして、自分自身に今一度たしかめてみたかったのに。

「あれっ、これ何」

話題を変えようとした蒔子が、テーブルの脇に寄せてある本やゲラの山の上の、物件情報のチラシを見つける。しまった、と私は思う。ずっとそこに置きっぱなしになっていたので、目が慣れてしまって片付けておくことを思いつかなかった。

「家を建てようとしてるの？」

「うん……なんとなくそういう話になってるの」

「へーえ、家ねえ。おもしろか。あの笙子ちゃんと篤郎さんがねえ」

そこでドアが開く音がして、篤郎と子供たちが帰ってきた。あっ、蒔子ちゃんだ。蒔子ちゃんが来てる。子供たちがバタバタと蒔子に駆け寄り、その後ろから篤郎がゆっくり入ってくる。

「よう、久しぶり」

篤郎がそのまま私の隣に座ったので、私は彼のオンザロックを作るために立ち上がった。篤郎が持ち帰ってきた――彼の目下の恋人が作ったに違いない――グラスはふたつで、今は私と蒔子が使っているから、私は迷う。

「そっちで飲む？」

テーブルの上の私のグラスを指差すと、ああ、俺はなんでもいいよと篤郎は言う。あんたたち、せっかくだからいいグラスで飲みなさいよ、と。

「いいねえ、これ」

蒔子があらためてグラスを褒めると、

「いいだろう」

と篤郎は嬉しそうに答える。よく行くバーで……店のひとの知り合いが……という話が聞こえてくる。

「で、そのガラス作家はいい女だったりするんじゃないの？」

私がテーブルに戻ったタイミングで、蒔子が言う。

「いや、子供だよ、まだ」

篤郎はそう答える。どうでもよさそうな、あっさりした口調だが、それで私には彼の新しい恋人のプロフィールが付け足される。子供みたいな若い女なのだ、と。案外蒔子よりも若いくらいなのかもしれない、と。

そのまま夕食の時間になった。子供たちは叔母の「蒔子ちゃん」が大好きなので大喜びだ。蒔子の自由さ、無責任さの魅力は子供たちにも伝わるのかもしれない。蒔子にだって恋の経験はもうふたつや三つあるだろう。でも妹はまだ、不自由を知らない。自分で自分を不自由にすることがあるなんて、思ってもいないだろう。

かつては蒔子が、子供たちが蒔子を見るのと同じ目で私を見上げていたものだ。あの頃私は、両親や職場の同僚や、自分が生まれ育った町全体を不自由だと感じていたが、たぶん、不自由の意味が本当にはわかっていなかった。

食事がそろそろ終わる頃、電話が鳴った。電話機にいちばん近い席に座っていたのが蒔子だったので、彼女が取った。もしもし。もしもし、白木ですが。何度か繰り返し、

「切れちゃった」と言って受話器を戻した。

「いたずら電話？」

海里が、最近覚えた言葉を使う。そうかな？　あたしが出たから、間違った家にかけたと思ったのかもね、と蒔子は言う。

また電話が鳴った。私が立ち上がるが、一回鳴っただけで切れた。なんなの？　やあねえ、と蒔子は眉をひそめたが、すでに酔っ払っているせいもありたいして気にもならないようだった。電話はそれきり鳴らなかった。

「駅まで送ってやるよ」

終電に間に合うようにと、蒔子が腰を上げたところで、篤郎がそう言った。子供じゃ

ないし大丈夫よと蒔子は言ったが、いや、俺もちょっと飲みすぎたから歩きたいんだと篤郎は言って、蒔子と一緒に家を出ていった。

子供たちはもう部屋で眠っている。ヤエちゃんはさっき帰ってきたが、蒔子に挨拶だけしてさっさと自室に下がってしまった——これから酔っ払いに付き合って、デートの余韻を台無しにされたくない、という顔で。ひとりになりたかったから、私にはありがたい。

私はエプロンを着け、洗いものに取りかかった。

テーブルの上の汚れた皿やグラスを、シンクに運ぶ。鯛《たい》の刺身が残っているから小皿に入れて醤油に漬けておく。駅までは歩いて四分。酔っ払った蒔子がだらだら歩くとしても——篤郎はあれしきの酒で「飲みすぎ」てなどいるわけがないが——もう着いている頃だろう。蒔子が駅舎に入るのを見届けて、篤郎は踵《きびす》を返す。気が急《せ》いているに違いないから、きっと駅前の電話ボックスに入るだろう。

油気の少ないものから洗っていく。海里と焔が飲んでいた麦茶のコップ。私と蒔子が、途中から飲みはじめた赤葡萄酒《ぶどうしゅ》のグラス。そしてこのグラス。女が作ったグラス。どちらにも、私と蒔子の口紅がうっすら付いている。

さっき電話が鳴ったときの篤郎の動揺ぶり。誰も気づかなかったけれど、私にはわかった。あれから彼はずっとそわそわしていた。今は電話ボックスで女と話している最中だろう。どうしたんだ、家に電話してくるなんて。用があるなら切ったりしないで取り次いでもらえばよかったのに。そんなふうに言っているかもしれない。ああ、電話に出たのは嫁さんじゃないよ、嫁さんの妹が来てたんだ。そんなふうに説明しているのかもしれない。子供みたいな若い女に。俺も話したかったよ、だから家を出てきたんだ、あ、大丈夫、もう少し話せるよ。そんなふうに囁《ささや》いているのかもしれない。

篤郎さんっていうひとは、どうしてああ嘘ばっかり吐くんでしょうね。

この前、萩原さんの家に燻製をもらいに行ったとき、私は彼女にそう聞いた。独り住まいの台所で、私に梅酒を出してくれ、私に持たせる燻製を弁当箱に詰めている彼女の背中を見ていたら、ぽろりとその言葉が洩《も》れたのだ。

ああ、それはねえ、嘘を吐かなかったら篤郎さんじゃなくなってしまうでしょ。彼は嘘を吐かないと生きていけないのよ。

燻製のレシピを教えるような口調で、萩原さんはそう答えたのだった。

女が作ったグラスを、私は洗う。洗剤をつけたスポンジで口紅を洗い落とし、水で泡を流す。今これを、床に叩きつけて割ってしまったらどうなるだろう、と考える。ひとつだけではない、篤郎にその意味がよくわかるように、ふたつとも粉々にして、その破片の中に突っ立って、彼を待ち構えていたら。

もうがまんできない、別れましょう。篤郎に、そう言ったら。

別れることはできるだろう。篤郎がどれほど言い訳しても説得しても怒っても嘆いても、私さえその気になれば。子供たちは私と暮らすことになるだろう。篤郎が親権を主張するとは思えない。

生活はどうするか。佐世保の実家に帰ればいい。両親は嘆くだろうが、最終的には迎え入れてくれるだろう。仕事を探そう。国語の教師に戻れるかもしれない。家庭教師をしてもいい。その合間に小説を書こう。篤郎の世話をしなくてもいいのだから、働きながらだって時間は作れるはずだ。そうだ、小説を書くのだ。今度こそは、自分の名前で。

私はグラスを水切りカゴに伏せる。

床に叩きつけて割ったりはしない、もちろん。ただ空想してみただけだ。子供が架空の星を思い浮かべて、羽の生えた人間や、球体の家や、巨大な昆虫が牽引《けんいん》する乗りものを絵に描くように。

私は篤郎と別れない。別れられないのではなく、別れないのだ。

洗いものが終わっても篤郎が帰ってこないので、私はテレビをつけた。いきなり画面に長内みはるがあらわれたのでぎょっとする。どこかの展覧会場に展示された掛け軸の前で、なめらかな口調で解説している。

そういえばしばらく前にも、篤郎と一緒にテレビで彼女を観たことがあった。日本各地の展覧会や芝居やイベントなど文化的な催しを紹介する番組で、キャスターを引き受けたということで、そのときは篤郎が番組の時間を調べて、はじまるのを待ち構えるようにして観たのだった。

あのとき、長内みはるが画面に出ている間じゅう、篤郎は無言で、食い入るように観ていた。そして番組が終わると、「こんなものに出なければいいのにな」とポツリと言って、さっさと書斎に入ってしまった。長内みはるとはもう別れたと思っていたが、もしかしたらまだ続いているのかもしれない。私はそう思ったのだった。

今もまだ続いているのかもしれない。次の展示物のほうへ歩いていく長内みはるを観ながら、私はあらためてそう考える。赤一色で菊の花が描かれた紋綸子《もんりんず》に赤い帯。彼女は着物の趣味がとてもいい。

続いているとすれば、もう五、六年もの関係になる。それほど長い間、篤郎が女と付き合ったことはこれまであっただろうか——この私以外に。もちろんこの五年の間には、長内みはる以外にも女はいた。旅先の異国でさえ女を作ってしまう男なのだから（ロシア語のエアメイルが何通か届いて、篤郎はそれを私に訳させた。語学学校にあれっぽっち通っただけの語学力では、ろくにわからなかったけれど、それでも幾つかの愛の言葉を見つけることはできた。相当俺のことが気に入ったんだなと、篤郎は得意そうだった。旅先でのアバンチュール程度は私に隠す必要もないと思っているらしい）。

数週間で終わった女、数ヶ月で終わった女、束の間《つかま》よりを戻した女もいた。本気になると篤郎はそのことを隠そうとする。でも、本気になったということ以外は隠さない——むしろ私に教えたがる——から、結局私は彼の恋人を易々《やすやす》と数えることができる。長内みはるもそうだろうか。自分以外の篤郎の恋人のことに気がついているだろうか。気がついているだろう、きっと。ガラスを作る女のことも知っているだろう。そうして、何を思っているのだろう。長内みはるなら、グラスを床に叩きつけるだろうか。もうがまんできない、別れましょうと篤郎に言うだろうか。

ドアが開く音がしたので私はとっさにテレビを消した。そんな自分が可笑しくなる——まるで長内みはるが、私の恋人であるかのようなふるまいだから。

「夜はけっこう涼しいなあ。自転車で走ってたらいい心地になって、ちょっとそこらへんまわってきた」

遅くなったことへの、それが篤郎の言い訳だ。

結局、私たちは調布《ちょうふ》市内に土地を買った。

それまで見てきた物件からすると、トマト畑や田んぼに囲まれた住宅街はずいぶん田舎に感じられたが、そちらのほうが私たちには落ち着いた。五分も歩けば多摩《たま》川が流れていて、篤郎はそれが気に入ったようだった。といっても、私も篤郎ももう物件を見て歩くのに倦《う》んでしまった、というのが本当のところかもしれない。

銀行の一室で、篤郎は山ほどの書類に署名して判子を捺《お》した。篤郎の名義でお金を借りるから、彼が署名をするしかなく、私はただその手元を見ていた。

すみませんね、ここところここに。それからこちらに。口を利くのは不動産屋と銀行の担当者だけで、篤郎は難しい顔をして、黙々とサインしていた。ノートに小説を書くときの糸くずのような字ではなく、わかりやすい、そのせいなのかどこか女性的に見える字で。

なぜか私は、ダイニングテーブルを買ったときのことを思い出した。あのギャラリーに、器も気持ちを惹かれるものがたくさんあったのだけれど、それよりも展示台として使われていたあのテーブルが、私はほしくてたまらなくなってしまったのだった。なんの飾りもない、胡桃《くるみ》の一枚板に太い脚が四本ついただけのテーブル。それまで使っていたテーブルは、団地に越したときに出版社からお祝いに贈られたもので、デパートのカタログを見て私が選んだ。ものすごく気に入っていたというわけではなかったが、有り体に言えば、家族で食事をする用さえ足りればなんでもよかった。それがギャラリーであのテーブルを見た瞬間に、どうしてもこのテーブルでなければだめだ、という気持ちになった。

そうしてテーブルを手に入れてしまえば、今はもう、あのときの自分の駄々っ子みたいな欲求が、恥ずかしいばかりに思い出される。いったいどうしてあれほどほしかったのか。あのテーブルを自分のものにすれば、何かが変わるとでも思っていたのか。ふう、と篤郎が溜息《ためいき》を吐く。書類は書いても書いてもまだ次がある。ローンは三十年かけて払うことになっている。三十年。途方もない数字だと思う。お金を払い続けられるかどうかということより、その数字のことを考えずにはいられない。この先、それだけの月日が、私と篤郎の上に流れるというのか。

三十年。篤郎は言われるままに署名している。これは彼の約束だと思っていいのだろうか。篤郎はずっと私たちと暮らすのだろうか。父親として、夫として。私たち家族を、私を、彼はこの先捨てるかもしれないとは思っていないのだろうか。

そして今私の胸を塞いでいるものはなんだろう。安堵《あんど》だろうか、それとも絶望だろうか。

私にはわからない。

篤郎が手を離しても、海里はそのままどんどん自転車を漕いでいく。カーブでよろめいてようやく止まり、振り返った海里は、自分がひとりで漕いできた距離にびっくりしている。私は手を振り、篤郎は駆け出していく。海里の自転車を方向転換し、さあ行くぞ、と言いながらこちらに向かって押し出す。篤郎はすぐに手を離すが、そのまま海里はすいすいとこちらに向かってくる。

「すごいねえ、もうちゃんと乗れてるよ」

戻ってきた娘を私は大げさに励ましてやる。

「あとは自分で漕ぎ出す練習だな、すぐできるようになるよ」

篤郎も言う。

「もう一回」

海里はねだり、篤郎が自転車を支える。海里は危なげなく漕ぎ出していく。

トラック脇の草地で遊んでいた焔が戻ってきて、おにぎり、と言いながら丸い小石を私に手渡す。大学のグラウンドに今日は家族全員でやってきた。篤郎によれば、運動部が使っていないときには誰が入っても咎《とが》められることはないそうだ。それが本当かどうかはともかくとして――今のところ私たちのことを気にしているひとはいないが――、自転車の練習をさせるのにこういう場所を思いつくところはまったく篤郎らしい。団地の建物の前の狭いスペースで私が練習に付き合っていたときには、海里は支えがあってもヨロヨロしていたのに、篤郎とグラウンドに行ったら、たちまちひとりでぐんぐん漕げるようになってしまった。

「ひとりで来てみろ、ここまで」

止まってこちらを向いている海里に篤郎が呼びかける。今日の篤郎は少しへんだ、と私は感じている。何か無理矢理な感じがある。無理矢理に――ここにいるような。かといって本当はべつに行きたいところがあるとか、約束があるとかというふうにも思えない。今朝、秦さんから、新居のラフスケッチと設計図が送られてきた。モダンな、凝った造りの家で、「こりゃまたどうじゃろかいって家だな」という感想を篤郎は洩らしていたから、そのことに関係があるのだろうか、と私は考える。家を建てることを、今更後悔しているのではないか、と。

そうではないことがわかったのは、グラウンドからの帰り道だった。

そろそろ日が長くなってきて、西の空が夕焼けていた。海里は自転車を押しながら私たちの前を歩いていて、焔は姉を追いかけていた。

「長内みはるは出家を考えているらしいよ」

と篤郎が呟いた。

chapter 5
1973.
11.14

みはる

香煙の中、教授師に促されて立ち上がった。剃髪式《ていはつしき》は得度式とは別室で行われるのである。

本堂の裏の大広間にその用意がしてあった。最初に目に入ったのは、白布を掛けた台だった。上には香炉とともに剃刀《かみそり》、包髪紙などが整然と並んでいる。いつの間に本堂からこちらへ移動したのか、部屋の隅に姉が小さく座っていた。得度式には知人や親族の入場が許されるが、今日の式に参列したのは数人の友人と、身内では姉だけだった。

理髪師は若い女性だったが、わたしを見ると俄《にわ》かに怯《ひる》んだ様子になった。顔を知っていたのだろう。同じですよ、と教授師が、彼女を落ち着かせる声色で言った。わたしが所定の位置に座ると、理髪師は糊《のり》の利いた白い布でわたしの首から下を覆った。

今日の日のためにわたしは、鶯《うぐいす》色の裾に大きな扇の模様を散らした色留袖《いろとめそで》を選び、佐賀錦《さがにしき》の雲型の袋帯を締めていた。布で覆われる前の一瞬、その色柄が目に映った。今日を境に俗世の衣は着られなくなるから、この着物と帯も今日かぎりとなる。この組み合わせは気に入りで、白木と会う日の装いだったこともあった。ふふ。白木の声が耳奥を過《よぎ》った。あのとき彼はなぜ笑ったのだったか、そうだ、繁華街に出ていた屋台の安倍《あべ》川《かわ》もちをどうしても食べてみたくなって、買い食いしたときだ。一口齧《かじ》って複雑な表情になったわたしを見て、白木が笑ったのだ。ほら見ろ、だからよせって言ったじゃないか、という言葉をその声の中に含ませて。ふふ。豊かで、ことさら大きくないときでも腹の底に響いてくるような白木の声。あのときわたしはたしかにこの着物を着てこの帯を締めていた。文学賞の祝賀パーティに列席した帰りに、白木と待ち合わせしたのだ。どうしてそんなことを思い出すのだろう。その記憶が、無意識に今日、この装いを選ばせたのだろうか。

けれども白木の声もまた、一瞬だった。壁越しに聞こえてくる声明《しょうみょう》の声がそれに代わった。剃髪の間中、唄師《ばいし》が独唱する毀形唄《きぎょうばい》だった。毀形とはすなわち、浮世の人間であることを壊すという意味を持つ。教授師が音もなく部屋を出ていった。不意に落ち着きを失いそうになり、それを取り戻すようにぎゅっと目をつぶった。よろしくお願いいたします。わたしの声を合図にしたかのように、理髪師の手が頭部に触れた。肩までの髪を、いつもそうするようにひとつに纏《まと》めて丸く結ってあった。その髷《まげ》の中に理髪師の指が入り込み、ヘアピンをひとつずつ抜き取っては、白布の上に並べていく。

髪がすべてほどかれてしまうと、首筋にかかるその感触と重さが、これきりのものとして愛《いと》おしく意識された。それまでためらいがちだった理髪師の指が突然勢いを得て、髪の中に深く差し込まれた。わたしは再び白木のことを思い出した。ふたりが男と女でいられる最後の夜、白木はわたしの髪を洗ってくれたのだった。

それまではわたしの家で過ごしても、浴室には一度も入ったことがなかった。でもその夜、一緒に風呂に入ろうかと彼は言い出した。脱衣所で向かい合って裸になっていくのはひどく気恥ずかしかった。そのとき白木は、はじめて見るもののようにわたしの裸体を見つめたけれど、何も言わなかった。浴槽はふたりで浸《つ》かるには小さすぎ、白木に抱きかかえられるような姿勢になったが、その両手はわたしの両腕をゆるく摑《つか》んだり、肩にお湯をかけたりして、性的な接触を避けるように動いた。髪を洗ってやるよ。それから彼はそう言ったのだ。

洗い場に向かい合って座った。わたしを風呂椅子に腰掛けさせて、椅子はひとつしかなかったから、白木は四股座りになった。タオルで隠そうともしないから、ぶらぶら揺れるものがいやでも目に入った。誰かが見たら、ひどく滑稽な光景だったことだろう。わたしは頭を下げて、目を閉じた。シャワーで湯がかけられて、白木の指がわたしの髪の中に入ってきた。

細くて短い指なのに、存外な握力で白木はわたしの髪をまさぐった。摑んで引っ張り、頭皮を揉《も》んで、また摑んで引っ張って。最後にシャワーで泡を洗い流すと、白木は両手でわたしの顔を挟んで自分のほうに真《ま》っ直《す》ぐに向かせて、「ほら、きれいになったよ」と言った。その目に涙が浮かんでいたのをわたしは見逃さなかった。すぐに白木は立ち上がり、大きな音をたてて浴槽に体を沈めて「あーっ」とわざとらしく嘆息したのだけれど。

「出家しようと思っているの」

そう告げたとき、白木は驚かなかった。むしろわたし自身のほうが、そんな言葉が自分の口から出たことに驚いていたかもしれない。けれどもいったん口から出してしまえば、その言葉はずっと前から自分の中にあったように思えたし、いっそ自分は、その言葉とともに生きてきたような気さえした。

わたしたちは海を見ていた。白木の故郷の、崎戸の海だ。ここまで来た、という感慨が、幾重もの意味を含んでわたしを捉えていた。

「そういう方法もあるね」

白木はそう答えた。わたしはちょっと笑いたくなった。

「とめないのね」

「とめたって、あんたは聞きやしないだろう」

「そうね、それはそう」

たしかに白木の言う通りだと思った。でもその一方で、もしも白木がとめたら——たとえば「バカなことを言うもんじゃない」「俺を捨てるつもりなのか」などと怒鳴りつけられたりしたら、実際のところどんな気持ちになるだろう、と考えていた。白木の心がまだ自分にあることが証明されて、嬉しさを感じるかもしれない。嬉しくなって、でも、次の瞬間には腹を立てているだろう。そんなふうにわたしを引き止める彼の無責任さに。そうだ、「そういう方法もあるね」と答えた白木は、ふたりの付き合いの中で、今、いちばん誠実になっているのかもしれない、と思った。

そのときわたしたちは手を繋《つな》いでいた。短い間だったが、路地で繋いだ手と手が溶け合って今は一本の手になっているようで、繋いでいることさえ意識されていなかった。その手を白木がゆっくり振りほどいた。ああ。低く呻《うめ》いて、彼は浜辺に腰を下ろした。

「大丈夫？　きついんじゃない？」

旅の間じゅう下がらない白木の熱を気遣った。

「びっくりして、風邪なんか飛んでいってしまったよ」

白木はわたしを見上げると困ったように小さく笑った。

「こんなところに連れてきたのがまずかったかなあ」

それでも白木は、どこかたかをくっていたのかもしれない。出家すると言ったって、まだ何も決まっていないのだから、そのうち気が変わるかもしれないし、変えさせることもできるだろうと。わたしにしてもそういう気持ちがまったくなかったとはいえない。出家の意思を彼に告げてから今日の日まで、約一年あった。その日々をわたしと白木は、一日ずつ潰していった。潰すしかない日々だった。わたしたちの間にはもう何も起きなかったから。

今年の夏、白木は桜上水の団地から、調布市の一軒家に引越した。土地を買って家を建てたことを、白木はわたしにずっと言わなかった。引越しのことも、引越し祝いに呼ばれた編集者から聞いてはじめて知ったのだ。そのとき、わたしは自分の心がしんと冷えながら、ある納得をするのを感じた。

お引越ししたそうね、家を建てたのね。白木に会ったときにそう言うと、ああ、そうなんだ、成り行きでねと、白木は不承不承頷《うなず》いた。どんなところなの？　どんなお家なの？　設計にはあなたもかかわったの？　わたしはしつこく聞き募った。家を建てたことを虚実交えて、面白おかしく、自慢げに話してほしかったのだ。でも、白木はますます不機嫌になるばかりだった。

それでわたしにはわかってしまった。このひとには必要なことだったのだと。家。家族。それらが象徴する幸福。あるいは、それらが保証してくれるかもしれない幸福。白木にはそれが必要なのだ――本人がどんなに認めまいとしても。そしてわたしは、それが必要ない人間だった。そんなものはいらない。どうでもいい。どうでもいいから、金銭的な算段さえつけば屈託なく家を買うし、誰にだってそのことを言う。雑誌の取材にも応じて写真を撮らせる。わたしと白木とは違う。ずっと、家庭のある白木に自分が合わせているのだと思ってきた。でも違ったのかもしれない。白木がわたしに合わせていたのかもしれない。

ちょうど去年の今頃、わたしは娘と再会した。

白木と同行した崎戸への旅から戻ってきたら、娘から電話があった。

「沙織《さおり》です」

と彼女が名乗ったとき、わたしはすぐにはわからなかった。はい？　と聞き返したあとの相手の沈黙によって、気がついた。

「沙織ちゃんなの」

急いでそう言うと、「はい、沙織です」と娘は硬い声で言い直した。第一声でわからなかったくせに、べたべたした呼びかたをするなと暗に言われたようで、わたしはすっかり萎縮してしまった。

沙織は結婚したという。フランスに赴任する夫とともに、現地に旅立つことになった。その前に一度わたしに会いたいという申し出だった。

沙織は東京のホテルのロビーを指定してきた。羽田空港へ行く前に、そこに数泊するらしかった。わたしは言われるままに出かけていった。殺風景なビジネスホテルで、狭いロビーに申し訳のように置かれたソファに座って待っていると、娘がエレベーターから降りてきた。約束の時間にはまだかなり早かったのだが、わたしも娘も、お互いにすぐにそれとわかった。それは当然だろうと考えながら、同時に恐ろしくなった。わたしは微笑《ほほえ》もうとしたが、顔の筋肉が固まってしまったかのようで、自分がどんな顔をしているのかもわからなかった。娘のほうは、あらかじめ決めてきたような無表情で近づいてきた。

「こんにちは。沙織です」

という最初の挨拶も、練習してきたような響きがあった。

「きれいね、あなたは」

わたしはそれが適切な言葉か考える余裕もなく、心に浮かんだことを言った。本当に沙織はきれいだった。上質そうなツイードのスカートに白いセーターというスタイルが、女性らしい曲線を際立たせていた。わたしよりも父親のほうの顔立ちを受け継いでいる。結婚したばかりということもあるのだろう、女としての自信が肌にも仕草にも滴るほどに滲《にじ》み出ていた。

わたしたちはホテル内の喫茶店に移動して向かい合った。午後四時という中途半端な時間だったし、娘がそこへ行くことを決めていたようだったので、従ったのだ。小さなテーブルを挟んで向かい合うと、わたしは娘の結婚について、夫との馴《な》れ初《そ》めや彼の仕事のこと、これからの生活のことなどを聞いた。その話が終わると、もう何を話していいかわからなくなった。

わたしたちは気まずく沈黙した。娘はたぶん、わたしの次の言葉を待っていた。少し腹を立ててはじめてもいるようだった――たぶん、わたしの態度が、彼女が予想していたようなものではないせいで。わたしが泣いたり、とりすがったりするものと娘は思っていたのかもしれない。前夜眠れずにいるとき、わたしもそう考えていた。二十四年ぶりの再会なのだ――娘の姿を見た瞬間に、どうにもならなくなってしまうのではないかと。

でも実際には、娘と向かい合いながら、わたしは涙を流さなかった。そこにいるのはわたしの娘ではなくて、わたしが捨てた娘だった。誰のせいでもなく、わたしの身勝手で捨てた娘。父親と継母に慈しみ育てられ、わたしのことなど思い出す理由も機会もないまま、美しい女に成長した娘。その事実がひしひしと身にしみて、涙は止まってしまった。娘とわたしの間には、涙も出ないほどの距離があった。沙織は今年二十八になる。そのことだって、わたしは計算してたしかめなければならなかったのだ。

その娘から再び電話があったのは半月ほど前だった。

わたしは沙織に出家のことは打ち明けていなかった。隠していた、と言ったほうがいいのかもしれない。けれどもマスコミで話題になると、そのニュースは海を隔てた場所にいる沙織の耳にまで伝わってしまった。

「出家の話、本当なんですか」

娘の口から出るとその言葉は、怪しげな儀式を意味する外国語みたいに聞こえた。シュッケ。

「心配しないでいいのよ、よく考えて決めたことなんだから」

わたしは言った。顔を見ずに話せる電話という機械はありがたいものだと思いながら。

「この前会ったとき、もう決まっていたんですか」

嘘《うそ》を吐《つ》いたほうがいいかどうか迷う間があった。

「決まってたんですね」

強い調子で沙織は言った。

「話してくださらなかったんですね」

「よけいな心配させたくなかったからよ」

本当にそれが理由だろうか、と思いながらわたしは言った。

「ひとつだけ教えてください。私のせいですか」

「いいえ。あなたには何の関係もないわ」

娘を気遣ったはずの言葉は、ひどくつめたく響いた。電話の向こうで、息を呑《の》むような気配があった。

関係ないはずはない。もしも娘を捨てなかったら、あの家から出なかったら、わたしは今とはまるでべつの人生を生きたはずだから。けれども放った言葉のつめたさには、真実もあった。家と娘を捨てたのは自分が望む人生を生きたかったからだった。出家もそうだ。わたしが俗世を捨てるのは、悔恨からではない。自分が生き抜くためだ——娘のためではない。


不意に聞きなれない機械音が鳴りはじめ、何か硬いものが頭に押しつけられた。髪が引っ張られ、思わず目を開ける。わたしを覆う白布の上に、黒々した毛束がばさり、ばさりと落ちていく。理髪師がバリカンを使いはじめたのだ。

そこからはずっと目を開けていた。まとまって落ちる頭髪は小さな動物のようにも見えた。コシと艶がある髪質がわたしは自慢だった。気がつくと、布の下で両手を握りしめていた。唄の声とバリカンの音が混じり合い、その中にもうひとつの声が聞こえた。

姉が啜《すす》り泣いているのだった。

お姉さん。わたしは咎《とが》める言葉を発した。身内の方は皆さんお泣きになりますよ。理髪師が慰めるように言った。落飾《らくしょく》、という言葉をわたしは思い浮かべた。どれほどの女たちが、泣かれ、惜しまれながら髪を落としたのだろう。でも、彼女たちの心の様相は、たぶん誰にもわかりはしなかったのだ。

わたしは再び目を閉じた。理髪師はバリカンを置くと、シェービングクリームをわたしの頭に塗りつけて、剃刀で剃《そ》っていった。頭はすっかり軽くなり、すうすうして、白分のものではないものがのっかっているようだった。終わりました。理髪師の声にわたしは目を開けた。散らばった髪はきれいに掃除され、まとめられた束がふたつ、台の上に置かれていた。

泣き腫らした顔の姉が室内のどこからか鏡を持ってきてくれた。ちょうど首から上が収まる大きさの台付きの鏡と、わたしは向かい合った。剃り上げられた頭は青みがかって輝いている。慣れ親しんだ自分の目鼻立ちが、はじめて会うひとのように、好奇心と幾らかの気後れを滲ませて見返している。子供っぽい、少女というよりは少年に近い顔だと思った。わたしは新しい顔が本当に自分のものなのかたしかめるように、頭をひと振り、ふた振りした。可愛らしくなったわね、と姉が、姉らしいやさしさを取り戻して言った。

「ありがとうございます。お世話になりました」

わたしは理髪師に向かって両手をついた。

「おめでとうございます」

と理髪師は言った。

教授師が戻ってきて、わたしを次の間へ導いた。京都の法衣屋《ころもや》の主人が待っていた。この部屋でわたしは着物や帯はもちろん、長襦袢《ながじゅばん》もそれまで着けていたものは脱ぎ捨て、法衣《ほうえ》に着替えるのである。主人が着替えを手伝ってくれた。この部屋には鏡があったので、支度の終わった自分の姿をわたしはつくづくと眺めた。これまで尼僧というものに自分が持っていたイメージとはまるで違って見える。女臭さはなく、あいかわらず少年のようで、清々《すがすが》しく感じられた。自分以外のひとたちにも、今わたしが見ているようにこの姿は見えるのだろうか。

長い廊下を本堂へと戻っていくと、カメラのフラッシュに迎えられた。今日の日を知られないようにと細心の注意を払っていたにもかかわらず、昨夜遅くから報道陣がこの寺の周囲に詰めかけていると聞いていた。今を盛りの女流作家の突然の出家に、世間のひとたちはわたしの想像以上に興味があるらしかった。フラッシュの閃光《せんこう》の中を、わたしは顔を上げて一歩、二歩と歩いた。

誰にもわかりはしないのだ、とまた思った。その思いはわたしを孤独にしたけれど、同時に強くもするようだった。どんなふうにでも撮ればいい。そして好きなように推測すればいい。わたしは彼らに僧形《そうぎょう》を晒《さら》しながら、その形の中に完全に彼らから隔離されていることを感じた。これこそがわたしの望んでいたことかもしれない。孤独で、誰からも何からも自由で。出家者として戒律と禁忌に縛られながら、わたしははじめて自由になれるのかもしれない。

本堂に戻ると儀式は再び続き、戒師から袈裟《けさ》と法名が与えられて終了した。わたしは長内みはるから「寂光《じゃくこう》」となった。

寺の裏門に呼んであったタクシーに、わたしは由紀子《ゆきこ》とともに乗り込んだ。由紀子は幼馴染《おさななじみ》で、得度式に列席した友人のひとりだった。式のあと、マスコミからしばらく身を隠すために、彼女の別荘に滞在する算段になっていた。

「何、笑ってるの」

由紀子が聞く。出家のことを知らせたとき、今日の姉と同じくらい泣いたひとだった。

「嘘を吐くなという戒を、さっそく破ってしまったから。あのひとたち、まだあそこで待っているわよね」

寺に集まっている記者たちには、このあとは当分この寺に滞在すると言ってあるのだった。式のあと、奥の間に用意された祝宴がまだ続いていると彼らは思っているはずだ。

車は山をひとつ越え、寂れた温泉郷に入った。由紀子の夫がこの郷の潰れた旅館を買い、別荘に改築してあるとのことだった。なるほどここなら、記者たちにもおいそれとは探し当てられないだろう――身を隠す必要があると由紀子が力説したときには、何を大げさなと笑ったものだったが、今日の有様を思えば、ありがたい心遣いに違いなかった。

別荘に着いたときにはもう暮れかけていた。車を降り、すでに冬の景色になりかけている庭を歩いていくと、風が頰をひりひりさせた。頭は黒いショールで包んであった。木の陰から、ぬっと人影があらわれた。

白木だった。この場所を彼にも教えてあった。連絡場所を知らせておくというほどのつもりだったから、まさかやってくるとは思っていなかった。

「やっと来たな。もう今日は来ないかと思っていた」

「ずいぶん待ったの」

「町営温泉というのに入ってきた」

わたしは由紀子に、白木篤郎という名前だけを紹介した。由紀子は目を丸くしていたが、詮索しようとはしなかった。お寒かったでしょう、どうぞ中へ。玄関の鍵を開け、中へ誘った。由紀子の夫は昨日、彼女とともに来客の準備をするために訪れていたが、今朝早く所用で東京に発《た》ったとのことだった。わたしをゆっくり休ませるための気遣いと思えた。

玄関で、わたしはショールを取った。白木はちらりと見てすぐに目を逸《そ》らした。わたしたちは座敷に通された。香が焚《た》かれ、床の間には鮮やかな紫色の小菊が、素朴な土の花器に活《い》けられていた。座卓に寄せた刺し子の座布団に腰を下ろすと、白木はあらためて、仕方なさそうにわたしを見上げた。

「なんて言えばいいのかな」

「おめでとうでいいのよ」

「おめでとうか、まあそうなんだろうな」

白木はあぐらをかいて、靴下をいじった。そうしているうちに片方を脱ぎかけ、自分のしていることにはじめて気がついたように引っ張り上げた。そんな様子は、彼がはじめてわたしの家に来たときのことを思い出させた。まだ男と女の関係ではなかった頃。あの日ふたりの間を行き交った言葉に、何かひとつが欠けていたら、あるいは何かひとつが加わっていたら、関係は変わっていただろうか、と考えてみた。線一本で行き先がすこしずつずれていくアミダクジみたいなものに、ひとは人生を預けているのだろうか。

由紀子がお茶とお茶菓子を運んできた。夕食の用意ができたらまた呼びに来ますねと言い置いて出ていく。襖《ふすま》があらためて閉められると、白木とふたりきりでいることが息苦しくなった。

「来てくれるなんて思わなかった」

そう言うと、

「来るつもりはなかった」

と白木はぶっきらぼうに答えた。

「うちのが、行けと言ったんだ。行ってあげたほうがいいって」

「奥さんが……」

一瞬、体が揺さぶられるような気がした。

「彼女は知ってるの？　全部」

このことを白木に聞くのははじめてだった。

「全部なんて、俺たちにだってわかってないじゃないか」

白木はごまかす言いかたをした。

「何も知らなければ、行けなんて言わないでしょう」

「知らないということはないよ……ただ、どうなんだろうな。肉体関係があるとかないとか、そういうことじゃないんだ、彼女が自分で、知っていると思っているのは。それがあるかないかは、どうでもいいんだよ、彼女には。それ以外の部分で、俺とあんたのことをわかっている。そういうことなんだろう」

そんな説明で、白木はわたしとともに、今ここにはいない彼の妻をも納得させようとしているかのようだった。あるいはすでに同じような説明を妻に聞かせたのかもしれない。肉体関係があるとかないとか、そういう繋《つな》がりの女じゃないんだよと。そうして、白木にとってこれは嘘ではないのだろう。なぜならこの説明は、彼自身への言い訳でもあるはずだから。わたしと彼の妻と自分自身を説得するために、白木が本当のことを言おうとすればするほど、わたしと妻が絶望するということが、どうして彼にはわからないのだろう。

行ってあげたほうがいいわ。そう言ったとき、白木の妻はどんな気持ちだったのだろう。出家のことはどんなふうに知ったのか。週刊誌の記事かテレビのニュースか、それとも白木から聞いたのか。彼女は安心し、そして許したということだろうか。出家の日に白木を寄こしたのは自分だと、わたしに伝えたかったのだろうか。今ここにいる白木は、彼女からの何の使者なのだろう。

今まで想像することを避けてきた彼女の姿かたちが、白木の向こうに透けて見える気がした。わたしは一瞬、自分がしてきたことは百も承知で、彼女のために白木を憎んだ。

「あんたとうちの嫁さんはすごく仲良くなると思うよ、俺たちがこんな関係じゃなければ」

「ええ、そうでしょうね」

わたしがそれだけしか答えないことが、白木は不満そうだった。しばらくむっつりしていたが、部屋の隅にたたんであった彼のコートのところへ行き、何かを取り出して戻ってきた。

「占ってやるよ、あんたのこれから」

トランプだった。めずらしい丸型で、裏面のアラベスクの色柄からして、外国のもののようだった。パフケースのような箱も、トランプも、新品には見えない。家にあったのか、ここへ来る途中、どこかの古道具屋で手に入れたのか――出家したわたしに会いに来るのに、わざわざこんなものを持ってくる男。愛おしさと、同じ分量の哀れみとが込み上げてきて、涙ぐみそうになった。

「カットして」

出会ったときに飛行機の中でしたように、わたしはした。白木が座卓の上にカードを並べていく。

六枚並べたところで、白木の手は止まった。カードをじっと見下ろしている。それからまたカードを並べはじめた。一枚、二枚、三枚。三枚目は放り投げるように置いた。整列からずれたカードを、白木は列に戻すように直したが、その手つきも雑だったせいで、隣のカードの位置がずれた。白木はそのカードに手をかけ、またじっと見下ろし、それから「やめた、やめた」と怒鳴って卓の上のカードを全部ぐしゃぐしゃにした。

「どうしたの。何か悪い目が出たの」

「カードじゃない、俺の問題だ。どうしても今日はカードが読めない。読む気にならない。そんな形《なり》のあんたを見ていたら……」

そのとき襖が開いて、由紀子が顔を出した。べつの間で食事の支度が整ったという知らせだった。白木は礼を言うと、さっと立ち上がった。

わたしも慌てて白木の後について廊下に出た。襖を閉めるときにふと振り返ると、卓から畳の上に落ちた数枚のトランプが、何か見てはいけないシミのように見えた。


食事を終えて、それぞれの部屋へと別れたのは午後九時過ぎだった。

十時前に、お風呂が空きましたよと由紀子が呼びに来た。白木が先にすませた湯にわたしも浸かり、廊下を戻ると、行くときには障子越しに灯《あか》りが見えた白木の部屋は、すでに暗くなっていた。

白木の寝つきの良さはよく知っている。だが今夜、彼はまだ眠っていないような気がした。さっさと眠るつもりで布団に入り、まだ寝つけずにいるのではないか。目を開けたまま暗闇をじっと睨《にら》みつけているのではないか。

そう考えながらわたしこそが眠れずにいた。緊張した一日で疲れ切っているはずなのに、零時、一時と夜が更けていってもずっと目が冴《さ》えていた。

目を閉じるとさっきの、ぐしゃぐしゃになったトランプが浮かんできた。それから、そうしたときの白木の手。やめた、やめたという声。そのあと目を伏せてじっとうなだれていた姿。

おかしな話だけれど、わたしは娘のことを思い出した。娘を捨てたときのことを。またひとり捨てたのだと思った。あのときと同じ、決して取り返しがつかないかたちで。

たまらなくなって、起き上がった。寝間着のまま、頭から黒いショールを羽織って部屋を出た。自分がどうするつもりなのか定まらないまま、廊下をひたひたと歩いた。

白木の部屋の障子は再び灯りでぼうと光っていた。やっぱり眠れずにいるのだ。わたしは声もかけずに障子を開けた。白木は布団の上に起き上がって、枕元の水差しのコップを手にしていた。

化け物でもあらわれたかのように、目を剝《む》いてわたしを見た。わたしは急いでショールから頭を出したが、あらわれた禿頭《とくとう》にさらに彼は怯《おび》えた様子になった。

「なんだ、何しに来たんだ」

「心配だったのよ、あなたが」

「だめだよ、来たら。何のために出家したんだ」

どうやら白木は、わたしが夜這《よば》いに来たと思っているらしかった。そんなつもりはなかった。いや——どうだったのだろう。性交のことなど念頭になかったとしても、未練でこの部屋まで来たのなら、同じことではないのか。そして白木は、怯えながら拒否しているのだ。

「あなたが泣いているような気がしたのよ」

「俺は大丈夫だよ」

硬い声のまま白木は言った。

「それならいいのよ。もう行くわ」

「そのほうがいい」

わたしはその部屋を出た。障子を閉め、廊下を歩き出したとき、背後で灯りが消えたのがわかった。

笙子

「トランプは？」

犬にまとわりつかれながら夕食用のミートボールを作っていると、海里がキッチンに聞きに来た。最近、トランプ占いに夢中なのだ。

「テレビの横の棚にないの？　昨日もあなたが使ってたでしょう。お部屋に持っていったんじゃない？」

「持ってってないよ、焔《ほー》ちゃんの部屋にもないし、テレビの横にもどこにもないの」

私は手を洗うとリビングへ行き、トランプがあると思われるところを探した。調布の一軒家に引越してから一年経っておらず、家の中は今のところ、探しものがしやすい状態に保たれている。蒔子がどこかで手に入れてお土産にくれた丸型のトランプ――そのときに海里はひとり占いを教わった――は、たしかにどこにも見当たらなかった。

「ないわねえ。抽斗《ひきだし》の中にべつのがあるから、そっちを使ったら？」

娘にそう言ったときには、今朝、篤郎が出かける前に、リビングをうろうろしていたことを思い出していた。

「丸いやつじゃないと、だめなんだよ」

「どうしてだめなの」

「魂が込もらないから、本当のことがわからないの」

魂なんていう言葉を、十二歳の娘はいつどこで覚えるのだろう。

「そんなに毎日、魂を込めて占うようなことがあるの」

「あるもん」

海里はふくれっつらで言い返すが、べつのトランプを使うことにしたようなので私はほっとする。丸型のトランプは、篤郎が持ち出したのだろう――長内みはるを占ってやるために。それとも、自分と彼女のこれからだろうか？

ヤエちゃんと焔《ほむら》が戻ってくる。トランプ占いにはまだ興味がない六歳の焔は、駅近くの本屋の前にある「ガチャガチャ」にはまっている。毎日十円ずつ渡しているお小遣いを、たいていはその日のうちにガチャガチャに使ってしまう。

「ほら」

と焔は、今日の収穫を見せに来る。黄色いプラスチックのドクロで、赤い歯がカタカタ動くようになっている。

「これ、ドンちゃんの首輪に付けてもいい？」

「ドンはいやがるわよ、きっと」

焔はあっさり引き下がって、二階に上がっていった。この家では海里にも焔にもそれぞれ個室を与えている。壁に造りつけの棚があって、焔はそこにガチャガチャの戦利品をずらりとディスプレイしている。

「マッシュルーム、なかったけど」

今度はヤエちゃんが報告に来る。スーパーマーケットに寄らなかったのではないかと私はどうしても疑ってしまうが、なければいいわ、と答える。するとヤエちゃんは鼻歌を歌いながらやはり二階に上がっていった——彼女の個室もある——ので、私は一服することにした。

お茶を淹《い》れようかと思ったが、そうすると慣例的にヤエちゃんにも声をかけなければならないので、ウィスキーを飲むことにした。ひとりになりたかったし、飲みたい気分でもあったから。篤郎がそうするから私も昼間からお酒を飲むことがなんでもなくなってしまい、子供たちも、大人とはそういうものだと理解している。佐世保の両親が知ったら目を剝くだろうけれど。

オンザロックのグラスを持ってダイニングの椅子に座ると、何か食べものがあるのではないかと思ったらしい犬が、リビングの海里のところからこちらへ駆けてきた。このコッカースパニエルのドンという名前は、小金井の借家から桜上水の団地に越すときに、隣家に譲ってきたキジ猫の名前を受け継いでいる。一軒家に引越したら犬や猫が飼える、というのは子供たちにとって大きな楽しみだった。反対はしなかったけれど、私はじつのところあまり気が進まなかった。動物はきらいではないし、世話の問題でもない（子供たちの約束があてにならないことはすでにあきらかだけれど）。失うことを恐れなければならない対象を、わざわざ増やしたくなかったのだ。

私の膝に前脚を掛ける犬の頭を撫《な》でながら、煙草に火を点《つ》ける。昔はときどき、悪戯《いたずら》みたいに吸ってみるだけだった煙草が、最近は手放せなくなっている。私のこの習慣を篤郎は飲酒ほどには歓迎していないけれど、非難はしない。私が喫煙したくなる理由を考えたくないのだ、きっと。

煙を吐きながら、家の中をぼんやりと眺める。この家は秦さんが設計した。こけおどしみたいな家にはしてくれるなよ。篤郎が注文したのはそれだけで、だから外観はそっけなさすぎるほど凹凸のない三階建てだが、内側は玄関とリビングが吹き抜けになっていたり、リビングの作り付けの棚に凝った彫刻が施されていたり、鉄製のシャンデリアが下がっていたりと、ちょっと気恥ずかしいような様子になっている。篤郎は気に入っているようだ——秦さんは彼の性質がよくわかっている。

私の注文は漆喰《しっくい》の壁と板張りの床だったが、「山小屋みたいな家になるよ」とどちらも秦さんから却下されてしまった。結果、布張りの壁は犬が飛びつくせいですでに何ヶ所か剝がれかけているし、絨毯《じゅうたん》の床はまめに掃除機をかけないとすぐに髪の毛と犬の毛だらけになってしまう。でも、こういうのが我が家らしい、ということなのかもしれない。いずれにしても、私はあいかわらず、自分が間違った場所にいるような気持ちで暮らしている。

ここではない場所に、長内みはるがいる。

私はいつものようにそう考えてみる。でも、今日はいつもとは少し違う。今日は彼女の出家の日だから。

私はそのことを篤郎から聞いたが、聞いたのはそれだけだったから、得度式が何時からどこで行われるかは知らなかった。今は午後四時——もう終わっているのだろうか、それともこれからだろうか。

得度式に参列した経験などもちろんなくて、何時間くらいかかるものなのかもわからない。漠然としたイメージは、古典の物語から借りてきたものだ。「源氏物語」の女三《おんなさん》の宮《のみや》や浮舟《うきふね》。どの女も愛に疲れて、愛から逃げるために出家を望んだ。焚きしめられる香、読経《どきょう》、手を合わせる女の黒髪を断ち切る剃刀。この時代は剃髪はせず、尼そぎといって肩のところで断ち切るのだが、その姿と墨染めの衣に、光源氏は涙を流すのだ。

「長内みはるは出家を考えているらしいよ」

篤郎がそう言ったのは、ちょうど去年の今頃、家族四人で日大のグラウンドに行った帰り道だった。

「まさか」

私はちょっと笑ってしまった。あまりにも唐突だったからだ。何かの比喩とか、冗談なのだろうと思った。

「本気で考えてるんだよ」

篤郎は怒ったように言った。

「どうして……」

「俺にもさっぱりわからんよ。まあ、出家なんてほいほいできるもんじゃないから、まだ決定したわけじゃないだろうけど」

篤郎はほとんど自分自身に向かって喋《しゃべ》っていた。

そのあと、彼はずっと長内みはるのことは話題にしなかった。女の影はあいかわらずあったけれど、それはガラス作りの女やそのほかの女の、篤郎がむしろ私に伝えようとしている気配だった。その一方で、私の中で長内みはるの存在は大きくなっていった。篤郎が彼女について、喋らないようにしていることがわかったからだ。

それで私はこの一年、以前よりも度々長内みはるのことを考えたように思う。たとえば篤郎が家にいて、めずらしく子供たちの相手をしていたり、ダイニングテーブルで私と差し向かいになってウィスキーを飲んだりしているとき。あるいは篤郎が出かけている夜——長内みはると一緒であるかもしれないのに、彼女は今どこでどうしているのだろう、と考えたのだった。

彼女が言葉だけでなく、本当に出家してしまうことが、私には篤郎より早くわかっていたような気がする。実際に得度式の日程を知らされたのは、篤郎からではなく家に来た編集者からだった。ああ、そうなんだね。篤郎の返事は、その日付を知っていたとも知らなかったとも受け取れた。その編集者は篤郎と長内みはるの関係を疑ってはいないようだったが、篤郎の態度の曖昧さに戸惑っていた。

それが二ヶ月ほど前のことだったろうか。篤郎はさらに黙りこくっていた。それでも、編集者から日付を告げられてからは、家の中にはいつも、長内みはるがいるように感じられた。私はカレンダーばかり見ていた。落ち着かなかった。何かできることはないのだろうか。まだ、何とかなるのではないか。気がつくとそんなふうに考えていた。私は長内みはるに、出家してほしくなかったのだ。

昨夜、

「明日でしょう」

と私が言うと、

「なにが」

と篤郎はとぼけた。あるいは私の口からそのことが出るのは予想外だったのかもしれない。

「行ってあげたら」

「えっ」

篤郎が驚く顔を見て、私はすぐに後悔した。篤郎と長内みはるの関係を知っていることを、自分は今篤郎に明かしてしまったのだと思ったから。

「テレビや雑誌の記者がたくさん集まってくるんじゃない？　誰か気心の知れたひとがいたほうがいいんじゃないかしら」

私は篤郎を安心させる言葉を選んだのに、

「あんたはいいのか、それで」

と篤郎は言った。

「こういうときは、あなたみたいなひとが行ってあげたほうがいいのよ」

私は再び、どうとでも取れる言いかたをした。

「うん、まあ、そうかもしれない」

その夜、私は篤郎の小さな旅行鞄に、一泊ぶんの旅の支度を詰めた。どこへ行けばいいか、篤郎はすでに知っていたようだった。翌朝早く、海里が登校するのを待ちかねるようにして、出かけていった。じゃあ。はい、いってらっしゃい。いつもの旅立ちのときよりもずっとそっけなく言い交わして。

私はウィスキーを飲み干してしまう。おいしいものはなさそうだとわかったらしいドンは、海里のところへ戻っていく。これくらいで酔ったりはしないが、いつもよりペースが速いせいで、体の中身が微《かす》かに揺らめくような感じがする。

篤郎を長内みはるの元へ行かせたことに、後悔はなかった。なぜならもしも私が彼女だったら、来てほしいと思うから。その考えかたがどうかしてるよ、笙子ちゃんは長内みはるじゃないでしょうと、蒔子なら言うだろうけれど。

気がつくと私は、トランプのことを考えている。今頃篤郎は、あのトランプを長内みはるの前に——剃髪した彼女の前に——並べているのだろうか。それともまだ式は途中で、トランプは彼のポケットの中だろうか。篤郎は長内みはるを見つめながら、ときどきトランプに触ってみたりしているのだろうか。

結局私は、自分が篤郎に腹を立てていることを認める。トランプを持って行ったりしなければ、こんなふうに考えることもなかったのにと。

夕食はミートボール入りのトマトシチューとマカロニサラダ、それに鰯《いわし》のマリネやひじき煮や胡麻《ごま》豆腐など、冷蔵庫に入っていたものを少しずつ出した。篤郎がいない日は子供に合わせた献立になる。子供たちにごはんをよそってやり、私とヤエちゃんはビールを飲む。

「チチどこ行ったの？」

焔が聞く。

「お仕事で、遠く」

私は答える。

「ソビエト？」

「焔ちゃんはよく知ってるね、ソビエトなんて。ソビエトはもっとうんと遠いところよ。チチは明日には帰ってくるわよ」

「講演会かなんか？」

どうでもよさそうにヤエちゃんが聞く。

「ええ」

と私は頷く。自分が嘘ばかり吐いているような気分になってくる。いや違う、自分が嘘でできあがっている人間であるかのような気分だ。

「生の鰯とビールはあんまり合わないわね」

私は冷蔵庫から冷酒を持ってきた。ヤエちゃんも飲むというので、戸棚からグラスをふたつ出す。篤郎の恋人が作っているに違いないガラス器は、うちの戸棚の中にずいぶん数が増えて、子供たちにも馴染みのものになっている。私は不意にそのことにひどくうんざりし、冷酒を飲みたくなくなるが、子供たちやヤエちゃんにどう伝えればいいのかわからない。

電話が鳴って、ヤエちゃんが出た。篤郎さんからー、と呼ばれて、私はギクリとする。まるで今まで疚《やま》しいことでもしていたかのように。

「何してたんだ」

電話を替わると、篤郎はなぜか不機嫌な声で言う。

「食事中なのよ」

だからヤエちゃんだけでなく子供たちもそばにいる、という意味を含ませて私は答えた。

「ヤエちゃんを電話に出すなよ」

「どうして」

「いや、説明がいろいろ面倒だからさ」

「大丈夫よ」

篤郎は黙り込む。

「もう、終わったの?」

「終わった。今盛岡まで戻ったところなんだ」

「一緒に？」

「ひとりに決まってるだろう。彼女は知り合いの別荘に泊まるそうだ」

「そうなのね」

「俺はビジネスホテルに宿をとったよ」

篤郎のその言葉は何かことさらな感じに響く。嘘なのかもしれない。そう考えたせいで私の返事が一瞬遅れる。

「これからちょっと飲んで、ラーメンでも食って寝るから。明日の昼前には戻るよ」

篤郎はさらに、言わなくてもいいようなことを言った。嘘を吐かなければならないのなら電話してこなければいいのに。それでも電話してくるというのは、そうしなければならない気分であるということか。嘘よりもそちらのほうに私の心はざわめく。

じゃあ、と彼が電話を切ろうとしたとき、「あ、待って」と私は思わず言った。

「トランプを持って行った？」

「えっ？」

「まるいトランプ、持って行かなかった？　海里が探してるんだけど」

「持って行くわけないだろう」

ブツリと電話は切れた。私は聞いたことを後悔した。篤郎が本当のことを答えてくれるとでも思っていたのだろうか。

「チチ、なんだって？ トランプ持って行ったの？」

食卓に戻ると海里が聞き、

「いいえ、知らないって。あとでもういっぺん探してみましょう」

と私は言う。


翌日、ヤエちゃんが買い物に行っている間に、私は身支度をした。篤郎の書斎に入り、ペラの原稿用紙を二、三枚取ると、茶封筒に入れて階下へ持って行った。

「お帰りなさい。私、ちょっと出かけてくるわ」

帰ってきたヤエちゃんに言う。

「えー、どこ行くんですかぁ」

「秦さんから電話があって、急いで届けなきゃならない書類があるの。忘れていたのよ。昼前には戻るから」

私は茶封筒をヤエちゃんに見せた。

「いいけど……篤郎さんが帰ってきたら文句言うんじゃないかなぁ」

「もし彼のほうが先だったら、ウィスキーと、昨日の鰯でもちょっと出してあげて」

ヤエちゃんはなおもぶつぶつ言っていたが、じゃあお願いねと私は話を打ち切って、家を出た。ヤエちゃんがいても、私はめったにひとりで出かけることはない。行くとしても近所の買い物くらいだし、篤郎が家にいるときや、今日のように彼が帰ってくる予定があるときには、まず家を空けない。今日は私にとって特別な日だった。

秦建設があるのは中野だった。ヤエちゃんに話した書類のことは嘘だったが、秦さんのところへは本当に行くつもりだった。調布の駅前から電話をすると秦さんが出たから、相談したいことがあるからこれから行きたい旨を告げた。どうしたの、白木さんになんかあったの。心配そうな秦さんに、そうじゃないの、私の個人的な相談です、と私は言う。オーケー、笙子さんの相談なら大歓迎。最終的に秦さんはおどけてそんなふうに答えたが、やっぱり少し当惑しているようだった。酔っぱらうといつでも、一度でいいからやらせてよ、百万円払うからやらせてよと私を口説くふりをするひとだが、もちろん篤郎が一緒にいる場でしか言わないし、ある種のリップサービスであることもわかっている。でも、秦さんがすくなからず心を寄せてくれていることにも、私は気がついていた。

秦建設は二階建てで、外階段を上っていくと秦さんの事務室がある。私はそのことを知っていたので、一階の正面玄関を通らずに、直接その部屋へ行った。

「何があった？」

私を部屋に招じ入れたときから、秦さんは眉根を寄せていた。つまり私は、引越しのときに顔見知りになった秦建設のひとたちに会うことを避けて、外階段を上ってきたわけだから。

私は黙って、茶封筒を差し出した。秦さんはそれを開け、何も書いていない原稿用紙をめくってますます不安そうな顔になった。

「何、これ?」

「ヤエちゃんに嘘を吐いて出てきたの」

今日ここへは、書類を届けに来たことになっているのだと、私は言った。ひとりで家を出てこられたのは、篤郎が留守だからだということも付け加えた。

「そういうことか。いいよ、俺でよければ相談に乗るよ。いったい何があったのよ?」

「相談というのも嘘なの。お願いなの」

私は言った。

私は秦さんの車の助手席に乗った。彼の会社のひとたちには、秦さんは私を新宿のショールームへ連れて行くということになっていたけれど、実際の行き先は新大久保《しんおおくぼ》の連れ込み宿だった。

秦さんが私の願いを聞いてくれたのは、欲望からではなく彼の生来のやさしさ故に違いなかった。理由を聞かれることもなかった。湿気がこもった廊下、ささくれた畳、へんな薬品の臭いがする布団、お茶を運んでくる宿の老女。すべてが訪れるひとを滅入《めい》らせるために用意されているかのようなその場所で、私と秦さんは互いに背中を向けて服を脱ぎ、布団の上で重なり合った。けれども行為は完遂しなかった。秦さんが、どうしてもうまくいかなかったから。

「俺は案外気が小さいんだなあ」

とうとうあきらめて、布団の上であぐらをかくと、秦さんは溜息《ためいき》とともに言った。

「ごめんね。もしも笙子さんが白木さんの奥さんじゃなかったら、もう一日中、何十回でもできると思うんだけど」

「こちらこそごめんなさい。付き合ってくださってありがとう」

私は服を身につけた。実際、あやまるべきは私のほうだった。私は秦さんを利用しただけだったのだから。秦さんの気持ちなんか、これっぽっちも考えていなかったのだから。夫以外の男と肌を合わせたことよりも、自分がそうまで身勝手になれることに、自分自身への嫌悪感のような、あきらめのようなものがあった。

どこかでお茶か酒でも飲んでいこうかと秦さんは誘ってくれたが、私は断った。それで彼は新宿駅まで送ってくれた。

車内で、いつもの饒舌《じょうぜつ》を彼は発揮しなかったけれど、もうすぐ駅に着くという頃にな

って、

「俺、絶対誰にも言わないからさ、今日のことは」

と呟《つぶや》いた。

「そんな約束しなくたっていいのよ」

私は言った。

「何があったかわからないけど」

と秦さんはしばらくしてから、遠慮がちにまた言った。

「白木さんに言うために俺とやったんじゃないよね？　彼には言わないでおいてくれると助かるなあ」

「言いません、もちろん」

私はきっぱりした口調でそう答えたが、自分が最低の嘘吐きであるという自覚は、そのときにもあった。

初台《はつだい》まで京王線はトンネルの中を通って、幡ヶ谷《はたがや》で外に出る。午前十一時の日差しが車内を満たす。私は自分が失望しているのを感じた。何ひとつ変わったようには思えなかった——秦さんをあんなふうに困惑させたにもかかわらず。電車は何事もなく私の家へと向かっている。このまま私は、ただ戻っていくしかない。

「おーい」

調布駅のホームからコンコースに降りたところで、声が聞こえた。びっくりして振り返ると、旅行鞄を提げた篤郎が近づいてきた。

「一緒の電車だったのね」

「どこ行ってたんだ」

「秦さんのところ」

「秦さん？　なんで」

「書類を届けに行ったの」

「書類？」

私たちは改札を通り抜けた。駅舎の外に出る階段を上りながら、私は待っていた――書類って今頃何の書類だ、と篤郎から問い質《ただ》されるのを。そうしたら私は答えられない。ごまかすことなんかできない。秦さんと寝たことを打ち明けるしかなくなる。

でも、私たちは黙って階段を上りきり、家への道を歩きはじめた。篤郎が鈍感だとか、私を信じ切っているということではないのだろう、と私は思う。彼はこの種のことには敏感だ。私が秦さんと寝たとまでは思っていないのだろうけれど、何か、この件には触れないほうがいいという勘が働いているのだろう。触れれば、私を失うかもしれないということを、無意識に察知しているのだろう。篤郎にはそれほどに私のことが必要なのだ。私が秦さんと寝なければならないほど、篤郎のことが必要であるように。

「昼めしは食べてきたのか」

次に彼の口から出たのはそれだった。まだだと私は答えた。

「その辺で鰻《うなぎ》でも食って帰ろうか」

「おいしいところ、あるかしら」

「そうだな、ないかもしれないな。じゃあアイスクリームでも食べようか」

篤郎はそう言ったけれど、結局私たちは適当な店を探そうともしないまま、歩いていった。私は気づいた――私は長内みはるの出家に見合うようなことがしたくて、秦さんと寝たのだと。私は長内みはるに出家してほしくなかったのではなくて、出家する彼女が羨ましかったのだと。

chapter 6
1978〜1988

寂光

「あ、長内寂光だ」

ロビーからホテルの外に出たところで背中に声がかかった。わたしは振り返らなかったが、若いドアマンがとっさにわたしの顔を窺《うかが》って、慌てて視線を戻した。

都会の街中で僧形《そうぎょう》は目立つし、出家して以来わたしは以前にも増してテレビや雑誌に引っ張り出されるようになっていたから、ときにめずらしい動物のような扱いを受ける。

今はもう慣れて、不躾《ぶしつけ》に名前を呼ばれたくらいでは首も動かさなくなった。

タクシーに乗り込むと、「調布まで」とわたしは運転手に告げた。高速のインターを降りたら、そこからあらためて指示をしますから、と。手元には昨日、白木から教えられた道順を記したメモがあった。

今日はこれから、白木の家での夕食に招かれている。言い出したのは白木だった。あんた一回、うちに飯でも食いに来れば。いいわねえと応じながら、そうそう実現することはないだろうとたかをくくっていたのだが、何度か言い交わすうちに、あっさり今日の日が決まってしまった。白木の誘いかたにはわたしを試しているようなところがあり、断るのは悔しかった。それで、実際のところ自分は行きたいのか行きたくないのかよくわからぬままに、こうして彼の家へと向かっている。

「ええと、D大学が見えてきたら、右へ曲がってください」

わたしは運転手に言った。メモには曲がるところの目印がいくつも書いてある。自宅までの道順を教える白木の口調は確信に満ちていて淀《よど》みなかった。知らない土地でさえまるで自分の生まれ故郷であるかのようにするする歩く白木なのだから、自宅への道順の説明がうまいのは当たり前のことではないかと思いながら、そのことを微《かす》かに寂しく感じている。白木の家。白木の家族。いつだって彼はそこへ戻っていったのだ。氷屋の手前を左折し、坂を下り、布施クリニックが見えたら最初の角を右へ曲がって。そのことを白木はもはや、わたしに隠しておくべきだとは思っていない。なんの屈託もなく告げたのだ――。

それらしい家が見えてきたので、タクシーを降りた。赤い煉瓦塀《れんがべい》に囲まれた狭い庭の向こうに、凹凸のない三階建ての家がある。しゃらーっとした、マッチ箱みたいな家だよ。謙遜なのか自慢なのか、自分でも決めかねていたような白木の口調を思い出す。シンプルで飾り気がないといえばその通りだが、何か不自然な、歪《いびつ》な印象がある。そう感じるのは白木の家だと思うからか。特注らしい石造りの表札には、「白木」とのみ彫り込まれている。その横の呼び鈴をわたしは押した。

通路の奥にある玄関のドアが開き、サンダル履きの白木が顔を出した。やあ、来ましたね。入ってください、どうぞ、どうぞ。大きな声で呼びかける。少し上ずっている。こんにちは。微笑《ほほえ》もうとして、自分もすっかりアガっていることに気がつく。ここへ来ることは正しいことだとさっきまで思っていた。自分の出家は、白木の家を訪問することで完成されるだろうとすら考えていたのに、今は後悔しかなかった。どうしてこんなところへ来てしまったのか。あのドアの向こうには白木の妻がいるのに。

けれども逃げ出すことはできなかったから、わたしは微笑みを顔に貼りつけて通路を進んだ。道、すぐわかりましたか。さすがにその姿は迫力があるね、タクシーの運転手はどぎまぎしていたでしょう。どうでもいいことを大きな声で喋《しゃべ》り散らしながら白木はわたしを家の中に招じ入れると、そこには白木の妻と娘たちが出迎えていた。

「お邪魔いたします。はじめまして……長内寂光でございます」

「はじめまして。ようこそいらっしゃいました。白木の家内でございます」

白木の妻は微笑んだ。髪をアップにまとめて、和装だった。渋い色調の太い縞《しま》模様の紬《つむぎ》に、大胆な色柄の名古屋帯。着物を着慣れたひとだとすぐわかる、家のデザインよりよほど洗練を感じさせる着こなし。そして彼女は美しかった。美しいひとだということは白木からも編集者たちからもよく聞いていたが、想像していたよりもずっと。

ダイニングと一続きになったリビングにわたしは案内された。

「何飲みますか。ウィスキーにしますか、日本酒にしますか。梅酒も、うちで漬けた旨いのがありますよ」

あいかわらずわあわあと白木が聞き、梅酒をとわたしは答えた。白木は立ってダイニングのほうへ行き、自分で注いだらしい酒を持って戻ってきた。

「いつもは俺はこんなことしないんだけどね、今日は特別」

白木が言うと、

「本当にめずらしいこと」

と、食事の支度をしている白木の妻がダイニングから応じた。わたしはちょっと笑いたいような気持ちになってきた。何か全員が与えられた科白《せりふ》を一生懸命喋っているような感じがしたから。

リビングの天井は吹き抜けになっていて、鉄製の凝ったシャンデリアが吊《つ》り下げられている。造作された棚の扉には花の彫刻が施されている。外よりは中に、きっと建築家に言われるままにお金をかけたのだろう。といってもさほど上質にも見えず、何かいじましい感じがする。白木の小説はたいして売れない。それでも彼は書いて、書いて、この家を建てたのだとわたしは考える。

部屋の隅々には雑誌や本や、生活感のある雑貨が埃《ほこり》のように積み重なっている。来客のために片付けたことは見て取れるが、それでこの有様なら、普段の家の中は推して知るべしだ。白木の妻は整頓は苦手か、構わないタイプなのだろうか。実際のところその暇もないのかもしれない。白木と娘ふたりの世話をしながら、原稿の清書までしているらしいから。お手伝いの女性も数年前に結婚してやめたと聞いている。

ピアノは誰が弾くのだろう。蓋の上にのっている編みかけの青い毛糸。床の上に大きな鉢が直《じか》に置いてあり、その中には手紙やハガキの束、それにそれぞれキーホルダーをつけた自転車の鍵らしきものが三つ見える。キーホルダーは三色の紐を編みこんだようなもの、ぬいぐるみの兎《うさぎ》、ミニチュアのウィスキー瓶。どれかが白木のもので、どれかが娘たちのものなのだろう。わたしは組成の違う大気の中に閉じ込められたような気分になってくる。白木の生活。白木とその家族の。それを白木がわたしに見せている。臆面もなく？　あるいは、わたしの憎形と釣り合うように？

「いいおうちね。とてもあなたらしい」

ほかに言いようもなく、わたしはそう言った。白木は唇を歪《ゆが》めた。どう答えればいいのか迷っている。

「俺の書斎、見てみますか」

いいことを思いついたというようにそう言った。ええ、ぜひ。わたしが答えるのとほとんど同時に、「お食事、用意できましたけど」という白木の妻の声がかかった。

彼女にこちらの会話が聞こえていたかどうかはわからなかった。しかしそのタイミングの良さあるいは悪さに、白木はあきらかに動揺して、結局、わたしたちは彼の書斎には行かず、ダイニングの椅子に掛けることになった。

どっしりとした木のテーブルをふたつ繋《つな》げた食卓で、わたしと白木が向かい合わせに座り、ふたりの娘はその隣、白木の妻はキッチンに近い奥の椅子という席順になっていた。こんばんは。さっき玄関で一度会っていた白木の娘たちが、あらためて照れ臭そうに挨拶をした。長女は高校二年生、次女は小学校五年生とのことだった。ふたりとも母親よりは父親に似ていた。いや、そうでもないのかもしれない。ふたりとも細面でやさしい顔立ちをしているし、手足が長いところなど、母親譲りなのかもしれない。けれども白木の妻の美しさは別格のものに感じられた。彼女はたしかわたしよりも八つ下だから、四十七、八歳のはずだ。それなのに娘盛りの長女よりもずっと匂い立つようなものがあった。

　白木の妻の料理の腕前は大したもので、これは白木の吹聴通りだった。甘鯛《あまだい》の昆布締めや小柱や鱚《きす》などを美しく盛りつけたお造りの皿、焼いた甘鯛の骨で出汁《だし》をとった汁、蕗《ふき》の薹《とう》とカタクリの花の天ぷらなどが、テーブルの上には並んでいる。骨董品《こっとうひん》も混ぜて使っている器の趣味もよくて、すべて彼女の領分なのだろうと思わせられた。

「いつもおご馳走《ちそう》食べてるひとに何出せばいいかずいぶん考えたんだけどね」

　白木は、これはまったく自慢にしか聞こえない口調で言う。

「今日のメイン・ディッシュは、餃子《ギョウザ》ですよ、ひと口餃子。このひとが皮から打つんです、旨いですよ」

「せっかく長内さんがいらっしゃるのに、餃子なんてどうなのかしらって、私は言ったんですけど」

　白木の妻が苦笑した。落ち着いた声で滑らかに喋るひとだ。微笑むといっそう美しくなる。

「手打ちの皮の餃子なんて久しく食べてませんもの、なによりです」

　とわたしは言った。

「北京にお住まいでいらしたのですよね、本場のものを召し上がっている方のお口に合うかどうか……」

「長崎にひと口餃子の店があるんですよ、そこの餃子が絶品でね、頼んで作りかたを教わったんですよ、旨いですよ、うちのは」

白木が勢い込んで言った。食ってもらうのがいちばんいいよ。もう出したら。その言葉を受けて、白木の妻が立ち上がる。

白木と彼の娘たちとともに食卓に残されると、わたしは猛烈に気まずくなった。白木の妻とふたりで残されたほうがマシに思えた。わたしは白木や娘たちに話しかけ、会話が途切れないように必死になりながら、テーブルの上のものをパクパク食べた。

「あんた、今日はよく食うねえ」

白木の困ったような声で我に返った。娘たちも苦笑していた。

「うちの家族のぶん、全部食べてしまったな」

目の前に置かれたお造りを、てっきり自分ひとりぶんだと思ってわたしは食べていたのだが、そう言われてみればその皿はテーブルにひとつきりしかないのだった。そのひと皿で五人ぶんのつもりだったらしいお造りを、わたしはひとりでほとんど平らげてしまったのだ。

「ほらね、あたしたちいつも言ってるじゃない。うちのごはんは量が少なすぎるって」

ちょうどそこへ水餃子の皿を持ってきた白木の妻に、長女が言った。わたしの失態で、ようやく気が緩んだというふうに。あら、そうねえ。白木の妻の間延びした応答に、娘たちが笑う。白木も笑い、わたしも笑い、白木の妻も声を合わせた。

出家してから五年が経っていた。

わたしは京都の嵯峨野《さがの》に庵《いおり》を結んで、勤行《ごんぎょう》しながら、小説を書き、講演会に出かけるという日々を過ごしていた。

そうしようと決めて、そういう生活になったわけではない。成り行きに任せていたらそうなった。小説は、自分の意欲や能力の問題としても、わたしに対する需要の点でも、もう書けなくなるかもしれないと考えていて、それならそれで仕方がない、と思っていた。けれども注文は引きも切らず、応じられる以上は応じようと決めて書いているうちに、出家以前と同じかそれ以上の仕事量になっていた。結果として以前の数倍の体力と気力が必要だったが、それもどうやらわたしは持ち合わせていたようだった。

白木とのことも、何も決めなかった。出家によって男女の関係を終えたあと――正確に言えば、出家の日、由紀子の別荘でのあの夜のあと――わたしたちはどうなるのか、まったく会わなくなるのか、なんらかの関わりを持ち続けるのか、これもなるようになるのだろうと思っていた。わたしではなく白木が決めるだろうと。

そうして今もわたしたちは付き合っていた。白木は以前と同じようにわたしに連絡を寄越《よこ》してきた。頻度からすれば、以前よりも密になった。もうふたりきりで旅に行ったり、同じ部屋で休んだりすることはなかったが、それがなくなったぶんを言葉が埋めた。ふたりが男女の仲であった頃、口にできない言葉がどれほど多かったか、わたしはあらためて気がついた。今はもうわたしも白木も、使いたい言葉を使うことができた。話題も選ばなかった。白木は嵯峨野の庵を訪ねてくることも多かった。わたしたちは外で食事し、庵に戻ってまた飲み交わし、そのあと白木は客間に泊まって翌日帰った。

あんたと会うのはもう嫁さん公認だと白木は言った。言外に、公認でないことはほかでしているとあかしていた。どこそこの女がこう言った、あんなことをした、といった話を白木はわたしに聞かせるようになった。寝ているとまでは言わなかったけれど、寝ている女であることはあきらかだった。女との関係を、白木はわたしに隠すふりをしながらそのじつ自慢していた。そうしてわたしの反応を通して、女を測り直しているようなところがあった。

嵯峨野の庵に越したとき、それまで使っていた家具の処分に難渋しているという話を白木にしたら、それならベッドは俺が引き取ってやるよと言い出した。彼が家を建てたときに急いで買ったベッドがどうにも安っぽく見えてきて、寝心地も悪いからとか、そういう理由だった。それはかつて白木と寝たこともあるベッドだった。白木の真意はわからなかったが、断るのも面倒だったので譲った。白木の家の寝室にはそれまでセミダブルのベッドをふたつ置いていたが、白木のほうのベッドをわたしが譲ったものと入れ替えたとのことだった。

あんたからもらったベッド、面白いね。そのあとで、あるとき白木がそう言った。いつものように食事のあと庵に戻って、ふたりで飲んでいるときだった。お茶屋にも寄ってきたので白木はいつもより酔っていたし浮かれてもいたかもしれない。あのベッドさ、俺と嫁さんがいいことすると、キイキイキイキイ鳴くんだよね。ニヤニヤ笑っている白木に、それはわたしじゃなくてべつの女の魂が鳴いているんでしょうとわたしは言い返した。そうかな？　白木はわたしの顔を覗《のぞ》き込んだ。そうやって白木はわたしの僧形に慣れ、わたしとの関係を作り直していったのだろう。

出家した翌々年に、わたしはくも膜下出血の発作を起こした。二月の寒い本堂で読経中に倒れて、発見が早かったから軽く済んだが、しばらくのあいだ左半身が痺《しび》れていた。世間にも、編集者にも知らせぬまま、仕事をセーブし、半年ほど庵にこもっておとなしくしていた。

白木には知らせた。彼が嵯峨野にやってきたのは春だった。大堰《おおい》川の満開の桜並木の下を、ふたりで歩いた。わたしはもうほとんどふつうに歩くことができたが、いつもはせかせかと歩く白木がこの日はことさらにゆっくり歩いていた。

「ばかみたいに仕事をしすぎるんだ。今にあんたは頭が裂けて死にますよ」

ぶっきらぼうに白木は言った。

「それならそれでいいけど」

と答えたわたしの顔を、白木は気味悪そうにじっと見た。

「わたしの言葉、ろれってる？」

「うん、少しね。わかるひとは少ないだろうが、俺にはわかる」

白木はそこで、わたしの頭の上に手を置いた。

「治るんだろ？　じきに」

「医者はそう言っているけど……」

「頭をやられたら、小説家は終わりだからな」

白木はわたしの頭を撫《な》でた。そうしていることを自分で意識していないような撫でかただった。白木の手のひらの熱が――いつでも手足が熱い男だったと思い出した――剃《そ》りあげた頭皮を通り抜けて、わたしの体の中に染み込んでいくのを感じた。向かい側から歩いてきた若い女が、ぎょっとしたような顔になった。尼僧の頭を男が撫でながら歩いているというのは、奇妙な光景に違いない。

「治らなかったらどうしようかな。治っても、次に発作が起きたら、もっとひどいことになるかもしれない」

わたしは土の上の花びらを踏みながら、少し甘えた気持ちになって、そう言ってみた。

「そうなったら、俺がなんとかしてやるよ」

「なんとかって?」

「俺があんたを殺してやる」

あれは三年前のことだったのだと、わたしは考える。出家してからは三年目のこと。あのときすでにわたしは、自分と白木の間にあるものは友情だと——男女の感情はそれにすっかりとってかわられたのだと信じていた。それでもそれから三年経って思い返してみれば、頭を撫でられたときの感触も、「俺があんたを殺してやる」という白木の言葉の響き、それを聞いたときの自分の胸の鼓動も、性愛の記憶に近いものとしてよみがえる。

ああ、そうだったのだとわたしは思う。今このときのことも——白木の家の夕食に呼ばれて、彼の家族と声を合わせて笑ったことも、家族の前で白木がわたしに敬語を使ったことも、その使いかたの思い切りが悪くて、なんだかおかしな喋りかたになっていたことも、二年か三年後に、ああ、あのときまだわたしと白木の間には男と女の部分があった、と思い返すのかもしれない。愛、あるいはそれだと信じていたものを、わたしたちはそんなふうにしてしか失えないし、忘れられないのかもしれない。

電話の前で、わたしはずいぶん長く迷っていた。

それからエイとばかりに受話器を持ち上げた。白木の家で食事してから、三月あまりが経っていた。その間ずっとこの電話のことを考えていたとも言える。

「はい、白木です」

白木の妻が出た。午後二時──白木でもなく娘たちでもなく、彼女が電話に出る可能性が高い時間を、わたしは選んだのだった。白木は今日は二時から文芸誌の新人賞の選考があって、出版社へ出かけているはずだということもわかっていた。

「あの……長内寂光でございます」

「まあ、こんにちは」

もちろん今までも、こんなふうに白木の妻と電話で話したことはあった。出家したあとは、白木家に電話することに以前ほど遠慮しなくなっていたから。でもそのときは、短い挨拶のあとすぐに白木に取り次いでもらっていた。食事に招待されたお礼は、すでに葉書を出していて、それに対する彼女からの丁寧な返事も受け取っていた。だから彼女は、わたしは今日、白木に用があってかけてきたのだと思っただろう。白木は出かけていて、帰りは夜遅くになると言った。

「いえ、今日は、笙子さんにうかがいたいことがあって」

わたしが彼女を「奥さん」とは呼ばず、名前で呼んだのはそのときがはじめてだった。そうしようと、電話をする前に決めていた。呼ぶことができたから、電話の目的はほとんど果たしたといってもよかった。

「はい、なんでしょう」

笙子さんと呼ばれたことに微《かす》かに警戒するふうに、白木の妻は聞いた。

「この前ご馳走になった水餃子が……」

「えっ」

「あれが、とてもおいしくて。自分でもやってみたくなったので、皮の作りかたを教えていただきたくて」

「まあ、水餃子の……」

かるい笑い声が聞こえた。つられてわたしも笑った。電話をする理由を考えて、考えて、あげくに餃子の皮の作りかたを聞いているなんて。

白木の妻は教えてくれた。粉と水の配合、どのくらい休ませて、どのくらいこねればいいか。わたしはメモを取ったけれど、じつのところ頭の中は、このメモを取り終わったとき、なにを言おうかということでいっぱいだった。

わたしは彼女ともっと話したかったし、彼女をとても魅力的だと思っていることを伝えたかった。白木とわたしが男女の関係であった七年間が、彼女と白木の七年間でもあったというあたりまえの事実が、何か熱い湯のような、甘い蜜のような感触でわたしを覆っていて、わたしはうわあっと叫びだしたいような気持ちになっている。それは正直なところ、罪悪感とはべつの感情だ。そういうことを彼女に向かって語ることで、自分自身に説明したかった。

「そういえば、次の仙台、ご一緒させていただくことになりました」

白木の妻がそう言った。白木が昨年はじめた文学学校のゲスト講師として、わたしは仙台へ行くことになっていた。

「笙子さんもいらっしゃるのですか」

さっきよりもずっと自然に名前が呼べた、と思いながらわたしは言った。

「はい。学校の世話人の方々がこの前、家に見えたときにそんな話になって。長内さんがいらっしゃるということでみなさん相当、緊張しているらしいんです。そのうえにあのわがままな白木ですから、私にも同行してほしいと言われて……」

「それは、わたしもご一緒できて嬉しいです。楽しみです」

わたしは心からそう言った。きっと緊張するだろうと思ったが、それよりも楽しみな気持ちのほうがずっと大きかった。

「そう言っていただけると……どうぞよろしくお願いいたします」

電話はそこで終わりになった。結局わたしは白木の妻に、餃子の皮の作りかたを聞いただけだったけれど、心にあったことを全部喋ったかのような満足感と高揚感があった。

白木が雑誌にエッセイとして寄稿した「趣意書」によれば、彼が創設した文学学校

「文学水軍」は、小説の方法を教えながら、そのじつは白木が考える「人間として正しい生きかた」を指南する場になるようだった。彼の郷里の佐世保で最初に開校され、一年間で白木は日本各地を飛び回る状況になっていた。

もともとは革命家を志していた男だ。世界や人間の現実に、苛立《いらだ》ちはたしかにあったのだろう。それに白木という男を知っていれば、組織欲もなかったとは思えない。

白木からその構想を聞いたとき、わたしは反対した。講師料は受け取るようだったが結局、彼の持ち出しのほうが大きくなることはあきらかだったし、お金の問題はともかくとして、そんなことに費やす時間に小説を書いたほうが、よっぽど現実を変えられるだろうと思ったからだ。電話で喧嘩《けんか》のような言い合いにもなったが、白木は聞き入れなかった。

「それならやりたいように、やれるだけやればいい」

最終的にわたしはそう言った。それで口を噤《つぐ》むべきだったのだろうが、つい、言ってしまった。

「でもひとつだけ約束して。生徒の女性には手を出さないって。それをやったらおしまいよ」

「そんなことするわけないだろう。くだらんことを言うなよ」

本気で腹を立てたふうに白木は言い返した。そのときはわたしも、余計なことを言ってしまったと思ったのだ。白木が文学学校をはじめるのは、彼の文学への真面目さ、生きることに対する真剣さゆえであるのは間違いないのだ。その場所で女を漁《あさ》るような真似《まね》は、いくら彼でもしないだろう、と。

けれども、自分が白木を買い被《かぶ》っていたこと——あるいは見くびっていたこと——を、わたしは仙台で知ることになった。イベントホールの一室を借りて行われた講義の間にはさすがにわからなかったけれど、講義の後、白木やわたしを囲んでの酒宴になると、挙動のおかしな女が目についた。

仙台での開催は二度目と聞いていた。前回から参加しているという女と、わざわざ他県から仙台までやってきたという女がそうだった。ふたりの女は、宴会場で白木ではなく笙子さんに、競い合うようにベタベタしていた。笙子さんの美しさに感心してみせ、「白木先生は奥さんの言うことだけは聞くんですね」「奥さんが一緒だといつもの白木先生とちょっと違いますね」などと言いながら、自分の存在を白木にアピールしていた。

白木のリップサービスに、世間知らずの女がうかれているのだろう。はじめ、わたしはそう考えていた。けれどもその夜、仙台のホテルの部屋に引き上げて間もなく、ノックが聞こえ、ドアを開けると女のひとりが立っていた。

何か言う前から女はすでに泣き顔だった。わたしはうんざりしながら、彼女を部屋に入れた。わたしの姿やわたしが喋ることをいいように解釈して、よろず人生相談を引き受けるべきだと勝手に決め込む人間というのは少なくない。

「軽蔑されるかもしれませんけど、私は白木先生と、男と女のことをしています」

ソファに腰掛け、わたしが淹《い》れてやったティーバッグの紅茶を飲んで落ち着くと、案の定女はそう言った。わたしに相談に来たということは、そういうことなのだろうと思っていた。もちろんわたしと白木がかつて「男と女のことをしていた」仲であるとは夢にも思っていないだろう。ただ、尼僧には何を打ち明けても許してもらえると勘違いしているのだろう。あらそうなの、それで？　とわたしは言った。

「白木先生は性欲が旺盛で、夜、ぜったいにひとりでは寝られない方なんです。私にはっきりそうおっしゃいました。だから全国各地の文学水軍で、これと思った女性に声をかけるんです。白木先生は魅力的な方ですし、教室に何人もいる女性の中から自分が選ばれたとなれば悪い気はしないから、みんな応じます。でも、そんなことをしていたら学校はめちゃくちゃになってしまう……自分こそが白木先生の恋人だと思い込んでしまうようなひともいますし、そういうひとたちがおかしなふうにふるまえば、白木先生の評判に傷がつきます。だから私は、自分が犠牲になろうと決めたんです」

他県から——たしか九州から、わざわざ仙台までやってきたという女だった。歳は四十そこそこくらいか。美人ではなかったが、むっちりした体つきと子供っぽい顔立ちの取り合わせを、白木が気に入りそうではあった。

「犠牲って？」

「だから、私ひとりが、先生の欲求を鎮める役目を負おうと思ったんです。私がいれば、先生はほかの女性に興味を示しませんから。だから今回も来たんです」

「なるほどね。それで何が泣くほど悩ましいの？」

わたしの言葉に、女はあらためて泣きはじめた。もっとやさしく相手をしてもらえると思っていたのだろう。わたしのほうは、女にさっさと出ていってほしくてたまらなかった。部屋の空気がどんどん濁っていくような気がした。

「今回、仙台に奥様が来ることを、私知らなかったんです。奥様にお目にかかったら、申し訳なくて。今も、私と先生のこと何もご存知《ぞんじ》ないまま先生と過ごしてらっしゃるのかと思ったら、どうしていいかわからなくて。奥様に全部打ち明けるべきじゃないかって」

女の心理はばかばかしくわかりやすかった。ようするにこの女は、白木ととくべつな関係にあるらしい女がこの仙台にもいたらしいことにショックを受けて、それを白木の妻への罪悪感にすり替えているのだろう。それでわたしに何を言ってもらえると思っているのか。

「バカなこと言わないで」

わたしはピシャリと言った。できるものなら女の横面をひっぱたいてやりたかった。

「白木さんの奥さんに打ち明けてどうなるっていうの。彼女がいやな思いをするだけじゃないの。申し訳ないと思うのなら二度と白木さんと寝なければいいだけのことですよ。それはあなたが決めなさい。どうするにせよ、犠牲になるだのなんだのっていうくだらない言い訳はおやめなさい」

わたしの語調に気圧《けお》されて黙り込んだ女を、わたしは部屋から追い出した。その夜はよく眠れなかった。あまりにも腹が立ちすぎて。あんなくだらない女を、どうして白木は相手にするのか。あんな女と寝るような男を、わたしは愛していたのか。あんな男と、白木の妻はどうしてずっと別れずにいるのか。

翌日は生徒たちと昼食を一緒にとってから、帰る予定になっていた。

朝、コーヒーを飲むために下に降りていくと、レストランのガラスの壁の向こうに、生徒たちに取り囲まれている白木の妻が見えた。

彼らは立ち去るところだった。わたしの姿を見つけてこちらに寄ってきた。わたしは、彼らがあらためて白木の妻を煩わせないように、彼女のテーブルから離れた場所に座った。彼らはそれぞれの事情で、今日の昼に同行できない者たちだった。昨夜は酒に紛れてなんとなく解散してしまったので、あらためて挨拶に来たのだという。

「白木先生はお部屋で水を飲んでいらっしゃるそうです。昨日、飲みすぎたとおっしゃって。だから奥様だけにご挨拶してきました」

メンバーの中には昨日わたしの部屋に来た女もいた。うしろのほうにいて、さすがに積極的に話しかけてくることはなかったが、何事もなかったような顔をしていた。昨夜はおとなしく自分の部屋に戻ったのだろうし、今朝もこれだけほかの生徒がいる前で、白木の妻におかしなことを口走ったりはしなかっただろう。そうだといいけれど、と思いながらわたしはしばらく彼らの相手をした。

昨日の宴会にしてもそうだし、文学学校には、もれなくこういう時間がくっついてくるのだと思った。小説家を映画スターとか流行歌手みたいに崇《あが》めて、距離を縮めることだけを無上の喜びみたいに思っているひとたちに、白木が伝えようとしていることは伝わるのだろうか。とはいえ彼らのそういう態度は、白木のふるまいに呼応したもののようにも感じられたけれど。

生徒たちがレストランを出ていったので、わたしはバイキング形式の朝食が用意されているところに、コーヒーを取りに行った。そのまま白木の妻のテーブルへ行って、挨拶するつもりだった。

白木の妻は窓のほうを向いていた。指の先には煙草がある。わたしが店内にいることには気づいていなかったのだろうか。あるいは生徒たちがいなくなるのを待っているうちに、わたしのことは忘れてしまったかのようだった。

わたしはそっと自分のテーブルに戻った。なんとなく声をかけられなかったのだ。わたしの席からも白木の妻の姿は見えた。まだ窓の外に顔を向けている。華奢《きゃしゃ》な線の整った横顔。何かを凝視しているようにも、実質的に何も目に入っていないようにも見える表情。

きっと今彼女のそばには、白木もわたしも、娘たちも、「文学水軍」の生徒たちも、ほかの誰もいないのだ。そういうとき、このひとはこんな顔をするのだ、とわたしは思った。

笙子

「〝パーティ〟だよ」

篤郎が言う。午前零時を過ぎて、私たちはダイニングテーブルに向かい合い、ウィスキーを飲んでいる。さっきまでキース・ジャレットのレコードをかけていたが、針が止まってからそのままになっている。

「パーティ?」

蒸し暑くなってきたので、私は立って窓を開けた。九月の半ば。レコードをかけている間は冷房をつけていたのだが、寒くなってきて途中で切っていた。焔《ほむら》は二階の自室にいて、海里はまだ帰ってこない。恋人と一緒なのだろう。もっと前、海里が十八、九の頃は、こうやって夫婦で同じように飲みながら、篤郎はイライラと娘の帰りを待っていて、午前二時三時に酔っ払って帰宅した海里と大げんかになることもよくあった。でも今はもう、娘たちが朝帰りしても篤郎はフンという顔をするだけだ。「俺はもう、おまえたちが外で何をしていようが怒らないことに決めた」と宣言して、海里と焔が気味悪そうに顔を見合わせたのはいつのことだったか。海里はもう二十七歳、焔は二十一歳になる。

「海里の小説のタイトル。〝パーティ〟っていうんだ。まあ、悪くはないね」

「読んだの？」

「読んではいないさ。あいつらの同人誌、机の上に放り出してあったから、ぱらぱらしてみただけだよ。タイトルは海里のがいちばんよかった。二十枚もない、短い小説だったけど」

「部屋に勝手に入ってるのがわかったら怒るわよ」

それに同人誌の小説も、タイトルだけじゃなくきっと全部読んだのだろう、と思いながら私は言った。嬉しそうに話しているから、娘の小説はそう悪くない出来だったのかもしれない。海里は高校生の頃から小説らしきものを書きはじめて、大学生のときに加わった同人誌に、今もときどき書いている。

「面白いな、小説を書いている人間が、うちに三人もいるっていうのは」

篤郎は言う。

「海里が書きはじめたのなら、私はもういいわ」

「そういうものでもないだろう」

この件にかんしては、篤郎はそれ以上は絡んでこない。海里が小説を書きはじめたことが篤郎には本当に嬉しいらしくて、それこそ、この家で小説を書く人間はそれでじゅうぶんだ、ということになったのかもしれない。

実際、私はこの数年、ほとんど小説を書いていない。ヤエちゃんがやめたとはいっても、娘たちにはもう手がかからなくなったのだから、以前よりも時間はあるのに。こんなことを書いてみたらと篤郎に言われても、書く気にならない。自分で思いついたことなら書けるかもしれないと、試してみても、すぐにペンが止まってしまう。書けないのではなく書きたくなくなってしまう。ひとつの言葉が私の意思とは無関係に呼び寄せる次の言葉を、知るのがいやで。

ヤエちゃんは結婚してこの家を出ていった。家庭がある男と何年も付き合っていたが、そのひとが心筋梗塞で急死して、そのあと縁があって見合いした相手と一緒になった。最初の恋人を失ったときには葬儀に参列することもできず何日も閉じこもって泣いて、げっそり痩せた。それでも今は板橋《いたばし》の蕎麦《そば》屋の女将《おかみ》さんになって、気が向けば近況報告の電話をかけてくる。夫への愚痴も聞かされるが、まずまずうまくいっているようだ。

親子四人で囲むようになった食卓で、今は娘たちも、私や篤郎と同じペースで食事をする。ふたりとも両親と同じくらい酒が強くなり、外であれこれ覚えてもくるので、生意気なことを言いながら料理に合わせて日本酒やワインを飲む。聞いているこちらが心配になるくらい、自分のことを何でもぺらぺら話すのが海里。ひみつ主義なのが焔。そのこととはべつに、ここから先は触れないほうが無難だという領域が、テーブルの上にはもう一品の料理みたいにのっていて、娘たちにもすでにそれが見えているだろう、と私は感じている。

歳月は着実に過ぎていて、娘たちの弾力に満ちた、ツヤツヤした肌を見ると、自分にはもうそれが失われていることを感じもする。けれども自分だけが変わっていないような感覚もある。取り残されて――あるいはテーブルの上の、触れないほうがいい領域に閉じ込められて。

かつてヤエちゃんの部屋だった二階の四畳半は、今は物置兼、私の「書斎」になっている。そこで篤郎の原稿の清書をしていると、呼び鈴が鳴った。午後三時過ぎだった。玄関のドアを開けると、ボストンバッグを提げた女が立っていた。

異様なことが起きている、というのは瞬間的にわかった。知っているひとだった。槇《まき》原《はら》さん。「文学水軍」の、群馬の教室に来ていたひとだ。そのしばらくあとで、多摩センターの教室の人たちがうちに遊びに来たときも、なぜか彼女が交じっていた。そのひとが、今、約束もないのにうちの前にいる――旅行鞄に見えるものを持って。

「白木先生はいらっしゃいますか」

思いつめた声で槇原さんは言う。床屋に行っているけれど四時前には戻ってくるはずだと私は答えた。

「待たせてもらっていいですか。私が来ることは、白木先生もご承知です」

私は槇原さんをリビングに通して、お茶を出した。ありがとうございますともいただきますとも言わないで、彼女はそれを啜《すす》った。前回、多摩センターのひとたちと一緒に来たときは、槇原さんは誰よりもはしゃいで、のべつまくなしに喋っていて、そのときもちょっと異様な印象はあったのだった。

私はダイニングの椅子に座った。四畳半で清書の続きに戻りたかったが、客を放り出していくわけにもいかないし、かといってあんな様子の彼女と向かい合わせに座る気にもならない。彼女の用件が何かは知らないけれど、とにかく早く篤郎に帰ってきてほしかった。

ドアが開く音がしたのでほっとしかけたが、帰ってきたのは篤郎ではなくて海里だった。海里は今フリーライターとして(と言われても私にも篤郎にも、フリーライターとはどういうものなのかがよくわかっていないのだが)それなりのお金を稼いでいて、同業者ふたりと近所に事務所を構えている。今日は取材があるとかで午前中から出かけていた。

海里はリビングの槇原さんを見て「あ、こんにちは」と挨拶してから、ダイニングの私のところへ来て「誰？」と小声で聞いた。娘には父親の「文学水軍」の生徒たちはひとかたまりにしか見えていないようだから、槇原さんのことも覚えていないのだろう。水軍のひと。私が口のかたちだけで答えると、ちらりと眉をひそめたが、関わり合いにはなりたくないとばかりに、飲みものを持って二階へ行ってしまった。入れ替わりに、今度こそ篤郎が帰ってきた。

玄関の女物の靴を見ても自分の関係者だとは思っていなかったらしい篤郎は、槇原さんを見てあからさまにぎょっとなった。先生。槇原さんがぱっと立ち上がったのも、それで何かを投げつけられるとでもいうように、篤郎がとっさに腕を前に出して防御の姿勢をとって、「なんですかあなたは、連絡もしないで来られたらかなわないな」と怒鳴ったのも、やっぱり異様なことだった。

「来ていいって、先生がおっしゃいました」

槇原さんは、甲高くてゆらゆらしている、篤郎の大きな怒鳴り声と釣り合いが取れるほど奇妙な声で、そう言った。

「俺が？　いつ言った、そんなこと？　そりゃあ相談があればいつでも来いと言ったことはあるかもしれん、あんただけじゃなくて水軍のみんなにそう言ってるんだ、それにしたって、いきなりやってくるというのはおかしいでしょう。俺にだって都合というものがあるんだから」

「相談しに来たんじゃなくて、ここで暮らしに来たんです。先生は、いつでも来ていいとおっしゃいました。奥様も許してくださるって」

「なにを……何を言ってるんだ、あんたは。頭がどうかしているよ」

篤郎は同意を求めるように私を見た。その表情で、私は篤郎よりも槇原さんを信じた。たぶん篤郎は、似たようなことを実際に彼女に囁《ささや》いたのだろう。あんたと一緒に暮らしたら面白いだろうねえ。そうしたっていいんだよ。うちの嫁さんはものがわかってるひとだから、大丈夫、許してくれるよとでも。そうやって篤郎は槇原さんを口説いたのだ。ただ、彼はわかっていなかったか、わかるのが遅すぎた――槇原さんが、それを真に受けてしまうようなひとだということを。

「夫には置き手紙してきました。先生とのことは全部書きました。別れるつもりで出てきました。もう帰れません」

リビングの天井は吹き抜けになっているから、声は二階の廊下に筒抜けになる。きっと今、海里は部屋から出て、聞き耳を立てているだろうと私は思う。槇原さんと夫のやりとりを、いつか小説に使うかもしれない。そう考えて笑いたくなり、この場で夫に言いたくなる。

それとも私が自分で書こうか。私自身を語り手にして、目の前で夫と女がこういうやりとりをしているのを聞いて、どんなことを考えたか、どうしたいと思ったかを小説にしようか。そうして篤郎に読んでもらおうか。あるいは夫には黙って書き上げ、それこそ同人誌に送ってもいい。「文学水軍」の同人誌が各地の教室で発行されているのだから。

もちろん、戯れに考えてみただけだ。私は書かない。書く気にもならない。こんなことは、書く価値もない。

「文学水軍」の各地の教室へ、今では篤郎は月に二回以上は出かけていく。

講義は一日だけのことでも、地方なら一泊二日の日程になるし、先方が用意したあれこれを断りきれなければ二泊三日になることもある。生徒たちが書いて送ってくる原稿を読む時間も必要だし、講義の準備もしなければならない。講義の後はいつでも長丁場の宴会になる。

いくらなんでも「文学水軍」に時間を取られ過ぎだと、篤郎に忠告するひとは少なくない。長内さんとそのことで喧嘩したらしいし、ほかの同業者の誰それも心配していると、編集者から聞いた。でも、篤郎はやめない。無駄だとか時間がもったいないとか言われるほど、むしろ意地になって続ける決心を固めるふうだ。

どうしてなのか、私にはわからない。いや、あまり考えたくない、というのが本当のところだろうか。十一年前、文学学校をやりたいと篤郎が言い出したとき、私は反対しなかった。ひとは何かのために何かをする。小説家でなくたってそんなことはわかりきっている。文学とは何かを教えるため。本物とは何かを教えるため。自由とは何かを考えるため。この世界を変えるため。でも今、篤郎を衝《つ》き動かしているのはそれ以外の理由であるように感じられる。「文学水軍」をはじめたとき彼は五十一歳で、今は六十二歳だ。そのことは間違いなく関係あるだろう。今、「文学水軍」は、というより篤郎にとってのその場所は、当初彼自身や私が思い描いていた場所とはべつの意味を持ちはじめているように思える。

各地の学校にはもう何年も通い続けている生徒たちがいて、親しくなった——少なくとも彼らのほうは、そう思っているに違いない——ひとたちも増えた。篤郎が私の料理を自慢するために、十人二十人と家に招待することもあるから、電話に私が出れば、篤郎が留守だとしてもいくらか雑談を交わしたりもする。

「来月の群馬、奥さんもぜひ来てくださいよ」

たいていは、そんな話になる。私が同行すると、篤郎が癇癪《かんしゃく》を起こしたり怒鳴りつけたりする回数は格段に減るのだそうだ。けれども私のほうは、最近では一緒に行かずにすむ言い訳ばかり探していた。

「白木先生のストリップ、奥さんはまだご覧になったことがないでしょう。最近は日本髪のカツラまでかぶって、化粧までして、すごい盛り上がりですよ。奥さんの前で先生がどんなふうに踊るのか、僕らも興味津々だし……」

相手が愉《たの》しそうに笑いながら喋るので、私も同じように笑って、篤郎のストリップについて詳しく聞いた。夫から話は少し聞いているというふうを装ったけれど、実際にはまったく知らないことだった。ただ、篤郎が「文学水軍」のひとと電話で話しているときの様子や、そのあとの私への態度などに、何の話をしていたのだろうとなんとなく気になっていたことの正体が、これだったのだとわかった。

講義のあとの宴会が旅館の宴会場だったとき、生徒の女物のコートか何かを借りて、即興でやってみせたのがはじまりらしい。話が各地に広まって、面白がった生徒たちが長襦袢《ながじゅばん》を用意したり、ラジカセを持ってきて音楽を流したりして、どんどんエスカレートしていった。今では、私が同行していないときにはいつもやっているらしい。

私はその話を、篤郎にはしなかった。その電話があった日から数日は、どうにも食欲がわかずほとんど食べられなかったが、篤郎や娘たちには「風邪をひいて熱っぽい」とごまかした。篤郎とふたりきりになっても、いつも通りにふるまった。私はこのことを忘れようと思った。夫のストリップをこの目で見たわけではないのだから、忘れられるだろうと。

「三波春夫先生のお帰りね」

けれども、「文学水軍」を終えて旅から帰ってきた篤郎に、そう言ってしまった。夫の不在の間じゅう、見ていないはずの夫のグロテスクな姿が頭の中を占めていて、どうにもならず、篤郎を見たとたんにそういう言葉になって口から出てきた。なんだ、それは。篤郎は小さく笑ったが、私が知ってしまったことは察知したようだった。

「あれは、痛烈だったな」

その夜、寝室でふたりきりになると、隣のベッドから篤郎は言った。長内さんから譲り受けたベッドだ。私は読んでいた本から目を上げなかった。

「何か聞いたのかもしれないけど、あんたが思っているようなものじゃないんだよ。一回やったらみんなが楽しみにするから……あっちの教室でやって、こっちでやらないというわけにもいかないだろう。水軍に来たひとたちがそれまで考えなかったことを考えるようになるのはいいけど、俺を神様みたいに思うのは違うだろう？　ときどきバカをやってみせたほうがいいんだ」

いかにも急拵《きゅうごしら》えしたような言い訳を、私は黙って聞いていた。

「あんたは見たことないから、へんなふうに考えているんだ。見れば俺の言っていることがわかるよ。今度……」

「私の前でやったら、離婚します」

私は夫を遮ってそう言った。本気だったが、声がひどく硬かったのと、丁寧な語尾のせいで、逆に冗談みたいに響いてしまった。篤郎は私のベッドに移ってきた。

「そう言うなよ。俺はあんたがいちばん大事なんだから。わかってるだろう」

篤郎は私の手から本を取ると、覆いかぶさってきた。行為は久しぶりだった。このまま絶えるのかもしれないと思っていたところだった。

そうしてその夜、篤郎はうまくいかなかった。あんたが離婚とか言い出すから、ショックでぽしゃってしまったよ。冗談めかしてそう言って、篤郎は自分のベッドに戻ると、間もなく寝息を立てはじめた。

やはりこのまま、夫婦の営みは絶えるかもしれない。篤郎に背を向け、夏掛けの中に顔を沈めながら、私は考えた。篤郎はもう私では、そんな気持ちにならないのかもしれない。そのかわりに「文学水軍」で女たちを口説くのだろう。長襦袢を着て踊るのだろう。

長内さんはぎりぎりで飛行機に飛び乗ったらしい。

乗り遅れたんじゃないかと篤郎は心配していたが、函館《はこだて》空港に着くと、いつものせかせかした足取りで手を振りながら近づいてきた。禿頭《とくとう》も僧衣も、すっかり見慣れたものになっているが、やはり目立つ。ロビーにいるひとたちがみんな振り返って見る。篤郎の「文学水軍」に少し遅れて彼女がはじめた文学塾も、嵯峨野で毎月開催している法話の会もとても人気で、今や長内寂光の名前は、小説を読まないようなひとたちにも広く知られている。

　その有名人が、ニコニコとこちらにやってくるというのは少し面映《おもは》ゆい。「やあ、乗れたんですね」と大きな声で呼びかける初老の男と、その横で微笑している女とを、ひとはどんなふうに思うだろうか。よしんば篤郎が小説家であるとわかるひとがいたとしても、夫とその妻と、夫のかつての恋人という三人であるとは夢にも思わないだろう。

　でも、私は彼女に会うことがいやではない。いちばん最初、彼女が我が家へやってくることになったときも、緊張はしたけれどいやではなかった。むしろ会ってみたかった。なぜなら彼女は、篤郎にとって特別の恋人だったから。そうして出家という手段で、自ら篤郎との関係を断ち切ったひとだったから。それはふつうは会ってみたい理由じゃなくて会いたくない理由にならない？　と蒔子なら言いそうだけれど。ちなみに私はこの妹と、世間というものを重ねている――とすれば、ずいぶん偏った、甘い世間というほかないのだが、私には世間の存在なんてそれくらいでじゅうぶんだ。

　長内さんは大らかで率直で、無邪気で軽妙なひとだ。剃りあげた頭の印象もあるのだろうが、太陽みたいなひとだと会うたびに私は思う。そして篤郎が彼女に魅了されたことに納得する。長内さんは篤郎の恋人だったが、篤郎にとっては同時に母親のような姉のような存在だったのかもしれない。長内さんには、この世の女というものの豊かさが全部備わっている。

今では私と彼女は、友人といっていい間柄になっている。いつからか、彼女が私を「奥さん」ではなく「笙子さん」と呼ぶようになったことに私は気がついている。私にしても、かつて心の中で「長内みはる」と呼んでいた女性を、今は声に出さないときでも「長内さん」と呼ぶようになっている。私は彼女のことが好きなのかもしれない、とときどき思う。好きになっていけない理由を、私は見つけられない。笙子ちゃんの目はどうかしている、と蒔子は言うかもしれないけれど。かつて彼女が篤郎を愛し、篤郎に愛されたという事実は、私に彼女を疎《うと》ませはしない。むしろシンパシーで私の心を彼女に向かって開かせる。たとえば水軍のひとたちと一緒にいるときよりもずっと、彼女と一緒のときのほうが心地がいいし、私は自由でいられる気がする。

十月に入ったばかりで、東京は暑いくらいだったが、こちらは建物の外に出ると少し肌寒かった。これから市内で昼食を食べて、「文学水軍」の会場となるカルチャーセンターに向かうことになっていた。五稜郭《ごりょうかく》の近くでタクシーを降りると、「すいません、ちょっと便所」と篤郎は私たちを置いて歩いていった。

「よくまああんなに、すたすたと歩いていくものだこと。トイレの場所、わかっているのかしら」

篤郎の背中を見送りながら、心底不思議そうに長内さんが言うので、

「どこへ行っても、それだけはすぐにわかるんだって本人は言ってますけど」

と私は笑いながら答えた。

「そうね、白木さんって、どこでも自分の家の近所みたいに歩きますよね」

「鼻がきくんですよね。こっちこっちって言うほうへついていくと、鰻《うなぎ》屋が忽然《こつぜん》とあらわれたりするし」

私と長内さんは笑い合う。篤郎がいないときのほうが、私と彼女との間に篤郎が「いる」感じがする。そしてその幻の篤郎のほうが、本物だと思えることがある。トイレを探してすたすた歩いていった篤郎は偽物で、本物の彼はここにしかいない――私と、長内さんの間にしか。そんな奇妙な思いが浮かぶ。

篤郎はどこまで行ったのか、なかなか戻ってこないので、私たちはベンチを見つけて腰掛けた。長内さんが私のワンピースを褒めてくれて、最近は娘たちに連れられて青山や原宿にこういう服を買いに行くのだという話を私はする。私たちは少し困りはじめている。こんなふうにずっとふたりきりでいることはこれまでなかった。

突然私は、全部彼女に話してみようか、ということを思いつく。たとえばうちに槇原さんがやってきたこと。あの日、篤郎はタクシーを呼んで彼女を連れて出ていって、数時間後にひとりで戻ってきた。どんなふうに彼女を説得したのか、そもそも説得できた

のか私は知らない。私や娘たちには、「頭がおかしいひとだ」という説明をしている。

あるいはストリップの話。私は見ていないしこれからだってぜったいに見る気はしないが、長内さんは知っていたのかどうか聞いてみようか。夫のそんなふるまいに、私は嫌悪感を抱くしかないということ。あるいは私がそれを知った日の晩に、彼が求めてきたけれどできなかったこと。全部全部彼女に打ち明けてみようか。彼女の文学塾や法話で、何人もの女のひとたちがしているように。そうして聞いてみようか。それでも私が篤郎と一緒にいる理由を。

でも、もちろん私はそんなことは何ひとつ口に出さなかった。私は誰にも言わない。蒔子にも言わないし、娘たちにも言わない。長内さんも例外ではない。篤郎という男を知ったあとの世界で、そうやって私は生きてきたのだし、たぶんそうやってしか生きていけないのだ。

篤郎が戻ってきた。私と長内さんに見られていることに気づくと、篤郎はおどけたポーズをして見せ、私たちは笑う。笑いながら、私たちの男が近づいてくるのを待つ。

chapter 7
1989 〜 1992

寂光

Fという文芸誌が創刊されて、同時に創設された文学新人賞を、白木の長女が受賞した。わたしは選考委員のひとりだったので、彼女の小説を白木よりも先に読み、受賞の報を、編集部が彼女に知らせるより先に白木に電話して伝えることができた。白木の喜びようといったらなかった。

「文体があなたの小説にそっくりよ。お父さんを尊敬してるのね」

「尊敬はどうかな。でも高校生の頃からときどき、俺の小説の清書を手伝ってたからね。そんなに似てる？」

にやにや笑いが見えるような口調で白木は言った。

「似てるわね。話が何も解決しないでぶっつり切れるところなんかも似てる。これはお父様の悪影響じゃありませんこと？　なんて大賀さんは言ってたけど」

わたしはべつの選考委員の名前を出して、選考会の様子を説明した。

「手心があったんじゃないよね？」

「ないわよ、そんなもの。大賀さんも田村さんもわたしも、体を張って書き続けてきた小説家ですもの、自分の名前に傷がつくようなことはしないわ」

「手心があったとしても、海里には言わないでくれよ。賞を辞退するとか言い出しかねないから」

わたしは苦笑した。今、わたしと話している白木は、一〇〇パーセントただの父親になっていたから。こうまであからさまに、言ってみれば凡庸な父親らしさを彼がわたしに見せるのははじめてかもしれない。娘との間に小説という架け橋を彼が望むかたちで得たことで、奇妙にも小説家の白木篤郎は鳴りを潜めてしまったかのようだった。

電話を切ると、わたしはあらためて白木の長女の小説のことを考えた。それは姉と弟との間を行き来する、恋愛のような近親憎悪のような奇妙な感情を描いた物語だった。文体や結末の処理が白木に似ているというのは本当だったが、それよりも笙子さんの影響を、実際のところわたしは感じていた。

影響、いや、存在といったほうがいいか。なぜだろう――うちの嫁さんは書かせれば上等な小説を書くよ、といつか白木が自慢していたことがあるが、わたしが読んだことがある彼女の文章といえば、わたしに宛てた手紙くらいなのに。けれどもわたしは、白木の娘の小説に――たとえば言葉の選びかたや情景を描くときの視点に、あるいは白木の娘が隠そうとしてむしろ露呈してしまっている、彼女という人間にかかわる部分に、白木よりは笙子さんの感性や本質に近しいものを感じた。それにしたって、自分が笙子さんの感性や本質をどのくらい知っているのか覚束《おぼつか》なかったのだけれど。結局のところ、白木は男で、わたしと笙子さんと白木の長女は女だ、ということなのかもしれないし、白木の長女の小説の中に、わたしが笙子さんを探した、ということだったのかもしれないけれど。

いずれにしても、白木のような男を父親に持ち、笙子さんのような女を母親に持った娘が、小説を書きはじめたというのはまったく自然なことのように思えた。はっきりと言葉にできないものを言葉にしようとして奮闘している――ときどきは成功し、ときどきは失敗している――ことが彼女の小説には見て取れた。そのような欲求を持ち得るというのは小説家の資質のひとつだろう。それが人間として幸運なのか不運なのかは、わたしにはやっぱり覚束ないけれど。

本人に報《しら》せが届いたあとで、わたしはあらためて白木家にお祝いの電話をかけた。電話を取った笙子さん、白木と順番に話して、最後に海里が電話口に出た。おめでとう、とわたしは祝いの言葉を述べた。

「……あとは、そろそろ家を出ることね。芸術の神様はケチですよ。同じ屋根の下に芸術家をふたりは置いてくれないわよ」

白木の娘は二十八歳、早晩結婚するかもしれない。小説を書き続けるなら、その前にひとり暮らしを経験しておいたほうがいいというほどの意味で、わたしはそう言ったのだった。そうですね、今そんな計画もしてるんです、父はいい顔をしませんけど、と海里は答えた。

このときのことを、わたしはあとになって度々思い出した。調布のあの三階建ての家に残されるのは、白木だと疑っていなかった。けれども実際には、出て行ったのは彼だった。

日本ではないアジアのどこかの、猥雑《わいざつ》な市場の中を、わたしと姉は手を繋《つな》いで歩いていた。

お互いに帽子を見立てるつもりだった。わたしの禿頭《とくとう》が陽に晒《さら》されて可哀想だからと姉が言い、それならわたしも姉さんに似合うのを買ってあげるわとわたしが言ったのだ。

帽子屋の看板が出ている店には、ほつれていたり破れていたり汚れていたり、そうでなければ道化師が被《かぶ》るようなとんでもないデザインの帽子しかなかった。通路も店の中もひとでいっぱいで、わたしと姉はぶつかったり、足を踏まれたりしながらよたよたと歩いた。屋根があるアーケード街のようなところだったが、なぜか頭がじりじりと炙《あぶ》られて、苦しかった。ほらごらん、早く帽子を被らなくちゃ、と姉が姉ぶった、甘やかな口調で言った。

ちゃんとした帽子は肉屋にあるよと、通りすがりの誰かが言った。すぐ横が肉屋だった。いろんな色の肉の塊が、ねとねとした汁を滲《にじ》ませながら包装もされずそこらへんに石ころのように置いてある。肉の合間に帽子らしき布地が見えて、わたしと姉は、着ているものが肉の汁で汚れるのを気にしながら店内を歩きまわった。

これ、いいじゃない。姉が手にした紺色のストローハットも、鍔《つば》がベタベタしていた。被ればいいのよ。こういうものは、被ってしまえばきれいになるの。そう言って姉が被ってみせると、本当に帽子は新品のようになった。それでわたしも、近くにあった毛糸の帽子を手に取った。それは姉が被ったものよりいっそうひどく、膿《うみ》のようなものに塗《まみ》れていて、姉の言葉を信じて被ってみると、膿が濃度を増して頭の皮膚にはりついた。そこで、わたしは気がついた。姉は死んだではないか。姉は死んでいるから、腐ったような帽子をきれいにすることができるのだ……。

目が覚めて布団を出て、朝食の席に着いても、わたしはまだ今朝方の夢のことを考えていた。

姉が亡くなったのは五年前のことだった。大腸がんで、見つかったときには手遅れだった。亡くなってから一年くらいはよく夢を見たが、最近はずっとなかった。どうしてあんな夢を見たのだろう。懐かしさと掘り起こされた悲しさが混じり合って、気持ちがぐらぐらしていた。

「どうかしたんですか」

台所からコーヒーサーバーを持ってきた小林さんが聞いた。今はうちに五人いる秘書兼お手伝いさんのひとりだ。

「へんな夢を見ちゃった」

わたしは冷めたコーヒーに口をつけながら答えた。普段の朝なら二杯目のコーヒーを注《つ》ぎ足してもらうところだ。熱いのと入れ替えますよ。そう言ってカップを持って行った小林さんが戻ってくると、わたしは夢の話をした。

「久しぶりだったから、なんだかね」

なんだかどうなのかわからないまま、わたしが言うと、

「白木さんに話してみたらどうですか」

と小林さんは言った。

「白木さんならきっとうまい説明してくれますよ。そういうの、得意じゃないですか、

あの方」

わたしはぷっと噴き出した。小林さんは嵯峨野のこの家や文学塾で、何度か白木に会っていた。たしかに彼女の言う通りだ。

「そうね、今あなたが言ったことも一緒に、白木さんに話すことにするわ」

「わあ、だめですよ、そんなの」

そういうわけで朝食を終えて書斎に入ったときには、起床時に比べるとわたしはずいぶん気分がよくなっていたのだった。仕事に取りかかって間もなく電話が鳴り、取り次いだ小林さんが「白木さんですよ」と勢い込んで言ったから、わたしは今度こそ笑い出してしまった。

「なんだよ、なにがおかしいの」

白木は不機嫌そうだった。

「今朝ちょうど、あなたの話をしていたのよ。あなたに電話するようにって、小林さんから言われてたの」

どうして？　と白木は聞かなかった。わたしの言葉が聞こえなかったかのように、黙っていた。その時点でわたしは白木の様子がおかしいことに気がついた。

「どうしたの？」

「がんになったよ」

白木は放り投げるように言った。

「どうも調子が悪いから検査したんだ。その結果が今日わかった。医者は検査のときから薄々わかってたみたいだけど、はっきりするまでは言わない方針なんだな。今日、診察室に入るなり、本当のことが聞きたいですか、聞きたくないですかと言われたよ。ばかげた手順だよね。そう聞かれたら、どんなに鈍感な奴《やつ》だって、ああ俺はがんなんだなってわかるだろう」

医者へか自分を見舞った運命に対してか、怒ったほうが白木は持ち堪《こた》えられるようだった。つまり彼はひどく怯《おび》えていた。わたしには易々《やすやす》とそれがわかった。わたしでなくたって、わかっただろう。S字結腸にできたがんで、八月に手術をすることになったと白木は言った。

「あんたの姉さんも、大腸がんだったろう」

「ええ、そうだったけど……」

もう彼に夢の話はできなくなってしまったと思いながらわたしは答えた。姉が久しぶりにわたしの夢にあらわれたのは、このことを予告するためだったのか。

「姉は、見つかったときにはもう手遅れだったのよ。あなたは手術できるんでしょう。治るということよ、それは」

「うん、うちの者たちもそう言ってる」

「そうでしょう。大丈夫よ。手術して、切ってしまえばいいのよ」

「そうだな。まあ、そう簡単に死ぬつもりはないよ」

白木は最初よりもいくらか気分が良くなった様子で電話を切った。白木の不安や怯えは、わたしのほうに移ったのかもしれない。大丈夫よ。わたしはあらためて、自分自身に向かって言った。白木がいなくなるなんてありえない。姉が逝ってからいくらも経っていないのに、そのうえ白木までがわたしの前からいなくなるなんてありえない。生きることに、良くも悪くもあんなに貪欲なひとが、こんなに早く死んでしまうなんてありえない。

しばらくすると落ち着いてきて、ありえないと信じることができた。仕事をはじめると白木の病気のことを忘れられた。ただ、ふとした拍子にそれは小さな不調のように、わたしの体のどこかをズキンと揺らした。ありえない。その度にわたしは、自分に言い聞かせた。

手術は無事に終わった。

その連絡が笙子さんからあったので、わたしは時間を作って上京した。自宅と同じ調布にある、真新しい総合病院の個室に白木は入院していた。

「やあ、ご苦労さん。すみませんね、わざわざ」

ベッドに半身を起こした白木は元気そうだった。笙子さんもいる。部屋は広くて、応接セットまで置かれていた。

「いいお部屋だけど、これだとかなり室料をとられるんじゃないですか」

わたしはあけすけに言った。心配なことでもあったからだ。

「ここしか空いてないんだから、しょうがないよ」

「移ったばかりなんですよ、前はもっと普通の個室にいたんですけど……」

笙子さんが口を挟んだ。

「前の部屋は、クーラーの室外機の音が響いて眠れないって大騒ぎして……。無理を言って替えてもらったんですよ」

「あれは一種の拷問だよ、ゴウンゴウンって頭の中に響いてくるんだから。こっちは腹を切られて、ふうふう言ってるというのにさ」

「文句を言う元気がそのくらいあれば大丈夫ね」

わたしが混ぜ返すと、白木はへへへへと、嬉しそうに笑った。実際、経過はいいのだろう。この前の電話のときからすると、いつもの白木らしさを取り戻しているように見えた。

むしろ笙子さんのほうがやつれて見えた。もともとほっそりしたひとではあったが、あきらかに以前会ったときよりも痩せていたし、笑いかたにも力がなかった。白木のような男が病気になると、その世話をするひとの負担はふつうではないだろう。

「わがままで、もう大変なんですよ」

わたしが思っていることがわかったかのように、笙子さんは苦笑してみせた。

「重湯とかお粥が苦手で、家で練習もしてきたんですけど、やっぱり食べられなくて」

「せめて熱々ならマシなんだけどなあ。べたーっとした生温《なまぬる》い糊《のり》みたいなのを出されても、食う気がしないよ」

「それで、何を食べてるの」

わたしが聞くと、

「家でスープを作って、魔法瓶に入れて運んでるんですよ。それでも熱くないって文句を言うんだから……」

と笙子さんが答えた。魔法瓶というものの使いかたを今度のことではじめて覚えたと彼女は言い、わたしたちは笑った。笙子さんは白木の気持ちを引き立てるように、いつもならことさら言わないことを喋《しゃべ》っているようだった。そのことでさらに疲れもするのだろう。白木のほうは、献身的な妻と、遠方から新幹線に乗ってやってきた元恋人の前で、子供に返ったみたいに見えた。

次の見舞いの前には、白木本人から電話がかかってきた。廊下の端にある公衆電話からかけているのだと言った。

「この前、あんたが来てくれたあと、看護婦さんたちがきゃあきゃあ騒いでいたよ。おかげで待遇がぐっとよくなった」

そんな話から白木ははじめた。

「今月中に、また来られないかな。映画にあんたも出てほしいらしい」

「予定通りに撮影するつもりなの？」

わたしはびっくりして聞いた。ドキュメンタリー映画を専門に撮ってきた映画監督の沖一《おきいち》郎《ろう》が、白木を主役に据えたドキュメンタリー映画を作るという話のことは聞いていたが、病気がわかって中止か少なくとも延期になったとばかり思っていた。

「病気になったからって中止にはできないよ。約束したんだからさ。俺のありのままを撮るという話なんだから」

やめたほうがいいと思ったけれど、そう言うと白木を傷つけそうな気がした。それで、わたしは再び出かけていった。今日は打ち合わせだけだろうと思っていたのだが、監督をはじめ撮影スタッフがすでに病室で待機していた。わたしが了解済みであると白木が伝えていたらしい。よろしいんですかと笙子さんだけが心配していたが、かまいませんとわたしは答えた。なんでも白木の気にいるようにしてやろうという気持ちになっていた。

「俺が病気になって、あんたがたにとってはよかったよねえ。こういうシーンが撮れるとは思わなかったでしょう」

ベッドの上からカメラのほうに向き直って、白木は言った。まだ腹に力が入らないのか、声を張り上げても以前のような大声にはならない。

「よかったなんてことはありませんが……撮らせていただけるのはありがたいですよ。さすが白木さんです」

監督はそう答えた。

「これで、がんが再発したりしてさ、俺が死んだら最高にドラマチックでしょう。正直なところ、そうなったらいいなと思ってるんじゃないの」

「まさか、そんな……。ひどいなあ」

「生きる気満々だから、そんなひどいことが言えるんでしょう」

笙子さんが言い、

「こんなに性格の悪いひとは、そう簡単には死にませんよ」

とわたしも言った。

「冗談だよ、冗談」

収まりの悪い笑い声が病室を満たした。笙子さんのほうを窺《うかが》うと、彼女もこちらを見ていた。わたしたちは目が合ったことに気づかぬふりをして、急いで顔を背けた。

八月の終わりに白木は退院し、秋には講演会で、自分ががんであることを公表した。以前とほとんど変わらぬ量の仕事をこなしていたが、短いエッセイでも、「文学水軍」の講義でも、「俺はがんだ」と盛んに言い散らかしているという印象だった。

白木のそういうふるまいは逆に、彼の怯えや不安をあらわしていた。わたしにはそれがわかったし、もちろん笙子さんにはもっとよくわかっただろう。わたしは心配だった。がんのことなど忘れて、どこ吹く風で過ごしたほうが、病気は彼を放っておいてくれるのではないかと思えたからだ。それは予感のようなものだったのかもしれない。

退院後の白木は定期的に病院で検査を受けるほかは、以前と変わらぬ日常を過ごしているようだった。白木が死ぬはずはない。あるときには、そう信じることができた。けれどもまたべつのときには、今すぐなんとかしなければならない、という気持ちがこみ上げてきて、白木に電話をかけずにはいられなくなった。

「あんたこの頃、よく電話してくるねえ」

ある日、白木はからかうようにそう言った。

「大丈夫だよ、俺は死なないから。俺が死んだら、あんたたち困るだろう。それともせいせいするのかな」

「それはもちろん、せいせいしますよ」

わたしはまだそういう冗談を言うことができた。けれども白木からの電話の頻度は、少しずつ減ってきた。京都に来る約束をしていても、「どうも気勢が上がらん」という理由で前日に反故《ほご》になったり、たまに一緒に食事をしても、白木はほとんど料理に箸をつけず、酒も以前の半量も飲まなかった。持ち前のサービス精神も失われ、ぼんやり黙っていることが多くなった。

こんなことが前にもあった、とわたしは思った。出家する前、白木の気持ちがわたしから離れていったとき。あのとき、彼はそのことを隠そうとしていたけれど、今はそれもしない。そうする余裕もないのだろう。白木がわたしから離れていく。どんなに自分をごまかしても、その感覚を打ち消すことはむずかしかった。病気はあたらしい女みたいに、彼に寄り添っていた。

「肝臓に転移した」

白木が電話でそう告げたのは、翌年の六月だった。手術から一年経っていなかった。

わたしは言葉がなかった。

「でも、手術ができるらしい。大手術になるらしいが、やるよ、俺は。切れる間は、切って、切って、がんをやっつけてやる。体中切り刻まれても、生き延びてやるよ」

「手術の日が決まったら教えて。できるかぎり行くから」

わたしに言えるのはそれだけだった。姉のことがあったから、わたしは白木よりもがんのことがわかっていた。二回目の手術をする意味はどのくらいあるのだろうか。白木の言う通り切り刻まれて、体力や気力を失うデメリットのほうが大きいのではないか。でも、そんなことは言えない。それは白木に、もうあきらめなさいと言うのと同じことだったから。

もしも自分が、白木の家族だったら言うだろうか。わたしはそうも考えてみた。言うかもしれない。白木のためだけを思いながら、「わたしや娘たちのために、残された時間を大事にしてほしい」と言えるかもしれない。でも、家族でもなく、もはや恋人でもないわたしにはそれは言えない。わたしは出家することで彼を捨てたのだから。わたしにできることは、生き延びてやるという白木の嘘《うそ》を、信じたふりをすることだけかもしれない。

年が明けた早々に、真二が死んだという報せを受け取った。事業に失敗した上に肺がんが再発して、縊《い》死《し》したということだった。

夫と娘を捨てて、真二と一緒になった。白木と知り合った頃、真二と別れた。それから二十五年が経っていた。ときどき手紙のやりとりがあったけれど、それも途絶えてもう何年にもなる。以前は悩み事や困難を抱えているとき、わたしに相談してきて、そのことをうっとうしく思ったりもしたのだった。でもそれもなくなって、真二はわたしの知らない間に病気になり、借金を抱えて、わたしに何も言わずに死んでしまった。

死ぬとき、彼は少しでもわたしのことを思い出しただろうか。死んでいく彼の体の中に、わたしとの記憶はどのくらい残っていただろう。いずれにしてもそれは彼と一緒に消滅した。かわりにわたしの中の質量が増えたかのようだった。小野文三はすでに十数年前に、やっぱりがんで亡くなり、そのときもわたしは、悲しみというより何かがずしりと自分の中に戻ってきたことに狼狽《ろうばい》したものだった。彼らを愛したことや疎《うと》んじたことを、わたしは生々しく思い出した。

同じ頃、湾岸戦争がはじまった。テレビをつけると、多国籍軍がイラクの領土を空爆する様が連日、まるで戦争映画のように放映された。爆弾は軍事施設だけでなく、人々が暮らす街にも落ちて、男も女も、子供も老人も死んだ。愛していたひとも愛されていたひとも、憎んでいたひとも憎まれていたひとも、幸せだったひともさびしかったひとも、何の準備もなく、死ななければならない理由もなく、突然ぶつりとその生を断ち切られたのだ。そう考えたらたまらなくなった。わたしは犠牲者の冥福と即時停戦を祈って、断食を決行した。六十八歳というわたしの年齢を周囲は心配して、無茶なことだと反対されたけれど、かまわなかった。

水分だけしか摂らずに胃が空っぽになっても、体が軽くなった感じはしなかった。むしろ空いた部分に死者たちの中絶された命が流れ込み、ずしりと重くなって、身動きできなくなるようだった。そこから聞こえる声にわたしは耳をすませた。声は次第に大きくなり、わたしの体を内側からわんわんと揺さぶって、ふっと、自分はこのまま死ぬのかもしれないという気がした。それでもいいと思った。わたしの命が、この声の中のひとりと引き換えになればいい。八日目に倒れて運び出されるまで、わたしは祈り続けた。

集まった寄付金を医薬品に変えて、わたしは自らバグダッドへ持っていった。戻ってくると、白木のがんは肺に転移していた。大手術をして肝臓のがんを切ってから九ヶ月だった。今度も手術をするつもりで彼はあちこちの病院を転々としたが、無理だとわかり、結局抗がん剤治療を受けることにしたらしい。白木がまだあきらめていないことが、彼の命の刻限が見えてきたという事実よりも悲しく、痛ましかった。

五月、断食やバグダッド行きの慰労も兼ねて、出版社のひとたちが古希の祝いの会を開いてくれた。根津《ねづ》の小料理屋を借り切ったその席に、白木は笙子さんを伴ってやってきた。ちょうどその日が大塚の癌《がん》研病院の診察日で、帰りに顔を出すからという連絡を受けていた。

もちろん白木の出席は参加者には周知のことだった。わたしと白木の誕生日は同じ日だから、白木のお祝いも兼ねようという話にもなっていた。それでもその場の誰もが、白木を見てぎょっとなった。彼があまりにも痩せさらばえていたからだ。頬がげっそりとこけて目ばかりギョロギョロと目立っていた。首や腕は枯れ枝のようだった。そんな反応にはとうに飽きているという顔で白木はわたしたちを睨《ね》めまわし、わたしの隣に用意されていた席に大儀そうに座った。ほら、これ。笙子さんが紙袋から丸い座布団を取り出して、白木の尻の下に差し入れた。尻が痛くてね。白木はもう一度辛《つら》そうに腰を上げて座りなおしてから、誰に言うともなく言った。

「痔《じ》がひどくて」

笙子さんが補足するように言った。尻の痛みはがんのせいではない、と言いたかったのかもしれないが、白木の状態を見れば、たんなる痔だとも思えなかった。

「あちこちもう、めためたのボロボロだよ」

白木はそう言ってちょっと笑った。

「映画は、まだ撮影しているんですか」

わたしは聞いた。ええ、と笙子さんが頷《うなず》いた。

「今日も車で病院まで送っていただいて、帰りもここまで……。そういうのは助かりますけど、ずっとカメラが張りついているというのもね」

みなまで言わず笙子さんは下を向いた。白木が元気なときなら、こんな場には洒落《しゃれ》た着物姿で来るのだろうに、今日は彼女の雰囲気には何かチグハグなジャケットと揃《そろ》いのスカートという姿だった。薄緑色のブラウスの襟元に、小粒のパールのネックレスを沿わせているのが、なんだか胸につまされた。

「撮影なんてもう、おやめなさいよ」

笙子さんのかわりにわたしが白木に言った。

「今は治療に専念なさいよ。もっと元気になってから、また続きを撮ればいいじゃないの」

「もっと元気になんかならないよ」

あいかわらず薄く笑いながら白木は言った。それは彼がわたしの前ではじめて吐いた弱音だったかもしれない。

「抗がん剤が終わればずっと調子が良くなるわよ」

自分に言い聞かせるように笙子さんが言った。

「そうよ、何言ってるの」

というわたしの声は空虚に響いた。白木はもう返事をせずに、ビールのグラスに口をつけた。それはさっきからほとんど減っていなかったけれど。

その日、樽酒《たるざけ》の鏡割りをしたのは白木だった。出版社のほうから事前に依頼していたらしい。依頼をしたひとは、まさか白木がこんな有様だとは思っていなかっただろう。

白木は中央に置かれた樽の前に立ってスピーチをした。座っているときよりもしゃんと見せていたが、やっぱり誰の目にも白木がもう長くはないことはあきらかだった。当惑した顔、白木を正視しない顔。それらの顔を、白木は挑戦的に眺め渡した。

「今日ここにいるひとたちの中でいちばん不幸な人間が俺ですよ。その俺が、いちばん幸福なひとを祝いに来ました。祝いの密度が濃くなると思ってください」

少し間があってから、ひとりの編集者が立ち上がって拍手をし、促されたようにほかのひとたちも拍手をした。わたしは笙子さんのほうを見たが、笙子さんは薄い微笑を貼りつけた顔で、今日はわたしではなく白木を見ていた。

笙子さんはこうしてずっと白木を見ているのだろう。わたしは思った。わたしが仕事や雑事に集中して、白木のことを忘れていられる間も、彼女はずっと、白木が少しずつ損なわれていくのを見守っているのだろう。わたしと彼女のどちらが幸せだろうか。白木が死んでいこうとしている今、笙子さんはわたしになりたいと思っているだろうか。そしてわたしは笙子さんになりかわりたいだろうか。わからない。ただわたしたちは自分で選んでここにいるのだ。

笙子

最初の異変は花見の日だった。

いや、違う——私は記憶を遡る。

私は階段を上っている。アイロンをかけたシーツを抱えて。私たちの寝室のベッド用のものだ。

寝室は三階にあり、同じ階に篤郎の書斎もある。夕方少し前。三月のはじめ。台所ではタンシチューが煮えつつあった。篤郎は書斎にいた。私はべつに足音を潜めたわけではなかった。

寝室に入ろうとしたとき、篤郎の声が聞こえた。電話をしているらしい。なんだ、またそんなことを言ってるのか。廊下の反対側にある書斎のドアは少し開いていた。いつもならこの時間、私は夕食の支度にかかりきりのはずだから、篤郎は油断していたのだろう。それに電話に熱中してもいたのかもしれない。ばーか。ふふふ。わかったよ。声は奇妙なくらいはっきりと私の耳に届いた――篤郎にしてみれば、囁《ささや》いていたつもりだったろうに。甘い声だった。いやらしく甘ったるい声だ、と私は思った。

　そのまま寝室へ入って、ドアを閉めてしまえばよかったのだ。あるいは書斎のすぐ横にある納戸のドアをがらがらと引いて、私がすぐそばにいることを、篤郎に知らせてもよかった。いつもならそうしていただろう。けれどもなぜかそのとき私は、今度こそ足音を忍ばせて、篤郎の書斎の前まで行った。ドアの隙間から見えるのは書棚だけだったが、声はまるで自分に話しかけられているかのように聞こえた。うん、会いたいねえ。篤郎は言った。あんたに触りたくてたまらん。話しているだけで俺はもう……。

　気がつくと私は、書斎のドアを勢いよく開けて中に踏み込み、篤郎を睨《にら》みつけていた。それ以上聞くに堪えなかったからだ。篤郎は口をぽかんと開けて私を見た。私は彼が次の言葉を――私に向けてか、電話の相手に向けてか――口から出す前に、叩《たた》きつけるようにドアを閉めて、階段を下りた。

　すぐに篤郎が駆け下りてきた。なんだ、なにを怒ってるんだ。彼の最初のひと言がそれだった。私は黙って台所へ移動した。タンシチューをかき混ぜた。篤郎の大好物で、手間はかかるがいつでもこちらが恥ずかしくなるくらい褒めてくれるので、作りがいがある料理だった。鍋の底が少し焦げついていて木べらが引っかかり、力任せにすると鍋が揺れて、シチューがガス台にこぼれた。違うんだよ。違うんだ。後を追ってきた篤郎が言った。

そばに来ないで。私は叫んだ。彼に向かってそんなふうに怒声を放ったのははじめてだった。そのとき焔《ほむら》は家にいなかったが、海里は自室で仕事をしているはずだった。娘の耳にも私の声は届くだろうが、かまわなかった。あなたには吐き気がするわ。私はいっそう大きな声で叫んだ。そうしなければ、シチューの鍋を篤郎めがけてぶちまけてしまいそうだったから。

それから数日の間、私は篤郎と口をきかなかった。篤郎の女性関係を今まですべて許してきたのに――篤郎の子供を女が流したときも、篤郎と一緒に暮らすつもりで女が訪ねてきたときも許したのに、どうして今許せないのかわからないまま、篤郎だけでなく、娘たちまで動揺させながら。私は篤郎が電話していた女がどこの誰なのかも知らなかった。最近、篤郎が特定の女に執心している気配はなかった。各地の「文学水軍」に来る女にときどき手を出してみるくらいだろう、と私は考えていた。とすればあの電話の相手も、そういう女のひとりかもしれず、許せないのはそのことかもしれない。もうこのひとはだめだ、と私は思った。

私がふつうに受け答えするようになると、篤郎はほっとした様子だったが、もうだめだ、という気持ちは私の中から消えなかった。私は以前と変わらずに家族のために食事を作り、篤郎の小説の清書をし、篤郎の話に笑い、ときには自分から彼に笑いかけもしたけれど、心は篤郎を捨てる準備をはじめていた。

そうして、花見の日がやってきたのだ。

調布からバスで行ける神代《じんだい》植物公園で花見をしよう、と娘たちが言い出して、家族で行くことになったのだった。篤郎ははじめ出かける予定があると言っていたが、気を変えて一緒に来た。たぶん、もうしばらくは私や娘たちの機嫌をとったほうがいいと考えたのだろう。用事は夕方からなので、花見の場所から直接行くと説明した。その用事というのはどこかの女と会うことなのだろうと、私だけでなくたぶん娘たちふたりともが気づいていたが、問題にはならなかった。つまりそれがわが家の通常だった。

あの花見の日。「いいお天気でよかったわね」という自分の言葉を覚えているのに、霧の中の風景のように、空中から俯瞰《ふかん》したように思い出される。周囲を桜の木々に囲まれた広い芝生の上で、ほかの家族連れと同じように、お弁当や缶ビールを囲んで座った私たち。風が強い日で、桜の花びらが舞っていた。卵焼きの上に花びらが一枚張りついていた。その卵焼きと、昆布締めにした平目をのせた押し寿司ひとつくらいしか篤郎は食べなかった。何を喋ったのだったか。娘たちは殊更にはしゃぎ、篤郎が居心地悪そうにしていたのを覚えている。きっと女と一緒に夕食をとるのだろう。女を待たせていることが気掛かりなのだろう。私はそう考えていた。

夕方になり、新宿へ出るという篤郎と私たちはバス停で別れ、家に戻った。午後七時頃だったか——お弁当の残りと、冷蔵庫に保存してあった惣菜《そうざい》とで、簡単な夕食をはじめようとしているときだった。ガチャガチャと鍵をまわす音がして、篤郎がぬうっとダイニングに入ってきた。

「どうも具合が悪いから、帰ってきた」

ぼんやりした顔で篤郎は突っ立っていた。熱っぽいのかと聞くと、よくわからないと言う。私が額に触れてみると、熱はなかった。

「夕食は食べたの？」

「いや……ちょっと寝る」

篤郎は寝室へ上がっていった。ひどくゆっくりした足音が聞こえた。夕方出かけた夫がその日のうちに帰ってくるのも、熱がないのに元気がなくなるのも、これまでなかったことだった。けれども私がそのとき考えていたのも、やっぱり女のことだった。女と何かあったのだろう。家族と花見をしていたことを迂闊《うかつ》に話して、ヘソを曲げられでもしたのだろう。うんざりはしたが、心配などしなかった。

その日以来、篤郎は度々不調になった。それでもなかなか病院へ行かなかった。私がもっとうるさく言っていれば、もっと早く行ったのかもしれない。篤郎が少しずつ消えていくことを、私はあの頃からすでに察知していたのかもしれない。でもそれは自分の心のせいだと思っていたのだ。

肺に転移したがんを「切れる」という医者があらわれて、篤郎は彼に最後の望みを賭けていた。その言葉を得るために、あちこちの病院を回っていたのだ。

その手術のための検査がはじまろうというときのある夜、電話がかかってきた。「文学水軍」の多摩センター教室の常連の女性で、夫と一緒に近くまで来ている、これからそちらに伺いたいと言う。彼女の夫が外科医であることを、篤郎も私も知っていた。

午後十時過ぎにやってきた不意の客たちは、私が出したお茶に口も付けぬまま、今の篤郎の状況で肺にメスを入れるということがどれほど非常識なことかを、目を吊《つ》り上げて言い募った。その医者が切れると言ったのは、白木先生が有名な作家だからです、それ以外にありません、と彼らは言った。それで自分も有名になりたいだけなんです、手術してすぐに先生が死んでしまったって、それは彼のせいじゃなくてがんのせいにできます、そのひとはただ切ってみたいだけなんです、と。

篤郎はこのふたりのことを信用しなかった。少なくとも、信用しないことにする、と決めたようだった——何を根拠にかはわからないけれど。けれどもそのあとで、カルテを借りる必要から、最初の手術の執刀医——彼は病院長でもあった——に肺の手術のことを打ち明けると、彼は顔色を変えて、私と篤郎の前で、切れると言った医者に電話をかけた。

面識のある相手のようだった。はじめは感情を押し殺したような声で質問を続けていたが、突然、「君は、白木さんが自分の父親だとしても切るのか？」と院長は怒鳴った。その怒声がすべてを私たちに理解させた。

篤郎が私を見た――たぶん、自分でそうしているとも気づかずに見たのだろう。今起きたことを覆す説明を求めていた。でも彼はすぐに目を逸《そ》らした。たぶん私も篤郎と同じ表情をしていたのだろう。私はそのとき、絶望した夫の顔をはじめて見た。

「やだ、素敵。すごく素敵」

試着室から出てきた私を見た店員は大げさな声を上げ、ほらチカちゃんも見て、とほかの店員まで呼んだ。

「ほんとだー。女優さんみたい。スタイルいいですねえ、うらやましいー」

ふたりの声を浴びながら、私は試着室の外の鏡にあらためて全身を映してみたが、水彩画のような花柄のふわふわしたワンピースが自分に似合っているのかどうかも、そもそも自分がそれをほしいと思っているのかどうかもよくわからなかった。

「こういうジャケットを羽織ってあげると、また雰囲気がかわりますよ」

おとなしくジャケットも羽織ってみる。また歓声。ふたりがあまり騒ぐので、店の前を通るひとたちが私を見ていく。どんなふうに見えているだろう。ブティックの店員にお世辞を言われて調子に乗っている初老の女には見えても、その女の夫がすぐ近くの総合病院の一室で死にかけていることまでは想像できないだろう。

ふたりの店員がかわるがわる持ってくるストールや靴やアクセサリーを私は全部身につけて、「じゃあ、これ全部いただきます」と言った。かなりの額になった会計をカードで払う。これが引き落とされるとき、うちの口座にはもうお金が残っていないかもしれない、と他人事《ひとごと》みたいに考えながら。大きな紙袋をふたつ肩から下げて、一階に降りる。もう戻らなければと思いながら、こちらを見ているカウンセラーの人形のような顔に誘われたというふうに、化粧品屋のカウンターに座った。今日は何をお探しですか。口紅を。もしお時間あったら、ファンデーションもお試しになりませんか。はい、じゃあ、お願いします。短いやりとりのあと三十分以上そこに座って、私も人形のような顔になった。

三つになった紙袋を抱えて、病院へ戻ったのは午後二時過ぎだった。煙草を吸うために病室を出たのだが、そのままふらふらと病院を出てしまい、駅前の複合ビルに入ったのだった。篤郎がいる病室に向かって廊下を歩いていくと、すっかり顔見知りになった看護婦がちょうど病室から出てきて、ぎょっとした顔になった。

「どちらにいらっしゃったんですか」

看護婦の口調が強かったから、私はてっきり、厚く化粧をした顔を責められているのかと思った。

「ご主人がずうっとお呼びになっています。おおい、おおいって、吠《ほ》えるみたいに呼ぶのが、やまなくて。私たちが行ってもだめなんです、奥様でないと……」

鈍い刃物で胸を抉《えぐ》られたような心地がした。病室の少し手前から、その声は聞こえてきた。おおい。おおいっ。病気で損なわれた声量を、腹の底から絞り出すような声。

さっき私が病室を出るとき、煙草を吸いに行ってくるわと篤郎に言うと、ああ、ゆっくりしてくればいいよ、と答えたのだった。ゆっくりしたって十分程度で戻ってくると思っていたのかもしれない。それで、看護婦さんたちが動揺するほどに呼び続けていたのか。私に聞こえるはずだと思っていたのか。まるで私がドアのすぐうしろに隠れているとでもいうように。そうして、その間私はと言えば、ブティックのラックを掻《か》き分けて服を選び、化粧品屋のカウンターで顔を塗りたくっていたのだ――着飾ってどこへ行くあてもないのに。

抗がん剤を投与するための入院が終わり家に帰っている間に、篤郎の体調はいちだんと悪くなり、年明けから再入院していた。痔がひどい、というのが本人の訴えだったけれど、おそらくがんのせいだろう、と私だけが医者から言われていた。それをたしかめるための検査ももう行われなかった。そうだとわかったところでどうしようもない、という段階に来ていたのだ。

「おおいっ」

と何十回目かに叫んだ篤郎が、入ってきた私を見た。今まで呼び続けていた女があらわれたのに、化け物でも見たような顔だった。

「ごめんなさい、買い物を思い出して」

言い訳しながら、自分の顔が濃い化粧に彩られていることに気がついた。

「どうしたの、どこか痛いの」

「あんたがどこかに行ってしまったんじゃないかと思ったんだ」

篤郎は私の化粧のことはなにも言わなかった。違和感を覚えても、それを言葉にする気力や体力がもうないのかもしれない。私はベッドの横の椅子に座った。吠えながら私を求めるのに、そばにいてももう、あまり話もしない。私はただ、辛そうな姿を見せられるだけだ。

「少しは眠ったの？」

「眠れるもんか。だるくてたまらん。薬を増やすように頼んでくれ」

「増やしてもらったのよ、今朝」

「効かなきゃ意味がないだろう。もっと増やすように言ってくれ」

私が黙っていると、「足を揉《も》んでくれるかな」と篤郎は言った。私は椅子の位置をずらして上掛けの中に手を入れて、すっかり痩せ細った夫のふくらはぎを揉んだ。

「どんなに憎いやつがいたとしても、がんになれとは思わないな。こんなに残酷な病気はないよ」

掠《かす》れた声で篤郎はそんなことを言った。私は答えようもなかった。

「でもなあ、考えようだよ。何かのはずみで婦女暴行事件なんか起こしてしまってさ、週刊誌とかテレビで叩かれたりするよりは、がんのほうがマシだよな。あんたも俺もさ」

ふふっと篤郎が笑ったので私も少し笑ってみせた。足を揉むことに集中する。このところ毎日請われるままに、篤郎がもういいと言うまで揉んでいるので、両手の親指の付け根が腱鞘炎《けんしょうえん》のように痛む。

私ひとりが毎日病室に泊まり込んでいるから、看護婦さんたちからは、娘さんたちにときどき交代してもらわないとあなたが倒れてしまいますよ、と言われる。焰は一昨年、陶芸を勉強するために瀬戸で暮らしはじめ、海里もその前に家を出てひとり暮らしをしている。海里は週に一、二度来て、頼めばできることをしてくれるけれど、私と交代することはない。大丈夫よ、という私の言葉を海里は信じているというより信じることにしているようなところがあるけれど、結局のところ娘たちを病室から遠ざけているのは私だ。

娘だけが病室にいることは、篤郎が承知しないだろう。海里が横にいたって、私がいなければ、「おおい、おおいっ」と篤郎は吠えるだろう。篤郎が苦しんでいるところを見ていいのは私だけなのだ。それはたぶん篤郎の意思であり、私の意思でもある。篤郎は海里と焔の父親だけれど、誰のものかと言うなら、私のものだ。

「もういい」

篤郎が言う。いつもよりも早い。

「まだ、大丈夫よ」

「腹具合がおかしい」

　篤郎は私の手から逃れるように、膝を曲げて横向きになる。それから突然、ガボッという音がして、黒い液体が彼の口からこぼれ出た。私は慌ててナースコールのボタンを押し、篤郎の背中をさすった。ガボッ、ゴボッと篤郎は黒くて臭い液体を吐き続けた。

洗面所で手を洗っていると、看護婦がそっと呼びに来た。ナースステーションまで来てほしいという。そこには医者が待っていて、篤郎が黒い液を吐いたのは、がんが腹膜に散らばっていて、消化器官のあちこちが詰まっているせいだと言った。あと二週間くらいとお考えください。医者の言葉に頷いてから、もう一度洗面所へ入った。

早く戻らないとまた篤郎を不安にさせてしまうと思いながら、鏡の中の自分を見た。私は泣いてはいなかった。ただひどく汗ばんでいて、化粧品屋のカウンセラーが信じられないほどの時間をかけて引いたアイラインが落ちて、目の周りが黒っぽくなっている。それをティッシュペーパーでごしごしと拭いた。

私はひどく動揺していて、そのことが不思議だった。篤郎が助からないことはとうにわかっていたのに。それに私は彼の病気がわかる前、彼を捨てようとしていたのではなかったか。どう違うと言うのだろう、別れてもう二度と会わないことと、篤郎が死んでしまうこととは。

あと二週間——長すぎるくらいだ。そんなに長い間、このうえ篤郎は苦しまなければならないのだから。でも、あとたったの二週間で、篤郎は死ぬ。私の前から消えてしまう。そのことがひどく恐ろしかった。そのあと私はどうなってしまうのか。

自分のせいかもしれない、という奇妙な考えを捨てきれない。私が捨てようとしたから、篤郎は死ぬことになったのだ。篤郎と別れようと思ったことが、決定的な間違いだったのだ。

廊下の途中に沖さんがいた。監督ではなくて、奥さんのほうだ。もともと彼女が「文学水軍」に来ていた縁で、映画を撮ることになったのだった。奥さんは今は、監督と私たちの間の連絡係のようになっている。

「今、先生から聞いてきました。あと二週間だそうですね。残念です」

今日は撮影の約束もないのに、どうしてこのひとはここにいるのか、そしてなんでも知っているのか、どうして医者はこのひとたちになんでも教えてしまうのかと私は思ったけれど、とやかく言う気力もなくて「ええ」とだけ答えた。

「それで……こんなご相談をするのは心苦しいんですけど。白木先生の、その、最期のときを……撮らせていただけないかと沖が言っているんです。もちろん、ご家族のお邪魔になるようにはしません。病室にカメラを入れさせていただけたらと……」

「考えて、後ほどお返事します」

私は彼女を遮って、どうにかそれだけ答えた。最期のときを撮る？　病室にカメラを入れる？　いったいどうしてそんなことができると思っているのだろう。撮影なんてもうたくさんだと、ずっと以前から思っているが、それを私の口から言うことはできない。やめてくれと篤郎はまだ言わないから。もうそろそろいいでしょうと、私が篤郎に言うこともできない。もうそろそろあなたは死ぬのよと言うのと同じことだから。

病室に入ってドアを閉める。今にもドアがノックされ、撮影隊を引き連れた彼女があらわれるのではないかという気がしたけれど、何も起こらなかった。篤郎は天井を向いた姿勢で目を開けていた。ベッドの周りは看護婦さんたちがきれいにしてくれていたが、寝巻の襟元に黒いシミが点々とできていた。

「薬を変えてくれると言っていたわよ。もう少し眠れるようになるって」

今までその話をしていたのだというふうに、私は言った。

「あんたさあ、再婚するかなあ」

篤郎は天井を見たまま言った。

「なんの話、急に」

私はどうにか笑った。

「再婚していいよ、俺が死んだら」

「覚えておくわ」

「あんたが満足するような男が、もう一度あらわれるといいけどなあ」

「しょってるのね」

へへへと篤郎は小さく笑うと、目を閉じた。その顔を見ながら、私も少しうとうとしたようだった。はっと気がついて顔を上げると、篤郎は再び目を開けていた。

「コートがない」

「え?」

「そこに掛けておいたのに、なくなってる。誰かが持っていってしまった」

「夢よ、それは。今は五月よ」

「夢のわけないだろう。シベリア鉄道に乗るから持ってきたのに……」

篤郎はむっとしたように言い返したが、不意に整合が取れなくなったように、黙ってしまった。数日前からときどき、おかしなことを口走るようになっている。それにしてもシベリア鉄道とは。私はちょっと笑いたくなる。最後の最後まで、篤郎の口から出る言葉は小説じみている。

「シベリア鉄道には、私も一緒に乗れるのかしら」

そう言ってみたが、篤郎は目を閉じていた。眉根を寄せて口をぽかりと開けている。唇は乾いてひび割れていて、さっきの吐瀉物《としゃぶつ》で黒い筋ができている。

ずっとカメラの前にいたのかもしれない。

ふっと、そう思う。このひとは物心ついたときからずっと、誰かに撮られているかのように生きていたのかもしれない。そして私も、篤郎と知り合ってからずっと、彼が演じる芝居の中に取り込まれていたのかもしれない。

「必要な方にはそろそろ連絡しておいたほうがいいように思います」

医者にそう言われたときには、海里も焰も、私の妹の蒔子も、篤郎の妹の登志子《としこ》さんもすでに病室に詰めていたので、私の頭に浮かんだのは長内さんのことだけだった。私は病院の公衆電話から彼女に電話をかけた。

「明日、行きます」

私の話を聞くとすぐ、長内さんはそう言った。静かな口調だった。

「桐生《きりゅう》さんも会いたがっていたから、一緒にうかがいます。それまで待っているように、白木さんに言っておいてくださいね」

翌日の昼過ぎに、彼女と桐生さんは来た。桐生さんは篤郎が尊敬している思想家で、師のようにも、たぶん父親のようにも思っていたひとだった。足の悪い桐生さんを長内さんと、付き添ってきた編集者が両脇から支えるようにして、ベッドのそばに立った。篤郎はもう意識がなくて、不規則な、苦しそうな呼吸だけが生きている徴《しるし》だった。私は娘たちや蒔子たちとともに、ソファのほうから彼らを見ていた。不意に涙が溢《あふ》れてきた。娘たちに見られたくなくて、病室を出た。

廊下を歩き、階段のほうへ曲がった。階段はほとんどひとが通らないことを知っていたからだ。四階から、五階へ上がり、さらに六階へ上がる。踊り場の鉄の扉を開けると、建物の横に大きく張り出したテラスに出る。

患者のための場所というよりは、職員の洗濯物干し場になっているようだった。二台の物干しに、タオルやエプロンのようなものがはためいている。最初の手術のあと、腸の癒着を避けるためにできるかぎり歩くように医者から命じられていた篤郎と、院内を散歩していたときにここを見つけたのだった。絶望した患者はここから飛びおりるよなあ、こんなに誰でも入れるようになっていて大丈夫なのかなあと、あのとき篤郎は言っていた。

私はフェンスのところまで行った。鉄柵は私の鎖骨のあたりまでの高さがあって、絶望した病人が乗り越えるのは容易ではなさそうだと思った。涙はまだ止まらず、それどころかいっそうの勢いで両目から溢れ出てきた。これまでずっと泣かなかったのに、なぜ今泣くのかわからなかった。今頃、長内さんも泣いているだろうか。何を話しかけてももう答えを返さない篤郎を見下ろしながら。うちの娘たちも、桐生さんたちもいる前で、私のようには泣いていないかもしれない。自分が長内さんのぶんまで泣いているような気がした。あるいは長内さんに聞かせるように。

私が声を上げて泣いたのは、そのときが最後だった。涙が止まらなかったから、私はずっとそこにいて、病室に戻ったときにはもう長内さんと桐生さんたちは帰ったあとだった。泣きはらした顔を見て家族たちも泣きだしたが、私はもうそれ以上は泣かなかった。

篤郎が死んだのはその翌々日だった。結局、カメラは入らなかった。娘たちが怒って、やめさせたのだ。呼吸の仕方があきらかに終末のものになり、兄さん、兄さんと登志子さんが泣き叫び、それが号令になったようにチチ、チチ、と娘たちが呼び、蒔子も篤郎さんと声をかけたが、私は黙っていた。黙って、篤郎の呼吸が止まるのを見ていた。篤郎が死んでいきながら、私という人間のほとんどを、持ち去っていくのを感じていた。

chapter 8
2014

寂光

青いボールは少し空気が抜いてある。

椅子に腰掛けたわたしの右腿《もも》の上に、トレーナーがそれを置く。わたしはボールの上で両手を組んで、腿に押し付けるようにして押しつぶし、その力に抵抗するように右腿をゆっくりと上げる。はい、1、2、3、4、5。はい、ゆっくり息を吐きながら戻しましょう。1、2、3、4、5。

「疲れましたか?」

二十代半ばの、クリクリした目のトレーナーは聞く。

「いいえ、ちっとも」

本当はもうじゅうぶんという気持ちだったのだが、わたしはそう答えた。

「じゃあ、あと三セットがんばってみましょうか」

それをこなすと、さすがに大きな溜息《ためいき》が漏れた。四月のはじめで、まだときどき暖房をつけるような陽気だが、額にうっすら汗が滲《にじ》んでいる。お疲れさまでした。孫のような、と言うにも若すぎるような女性トレーナーは、ぱちぱちと手を叩《たた》いた。

「寂光先生はリハビリの優等生ですね。この調子でいけば必ず歩けるようになりますよ」

「今だって、もう、少しは歩けるのよ」

「いやいやいや。無理は禁物ですよ。転倒してまたどこか折れたりしたら元も子もないですから」

転べばまた折れる。そういう体になってしまったのだなとあらためて思う。わたしは来月九十二になる。数ヶ月前、突然、腰の激痛に見舞われて身動きもできなくなった。腰椎《ようつい》が圧迫骨折していたのだ。それで入院して、あちこち検査するうちに、胆のうのがんまで見つかった。内視鏡で手術して、ようやく退院したのが先月のことだ。

トレーナーが帰り、別室で着替えているところに、まほが野菜ジュースと郵便物を持ってきた。実際のところ、外出するときは車椅子を使っているが、家の中ではもう杖《つえ》だけで移動している。ただし世話をする側としてはやっぱり不安があるのだろう、なるべく移動させないようにしているらしい。

「あのトレーナーさんってちょっと指原莉乃に似てますよねー」

まほのそんな話を聞きながら郵便物をあらためる。サシハラリノがどこの誰なのかわたしにはさっぱりわからない。去年、うちでわたしの身の回りのことを手伝ってくれていた女性五人のうち四人が辞めた。皆、若い頃からうちに勤めて、そのまま六十代になったひとたちで、九十を超えても仕事量をいっこうに減らさないわたしを見ていられない、というのがその理由だった。四人ぶんの給料となればそれなりの額になる。自分たちがい続けるせいで仕事が減らせないのだと言い張る彼女たちを、わたしは引き止めたが無駄だった。わたしどももそろそろ体が辛《つら》くなってきましたし、という付け足しも理由としては大きかったのかもしれない。ひとり残ったのが――彼女たちに言い含められて残らされたのが――いちばん若く、無邪気であかるいまほなのだった。

「でもって、彼女、きっとああ見えてけっこうやり手ですよね」

「やり手って何の……」

郵便物を分ける手をわたしは止めた。礼状や見舞いの中に鳩居堂《きゅうきょどう》の葉書があって、宛名書きの文字を見ただけで、筌子さんからだとわかったからだ。これまでも幾度か、それこそ礼状や見舞いの類をもらったことがあったから筆跡を覚えていたのだが、それは久しぶりの彼女からの便りだった。「京都の桜は今が盛りでしょうか」という書き出しで文面ははじまっていた。

今月掲載されていた長内さんの「サーカス」、とても美しく、みずみずしい小説でした。短い小説でしたのに、読み終えた後どこか遠くに連れていかれたようにぼんやりしておりました。その遠くが、どこだったのかをずっと考えているのですけれど……。久しくお会いしていませんね。まだ肌寒い日もありますから、どうぞお大切に。

白木笙子

「サーカス」は、去年から文芸誌に連載している掌編小説の、最近の一編だった。まほの前ではさらりと目を通したふうを装ったが、自室でひとりになったあと、その短い文面をわたしは何度も読み返した――文字のひとつひとつの形を暗記してしまうほどに。何よりもまず嬉しさがあった。笙子さんが小説を読む目を持っていること、その目が公平であることを、わたしは疑っていなかったから。その笙子さんが褒めてくれた。わざわざ葉書を寄こして……。

その一方で、驚きや小さな不安もあった。それはやっぱり唐突な出来事だったから。笙子さんと知り合ってから四十年近くが、白木が亡くなってからだってすでに二十二年が経っている。白木の死後もわたしは著書を彼女宛に送っていて、その度に礼状が彼女から届いたけれど、それには決まって「これから楽しみに読ませていただきます」としか書かれていなかったし、ましてや文芸誌に載った小説にこんなふうな感想を知らせてくれるのははじめてのことだった。

「サーカス」は、九十二歳の老女が、幼い頃巡回のサーカスに夢中になった日々を回想する話だった。気に入りの一編ではあった。そういえば主人公の名前は「祥子《しょうこ》」だった。その名前を思いついたとき笙子さんのことが頭にあったわけではないのだが——笙子さんは何かわたしからのメッセージのようなものと受け取って、それで葉書をくれたのだろうか。いや、そうではないだろう……。

そんなふうに考えはじめると、葉書の一字一句に言外の意味があるようにも感じられた。それからわたしは「サーカス」もあらためて読み返したりした。そうして、笙子さんに電話をしようと決めた。

わたしは本当に、電話で彼女と話したかったのだ。けれどもその思いが強すぎたために、逆に臆してしまった。今日こそは電話をしよう、この仕事が終わったら電話をかけようと思いながら月日が経った。知り合いの編集者から電話があって、笙子さんが亡くなったことを知らされたのは、九月のはじめだった。

笙子さんが膵臓《すいぞう》がんだったことをわたしは知らなかった。

もともと彼女は肝臓がんを患っていた。白木が亡くなった翌年に、C型肝炎ががん化していることがわかって、手術していた。その後はときどき肝臓内で再発があったが、体にメスを入れずにすむラジオ波での治療で対処して、さしたる自覚症状もないまま二十年近くを過ごしていた。そこまではわたしも彼女から聞いて知っていた。

肝臓がんの再発を見張る定期検査で、膵臓に影があるのが見つかったのだった。がんの位置からして手術はできない、抗がん剤は肝臓の状態のせいで副作用が強く出る、それに耐えるだけの効果が出るとも言えない——という説明を医者から受けたとき、「じゃあ、もう何もしません」と笙子さんはきっぱりと答えたそうだ。

「なんだか得意そうにも見えました。ほっとしたのよって本人は言ってましたけど……。しばらく前から、もう肝臓のラジオ波もいやだ、自然に任せたいってごねていたので」

わたしと電話で話した海里はそう言った。膵臓がんがわかったのは去年の夏だった。その少し前に調布の家を売ることになって、笙子さんは海里の家に同居していた。ときどき熱を出すことはあったが、今年の七月頃まではわりと元気だった。八月に入ってがくんと悪くなった。骨転移した肩の痛みがひどくなり、ものがほとんど食べられなくなっても入院はしたくないと言い張っていたが、いよいよどうにもならなくなって入院して、三日目の朝に亡くなったという。

「膵臓がんのことは身内以外はほとんど誰も知らなかったんです、母が知らせようとしなかったので」

もちろん今年の四月には、笙子さんはもう自分が膵臓がんであることを知っていた。あのわりと元気だったといっても、発熱以外の不調もそろそろ出はじめていただろう。葉書を書いて送ってくれたのは、そういうときだったのだ。

「遺言というほどではないですが、言い置かれたことがふたつだけあるんです」

ひとつは葬式の類はやらなくていい、ということで、海里はそれを守って、通夜も葬式もする予定はないのだと言った。白木の無宗教や儀礼ぎらいを、妻も娘たちも受け継いだということだろう。

「もうひとつは、お骨は天仙寺に納めてほしいということでした。一緒のお墓に入ってあげないとチチがかわいそうだからねって」

チチというのは「父」ではなくて、白木家独特の呼称であることをわたしも知っていた。俺はチチで、嫁さんはママコちゃんなんだ、うちではお父さんでもお母さんでも、パパでもママでもなくてそういう呼びかたなんだよと、いつか白木から聞いたことがあった。その呼びかたで、笙子さんは娘たちに約束させた。一緒のお墓に入ってあげないとチチがかわいそうだからね。その言葉が海里の口からわたしに伝わることまで、彼女は予想していただろうか。

天仙寺は岩手県にある古刹《こさつ》で、寂れて廃寺になりそうだったところに、請われてわたしが晋山《しんざん》したのだった。第七十三世住職として、六十五歳のときから約十八年間勤めた。最初の二年の間には、白木夫妻が来山したことも幾度かあった。

わたしは寺と地域を盛り立てるためにあれこれと考えた。定期的に法話の会を催したし、山の斜面に墓地を作る計画を立てたのもその一環だった。見晴らしが良くて気持ちのいい場所で、わたしも死んだらここで眠ろうと決めた。白木夫妻を案内すると、白木は涼しい風に目を細めて「いいねえ、俺は墓なんてまったくくだらんものだと思っているけど、こういう場所に墓ができるなら入ってもいいかもしれないね」と言っていた。

白木の祖母が今でいう不倫の恋をして、未婚の身で産んだのが白木の父親だった。そういう事情で、白木は入る墓を持たなかった。彼の祖母や父親の遺骨は、白木の妹が嫁ぎ先の墓に納めたのだという。墓がくだらんという白木の心情には複雑なものもあっただろう。

白木の家族は彼の意思に従って、彼の死を機会に墓を誂《あつら》えたりはしなかった。遺骨はどうされたんですかと聞かれて、笙子さんが平然として、寝室のクローゼットに置いてありますと答えたという話を、何人かの編集者からわたしは聞いていた。天仙寺の墓地が墓地として体裁を持ったときには、なんだかんだで白木が死んでから七年が経っていた。わたしは笙子さんに電話をかけた。

「お骨を家に置いておくといっても、最終的にどうなるのかという問題があるでしょう? あなただっていつかはあちらへ行くんだし……。海里ちゃんたちが結婚するときに骨壺《こつつぼ》を持っていくというのも困るんじゃないかしら。天仙寺のあの場所なら、白木さんも気に入っていたし、今どきの集合住宅みたいなお墓とは全然違う、とてもいい雰囲気の墓地になったのよ。お金もそんなにかからないし、今なら好きな区画が選べるし、どうかしら」

あのときわたしは喋《しゃべ》りすぎていたかもしれない。嘘《うそ》は吐《つ》いていないと思っていたが、それらの言葉のうしろには、自分が眠るつもりの墓地に白木も来てほしいという抗《あらが》いがたい気持ちがあって、喋れば喋るほど、それを笙子さんに見透かされてしまう気がした。笙子さんはきっと何かそれらしい理由を作って断るだろう。喋りながらわたしはその結末をほとんど疑ってもいなかった。

「はい、そうします。お骨の行く末のことは、私もこの頃なんとなく考えていたんです」

けれども笙子さんは、あっさりと諾《うべな》った。

納骨の日は七月のはじめだったと記憶している。彼らはどう見ても奇妙な一行だった。笙子さん、海里と彼女の恋人、次女の焰《ほむら》。笙子さんの妹と、そのパートナーだという男性。それから白木の妹の登志子さん。鬱蒼《うっそう》とした木々の下にもじりじりと日が照りつける暑い日、白い風呂敷に包んだ白木の遺骨を海里の恋人に持たせて、まるで物見遊山みたいな笑顔で、ワイワイとやって来た。

墓の前でわたしがお経を読んだが、へんに緊張してしまった。いくらかでも厳《おごそ》かな気持ちになっているのは、わたしだけであるような気がした。ただ登志子さんだけは、ときどき思い出したように神妙なことを言ったりそういう顔になったりしていた。笙子さんはいつものように礼儀正しかったけれど、彼女にとって夫の納骨は、何か役所の義務的な手続きででもあるかのように見えた。そういう彼女の態度を一族の者たちは遵守しているというふうだった。

納骨のあと、寺務所内の座敷に一行を案内した。事務員がお茶とお菓子を運んでいったあと、いったん別室へ寄ったわたしがその部屋に入っていくと、畳に寝転んでいたらしい男性ふたりが慌てて体を起こした。ほらっ、お行儀よくしなさい。子供を叱るように笙子さんが言った。

「無事にすんでよかったですね」

わたしはそんなふうに会話をはじめたのだったと思う。

「こんな山奥まで連れてきやがってって、白木さんは怒ってるかもしれませんけど」

「ここを気に入っていましたから、喜んでると思いますよ。その辺でニヤニヤしてるかもしれません」

笙子さんがそう答えた。

「遠かったでしょう？　じきにもう少し近くまで新幹線が開通するとかの話もあるんですけどね」

「旅は好きですから。この頃は遠出する機会もなくなったので、いい距離でした」

「びっくりしましたよね。てっきり崎戸にお墓を作るんだとばっかり思ってたら、東北のこんな山の中で」

自分も何か言わなければならないと思ったらしい登志子さんが口を挟んで、そのあと誰も喋らなかったから、間ができた。

「でもいいところだから、兄さんも喜んでいますね、ええ、きっと」

ちょっと慌てたように、登志子さんは言い足した。

「海里ちゃんはよかったわね。病気になったときは心配したけど、すごく元気そう。いいお連れ合いも見つかって」

わたしは話題を変えた。海里は二年ほど前に父親と同じ大腸がんを患って手術していた。このまま再発しないでくれるといいんですけど。納骨の前に電話で話したとき、笙子さんの口調にはまだ不安が混じっていたが、二年経って転移が見つからないのだからきっと大丈夫だとわたしは考えていた。顔つきや身ごなしも、白木が最初の手術を受けたあととはまったく違う印象があった。それに白木が、こんなに早く娘を連れていくはずはない。

「あとは小説ね。あんな大きな病気をしたらあなたは今度こそ書きはじめると思ってたんだけど、まだ書かないの？」

海里はバツが悪そうに、思ったようなものがなかなか書けない、というふうな言い訳を呟《つぶや》いた。新人賞をとってデビューしたあと一冊短編集を出したが、そのあと鳴かず飛ばずで、単行本どころか文芸誌で彼女の名前を見かけることもなくなって久しかった。

この子はもう書かないのかもしれない。それでもいいのかもしれない。古本屋だというこの男性と一緒になって、それなりに幸せに暮らせるのかもしれない。小説なんか、書かずにすむのなら書かないほうがいいのだ。わたしはそう思いもした。

そのかわりに、あなたが小説を書いたらどう？

わたしはそのとき、笙子さんにそう言いたかったのだ。あなたは本当は小説が書きたいんじゃない？　白木はもういないのだから、書けるんじゃない？

けれども言わなかった。海里を気遣ってというのではなく、笙子さんが、それは言わないでほしいと願っているような気がしたから。それも、彼女の娘のためではなくて、彼女自身のために。

記憶を辿《たど》りながら、わたしはふっと気がついた。

そうだ、知っていたのだ。あの納骨の日、すでにあの家族たちは、わたしと白木の関係を察していたのだ――笙子さんが察しているのと同じくらいには。何も知らなかったのは登志子さんだけだったのではないか。

だからああいう雰囲気だったのだ。わざとらしく陽気で、いいかげんで、肝心なこと――というのは「白木の霊魂」と言い換えてもいいかもしれない――に近づかないようにその周りをぐるぐる回って、そのせいでその肝心なことが逆にぽっかり浮かび上がってしまうようだったあの日の気配。愛人だった女の所縁《ゆかり》の地に白木を埋葬することを、その地で愛人と顔を合わせることを、愛人が白木のために読経《どきょう》することを、そういう事態になったのは笙子さんがそう決めたからだということを、家族たちはみんな、どう考えたらいいのか困っていたのではないだろうか。

白木の死後、笙子さんと顔を合わせる機会は数えるほどだった。

納骨の日の数年後に、海里は二冊目の単行本を書き下ろし、その出版記念と結婚披露を兼ねた小さなパーティが開かれた。わたしも招かれ、笙子さんとも会った。あのとき彼女は七十歳くらいだったろうか。着物姿で、あいかわらず美しく、わたしが海里の小説と夫、両方を褒めると、嬉しそうにしていた。

海里の小説は、ひとりの男が病を得て死んでいくまでを、男の妻と男の愛人の視点で書いたものだった。登場人物のプロフィールはまったくのフィクションだったけれど、男の職業がトランプ占い師で、稀代《きたい》の噓吐きであるという設定は、どうしたって白木を彷彿《ほうふつ》とさせ、パーティのスピーチでそのことを言った編集者もいた。愛人と妻は互いに相手の気配だけを感じながら、最後まで一度も顔を合わせない。どちらのことも断罪も正当化もされておらず、ただ心の中が詳細に描写されていた。いい小説だとわたしは思い、そう思うとき、笙子さんの存在を感じた。単行本になってはじめてこの小説を読んだと笙子さんは言っていたし、娘にアドバイスめいたことをしたとは思えない。そうではなくて、笙子さんの人間としてのありかたが、海里の書くもののありかたに影響しているのだろうとわたしは思った。

そのあとは、そう――一度笙子さんとわたしは対談をしたことがあった。パーティの五年くらいあとだったろうか。わたしのファン向けのムック誌上での企画だった。対談のお相手はどなたにしましょうかと編集者から聞かれて、白木篤郎さんの奥様はどうかしら、とわたしが言った。笙子さんに会いたかったからだ。だが笙子さんは断るかもしれないと思っていたが、天仙寺のとき同様に笙子さんはあっさり引き受けて、対談の場所となった天仙寺にひとりでやってきたのだった。

テーマは勢い白木の思い出話になった。わたしと彼女の「共通の話題」は白木にほかならないのだから。わたしと白木との関係を、はじめは何も知らなかったに違いない担当の若い編集者は、あきらかに直前に誰かに入れ知恵されたらしくて、いったいどんな話が出るのか、出た話を全部誌面に載せることができるのか気を揉《も》んでいることが伝わってきた。でもわたしと笙子さんは、ただ、思い出だけを語り合った。故人を介しての女友だち同士として。

やっぱり納骨の日と同じだった。白木のことを語り合いながら、わたしたちは肝心なことの周りをぐるぐる回っていた。このときのそれは、白木の霊魂というよりは白木自身であるようだった。わたしは白木がそこにいることを感じた。そうして、笙子さんに会いたかったのは、白木に会いたかったからだと気がついた。

わたしたちは、ほのめかさなかったし、探り合いもしなかった。白木の嘘吐きぶりを話題にし、笑い合いながら、わたしたちはわたしたちの愛については、注意深く何も語らなかった。

最後に笙子さんに会ったのは六年前だった。海里が直木賞を受賞したときだ。二冊目の本を出して以降、海里は勢いを得て書きはじめた。それだけの注文が彼女に来るようになったということでもあった。わたしは嬉しかった。海里が手術してからはすでに十年が経っていたから、もう再発の心配はなかった。彼女が生き延びてくれたことが嬉しかったし、そのうえどんどん書いて、大きな賞をとって、白木がいたらどんなに喜んだことだろう、と考えるのが嬉しかった。

わたしは当時もう八十半ばで、授賞式とか祝賀会の類に出席するために上京することはほとんどなかったが、このときは出かけた。海里を祝いたいというほかに、笙子さんに会いたいという気持ちがやっぱりあった。祝賀会場には受賞者の親族席というのが用意されていて、なぜだかわたしは当然のようにそこに案内されてしまった。隣のテーブルには、海里ではなく白木篤郎の担当者だった古参の編集者たちが集まっていた。

笙子さんは若い女性編集者に付き添われて、わたしに少し遅れてその場所にあらわれた。着物姿で、おやとわたしが気づくのと同時に、彼女はいきなり「ジャジャーン」と両手を広げた。

「これ、長内さんがくださった着物！」

本当だった。笙子さんが着ているのは、わたしが白木に持たせた着物だった。わたしの家で過ごしているときそれを目にした白木が「これうちの嫁さんに似合いそうだなあ」としつこく言うので、譲ったのだ。白木はその経緯をどんなふうに妻に説明したのか——とにかく笙子さんは今日という日にその着物を選んだのだった。そして満面の笑みで「ジャジャーン」とおどけた。わたしもびっくりしたが、それ以上に編集者たちがぎょっとなっていた。彼らはおそらく全員、面と向かって口には出さなくても、わたしと白木の関係を察していたはずだから。

「あらまあ。すごくお似合い。素敵」

わたしはそう叫んで彼女を迎えた。実際、彼女の年齢――当時は七十代後半だったろう――には少し派手すぎるその訪問着を、笙子さんは違和感なく着こなしていた。年齢にそぐわなかろうがなんだろうが、今日は絶対にこれを着ていこうと決めていたのかもしれない。おどけてみせたことも含めて、この着物は彼女にとっては、ある種の鎧《よろい》みたいなものなのかもしれない。わたしはそう考えた。わたしが差し出した手を、笙子さんは握った。ぎょっとしているひとたちに、むしろ見せつけるみたいに。

わたしたちは同じテーブルに着き、海里のスピーチを聞き、そのあと海里が受賞者席に座って、お祝いの言葉を述べに来たひとたちに順番にニコニコと応えている様子を眺めた。といっても大半の時間は、そのテーブル周辺は同窓会の様相を呈していた。古馴《ふるな》染《じ》みの編集者たちが入れ替わり立ち替わり――ちょうど海里のところにひとが詰めかけているのと同じように――挨拶にやってきた。ご無沙汰しています。お久しぶりです。ちっともおかわりになりませんね。どうされていましたか。篤郎さんが亡くなってから、もう何年になりますか。ああ、もうそんなに……。

笙子さんは誰に対してもにこやかに感じよく応対していた。篤郎と一緒に公の場にいるとき、いつもそうであったように。そうだ、このひとはずっとこうだった、とわたしはあらためて思った。穏やかに微笑《ほほえ》み、興味深そうに頷《うなず》き、ときには誰かの冗談に笑い転げる。そういう姿しか、わたしたちに見せなかった。それもやっぱり鎧みたいなものなのかもしれない。本当の彼女は、その内側にいる。その内側に白木は触れることができたのか。

二次会はいらっしゃるんですかと聞かれた笙子さんは、まさか、と苦笑して手をひらひらと振っていた。

「仲のいい小説家や編集者とワイワイやるんでしょう。この授賞式も、最初は行かなくてもいいかなと思ってたんです。連れ合いがいるし、私が行っても周りのひとに気を遣わせてしまうだけだしと……。でも、皆さんがお電話くださって、熱心に誘ってくださったので……」

「そりゃ、そうですよ。お嬢さんの晴れ姿ですもの。あなたがいらっしゃらなくちゃ」

わたしはそう言ったが、行かなくてもいいと思っていたというのは、いかにも笙子さんらしいと思った。そういえば白木と笙子さんは、海里が新人賞をとったときにも授賞式に来なかったのだと思い出した。白木は一度だけ芥川賞の候補になって落選していたが、以後は「いっさいの賞の権威を否定する」という態度を貫いていた。白木にしてみれば、自分の落選が文壇政治や学閥主義の結果だと言いたかったのだろう。そういう白木の憤懣《ふんまん》に、笙子さんは影響されているのだろう。影響。それすら、白木ではなく笙子さんの作為に思えもするけれど。

「白木さんが生きていたら、彼は今日、来たかしら」

わたしはそう聞いてみた。

「本音は来たくてたまらないというところでしょうけど、意地でも来なかったかもしれませんねえ」

笙子さんは微笑んだ。ベリーショートにしている髪は、藁《わら》色にところどころ黒が混じっているが、白髪の部分が藁色に染まっているのだとわかる。

「でもよかったわね。もう安心ね。海里ちゃんは、これからずっと書いていけるわよ」

「そうですね。そのことは彼も喜んでると思います。娘に書かせたくてしょうがなかったひとだから」

「あなたは？」

わたしはそのとき、とうとうそう言ってしまった。

「笙子さんは、小説を書かないの？」

「書きませんよ」

笙子さんはさっきと同じ苦笑をして手をひらひらと振った。書けばいいのに。書いてくれればうちの雑誌に載せますよと、同じテーブルの何人かが言った。

「今頃書きはじめたって……」

笙子さんは言った。

「今だから書けるんじゃありませんか。白木さんもいないし、海里ちゃんはもう、立派に小説家になったんだから」

わたしは言った。笙子さんの反応が知りたかったはずなのだが、口に出すと、わたしの本当の願望は実際のところ、彼女の書いた小説が読みたいということ、それに尽きるのだとわかった。

「私には小説家の才能はありません。海里が書くものを読むとよくわかります。あんなふうに私にはとても書けません」

それが笙子さんの答えだった。

どうして笙子さんは小説を書こうとしないのだろう。

そう考えるとき、同時にわたしは、どうしてわたしは小説を書くのだろう、と考えている。

たとえばわたしはこれまでに、白木とのことを繰り返し小説に書いてきた。名前や職業の設定は変えたが、私小説の体裁をとったふたつの長編で白木は主要な登場人物だったし、短編のいくつかにも登場した。自分とはかけ離れたプロフィールの女を主人公にした小説の中にも、白木に似た男があらわれることがあった。そう、あらわれるのだ。そこにはわたしの意思以外のものが働いているように思える。白木だけではない、深く関係した人間は、男でも女でも、どうしたってわたしの小説にあらわれてしまう。

そうして、ひとたびあらわれてしまえば、わたしはそのことにとらわれる。書いても書いても、書き足りないような気がしてくる。出来事を小説にするためには事実はどうしたって脚色されなければならない。自分が小説に書いたことは事実ではないにしても、自分にとっての真実なのだと、わたしはずっと信じてきた。けれども時が経てば、そのことが疑わしくなっていく。自分が書き留めたことに自分自身が影響されて、そこからまたべつのことを考えて、あれは本当に真実だったのだろうかと考えはじめる。小説にわたしが書いた真実は、活字で固定された瞬間にわたしを裏切る。本当にそうだったのか。本当にそうだったのか。本当に愛していたのか。本当に愛されていたのか。それでわたしはまたあらたな物語を書きはじめるしかなくなるのだ。

長編のひとつは出家の前後を綴《つづ》った書き下ろしで、白木が生きているときに刊行された。いい小説だったよ、と白木は言ってくれたが、自分が書かれていることについては何も言わなかった。

言えなかったのだろうと思う。結局のところ白木は、危険に近づくことを避けたのだろう。あんたは俺という人間をよくわかっているね。違うよ、あんたは誤解している。あんたは結局俺をわかっていなかったんだな。怒るでも貶《けな》すでも嘲笑《あざわら》うでも、どんな言葉を発しても、何かが掘り起こされてしまうと白木は思ったのだろう。彼はそうしたくなかったのだろう。

そういえば白木は、私小説というものをいっさい書き遺さなかった。身辺雑記のような文章すら、実際にあったことはほとんど書かれていないような印象を受けたものだった。彼の小説の中に閃光《せんこう》のように見つけることができた気がした彼自身の姿にしたって、本物だと断言することはできなかった。白木はいつでも、彼自身の本当の姿や、彼の中の真実から遠ざかろうとする筆の動きで、むしろそれを推進力として、虐げられた人々やどん詰まりの世界を書いていたように思う。そうだ、わたしはとうとう、彼の小説の中に、わたしたちの愛の証拠を見つけることはできなかったのだった。

わたしが白木とのことを書いた本はそれまで通りに、わたしからの献本として出版社から白木家に送られているはずだったが、笙子さんが読んだかどうかも、白木は言わなかった。笙子さんも言わなかった——白木が死んだあとになっても。読んだのではないかとわたしは思っている。白木が生きているときは遠慮があっても、死後ならいつだって読めただろう。読んだほうがいいですよと、お節介を言ってくるひとたちだっていただろう。わたしなら読む。自分には見せなかった白木の姿を知りたいから。

でも笙子さんは、最後まで何も言わなかった。そんな小説などこの世に存在しないかのように、あるいは読んだが、そこに書かれている男が自分のかつての夫のことであるとは夢にも思わなかったかのように、わたしに接した。

「すっごい急な階段なんですよ」

と、まほが言う。

「ぜったい落っこちる。べつのお店にしてもらったほうがいいですよ」

「悪いわよ、きっともう予約してしまってるもの。手摺《てす》りはついてるんでしょう」

わたしは言う。

「ついてるみたいでしたけど……わからないですよ、ホームページの写真で見ただけだから」

「手摺りがなかったら這《は》って降りるわよ。あ、それともあなたにおぶってもらうかな」

「無理」

結局、翌日の夜、わたしはまほに付き添われてその店に向かう。親しく付き合っている映画監督の青年に、自分の親友が祇園にオープンしたばかりのスペイン料理の店にぜひともわたしを連れていきたいと請われて、応じたのだ。まほが事前に調べた——はじめての場所に行くときには彼女は必ずそうする——通り、その店は古いビルの、細くて傾斜のきつい階段の下にあった。幸い手摺りはついていたので、わたしはどうにか——手摺りとともにまほの手も借り、とんでもない時間をかけて——下まで辿り着いた。

「すみません、階段のことを忘れていました、大丈夫でしたか」

すまないとはあまり思っていないような口調で青年はわたしたちを迎えた。彼はわたしの体を気遣うこと以上に、友人にわたしを紹介できること、そうすることができるほどの親交をわたしと持つようになったことのほうに心を奪われているようだった。

薄暗くて狭い店で、カウンターのほかにはテーブル席はふた組しかなく、そのひとつが予約してあった。ほかに客は、カウンター席に並んでいる若いカップルひと組だけだった。最初その男女はわたしのことを宇宙人でも舞い降りたかのように凝視していたが、そのあとは逆にいないかのように、自分たちのこと以外には関心がないかのように一生懸命ふるまいはじめたのが気の毒だった。ここが自分の馴染んだ店で、支払いもわたしが持つならば、あのふたりにワインの一本でも差し入れて店内をもっと気軽な雰囲気にすることもできるのに。そういう気が回らない青年にわたしは失望したけれど、言葉や態度にはあらわさなかった。

そのあと四人組の客が来て、もうひとつのテーブルを占めた。やっぱりこちらを気にしているのがわかるので、わたしはさっぱり落ち着かなかった。そういう状況をがまんするほどの料理でもなかった。それでもわたしは努力して機嫌よく過ごし、青年の気を引き立てるようなことをいろいろ言ってやった。新進気鋭の映画監督ということで一度対談したのが彼と知り合ったきっかけだったが、いつかわたしのドキュメンタリーを撮りたいという名目で、よく連絡を寄こすようになっていた。三十歳になったばかりで、すらりとした長身のモデルのように見目好《みめよ》い男で、そんな外見も世間から注目される要因になっているのだろう。

この青年はどこか白木に似ている。わたしはふっとそう思い、何をばかな、とすぐに打ち消した。姿形はもちろん、性質だって似たところなどありはしない。たとえば白木ならこんなとき、店中を巻き込んで少々傍迷惑《はためいわく》なほどのサービス精神を発揮するだろう。だがこの青年はまだ若い。白木だって三十そこそこの頃にはああまで自在にはふるまえなかっただろう。それに野心という点では、似ているかもしれない。自信と、その半分くらいの不安と、その不安を認めまいとする虚勢と。

それからわたしは自分に呆《あき》れた。どうやらわたしは、この青年に好意を持っているらしい。もしかしたら愛そうとしているのかもしれない。もちろん九十二歳の老婆が三十歳の青年とどうにかなれるなどとは考えていない。ただわたしは愛したいのかもしれない、誰かを。かつてのように——その「かつて」は白木を愛したときであり、真二を愛したときであり、小野文三を愛したときであり、それ以外のほかの誰かを愛したときでもあるような気がした。あんなふうに自分がまだ誰かを愛せるかどうかを知りたいのかもしれない。

「なんです?」

と青年がちょっと眉をひそめて聞いた。ふふふ、とわたしは口元に浮かんだ笑いを大きくした。

「この歳になって、あなたみたいな素敵な男のひととデートしてるのが嬉しくって、つい笑っちゃったのよ」

「デートじゃないですから！　先生、私も一緒ですから！　こういうのはデートとは言いませんから！」

まほが混ぜ返し、いやデートでいいですよと青年が応じたとき、まほの携帯電話が鳴り出した。電源を切っておくのを忘れたと言いながら画面をチラッと見たまほは、ちょっとすみませんと言って店を出ていった。

「誰から？」

わたしはなんとなく気になったので、戻ってきたまほに小声で聞いた。

「海里さんからでした。今日、お母様のお骨を天仙寺に納めたって。その報告」

「ああ、そうなのね」

その店には九時過ぎまでいた。まほに右手を、青年に背中を支えられながら、わたしは階段をヨチヨチと上った。わたしの体の衰えぶりに、青年は今更気づいてぎょっとしていた。もうあまり連絡してこなくなるかもしれない。そうなったら、わたしは寂しいだろうか。そんなふうに考えている時点でこの「恋」はもう終わりだと思えて、わたしはまた心中で小さく笑った。

「ああ、ちょっと休ませて頂戴」

「先生、あと少しですよ、がんばって」

「ちょっとでいいから。ちょっと待って」

わたしは足を動かすのをやめて、手摺りに縋《すが》って立ち止まった。あと三段も上がれば地上だったが、その距離がひどく遠いものに思えた。やっぱりこんな階段のある店に来たのはどうかしていた。

九十二歳か。宙ぶらりんなその場所で、わたしはそのことを思う。よくもまあ生きてきたものだ。

白木の葬儀で自分が読んだ弔辞がよみがえった。白木さん。わたしとあなたは、セックス抜きで深く繋《つな》がることができた稀有《けう》な男と女でした。そんな言葉からはじめて、わたしは白木を悼んだのだった。

見え透いた嘘をなぜ吐いたのか。セックス抜きだなんて、わざわざ言う必要もなかったのに。わざわざ言えば、そうする理由を多くのひとは考えるだろう。弔問客の何人かは心の中で失笑しただろう――あれはそうだったと宣言しているようなものだと。実際のところ、わたしは宣言したかったのかもしれない。あのときは、笙子さんや彼の娘たちのために嘘を吐いたのだと思っていたけれど、本当は彼らのことなんかちっとも気遣っていなくて、身勝手な欲求だけがあったのかもしれない。あのときわたしは、白木とわたしとの間にあったこと、白木とわたししか知らないことが、白木の死とともに失われてしまいそうなのがどうしても耐えられなかった。

でもそれももうずっと昔のことになる。白木がいなくなったあと、大きく抉《えぐ》れたような気がした部分は、今はもう埋まっている。埋めるための日々を、わたしは過ごしてきた。毎日、やりたいことを思い並べ、やれることをやっていたら、いつの間にかこの歳になっていた。愛したひとも、憎んだひとも、もうみんな死んでしまった。

わたしはなぜか、振り返って下を見た。カウンターの端が見え、ぼうっと灯《とも》ったダウンライトの明かりの中に、白木と笙子さんの姿が見えた。ふたりは何か喋っていた。懐かしいふたつの声が耳奥に響いた。

「……あんたに土産に買ってやったルビーの指輪、あれを譲ってくれた女にこの前会ったよ」

「あら、あれはモスクワの、ひみつクラブみたいなところで買ったんだって言ってなかった？」

「そう言ったかね……。だとしたらそのひみつクラブにいた女だよ。もう大昔のことだから記憶が曖昧になってるんだ」

「はいはい。それで、その女のひとがどうしたの。どこで会ったの」

「どこでとはちょっと言いづらいんだけどさ。あの指輪にまつわるストーリーを聞いたよ」

「大昔のことなのに、彼女は覚えていたのね」

「嘘だと思ってるんだろう。まあ聞いてなさいよ。そのストーリーを知ったら、絶対に信じるから……」

わたしも降りていきたい、と思った。階段を使わずふわりと体を宙に浮かせれば、簡単にあそこまで行ける。そのとき明かりが消えて階下が真っ暗になり、ふたりの姿は掻《か》き消えた。わたしは息をひとつ吐いて前を見た。階段からカウンターが見えるはずもない。

「先生、はい、一、二、一、二」

子供を歩かせるようなまほの号令に腹を立てながら、それでもその号令に合わせて、わたしは階段を上っていく。

笙子

最後に食べたのは子豚のローストだった。

海里がイタリア料理店で食べたそうで、残りを持って帰ってきた。トマトと紫玉ねぎをあしらって、オープンサンドにしてあった。おいしい食べかたを、お店のひとから教わったのだと言っていた。

食欲はほとんどなかったのだが、娘の気持ちに応えたくて、久しぶりに夕食のテーブルに着いた。このところはずっと、下まで降りていかずに、部屋に海里が持ってきてくれたものにかたちばかり口をつけるだけだった。ひとくち食べると、びっくりするほどおいしくて、おいしいなんて感覚を自分がまだ持っていることに驚きながら、もうひとくち食べた。ね、おいしいでしょう？　海里は嬉しそうだった。その様子に励まされるようにして、なんとかという生クリームみたいなチーズも少し食べ、ワインもグラスに半分ほど飲んだ。

あれはどのくらい前のことになるのか。オープンサンドは結局ひと切れしか食べられなかったけれど、今から思えば、それだけの気力があのときはまだあったのだ。今はもう豚もチーズもワインも、私にはなんの関係もない、別世界のものになった。それにしても、子豚のローストか。きっとあれが私のこの世での最後の食事らしい食事になるのだろう。「最後の晩餐《ばんさん》」のことは家族で食卓を囲んでいたときにもよく話題になって、炊きたてのごはんと熱々の味噌汁とか、筍《たけのこ》とか、鯛《たい》茶漬けとかみんな好きなことを言っていたけれど、まさか子豚のローストなんて。ようするに最後のことは自分で決められないということだろう。それに最後のときには、何が食べたいかなんてどうでもいいことになるわけだ。子豚はおいしかったから、私としては御の字だけれど。

篤郎との最後の食事はどんなものだったろう。

私はまた、そのことを考えはじめる。この頃よくそれを考えている。どうしても思い出せない。最後というのはつまり、子豚のローストのときの私みたいに、篤郎がちゃんと食卓に着き、私と一緒に、多少なりとも味わって食べることができたとき、という意味での最後。篤郎の最初の手術のあと海里はひとり暮らしするために家を出て、続いて焔《ほむら》が陶芸をやるために瀬戸へ行き、調布の家で私と篤郎はふたり暮らしになった。篤郎に最初の転移が見つかってからは娘たちは頻繁に帰ってくるようになったけれど、私が思い出そうとしているのは、私とふたりの最後の食卓。

肺に転移したあと、病院に通って抗がん剤治療を受けているときはほとんど食べられなかったが、治療の休止期間にはいくらか食欲が戻ったはずだ。あれなら食べられるかもしれない、と篤郎が言うものを、私はできるかぎり用意したはずだ。汲《く》み上げ湯葉。釜揚げうどん。鶏の水炊き。ああ、うまいねえと篤郎が最後に満足げに嘆息したのは何を食べたときだったのか。蒟蒻《こんにゃく》の刺身。蕎麦《そば》がき。冬瓜《とうがん》の煮物。いや、冬瓜は食べたかったが作れなかった。冬瓜は夏の野菜だから、今の時期は出てないわ。自分がそう言ったことを覚えている。冬瓜のかわりに何を作ったのだったか。それが最後の一食だったのではないか。わからない。そうだったとしても思い出せない。思い出せないのは、そのときにはそれが最後だとは思っていなかったからだろうか。それとも悲しくなるのがいやだから、心が思い出すのを拒否しているのか。

かわりに最初を思い出すことにする。それならいつだって思い出せる。篤郎と知り合って、最初に一緒に食べたもの。それは佐世保の、市役所前に出ていた屋台で買い食いした肉てん――ソースを塗った、具のない薄いお好み焼きのようなものが、郷里ではそういう名称で売られていた――で、食事とは言えないが、私にとってはどうしてもそれが最初ということになる。

肉てんの店が出とるよ。篤郎は言い、私の返事も聞かずに屋台へすたすた歩き出した。

おじさんがペラリとした肉てんを広げた新聞紙の上に置いて、くるりと丸めて篤郎に渡した。ほら、熱かよ。口元に差し出されたそれを、人目を気にしながら私はひと口食べた。当然のように篤郎は次は自分が齧《かじ》り、再び、私に差し出した。うまかね。唇の端にソースをつけて、ニッと笑って乱杭歯《らんぐいば》を見せて。うん、おいしか。私は言って、そうしたらなんだか可笑《おか》しくなって、やっぱり笑った。子供の頃から馴染み深い食べものだったのに、はじめてみたいな味がしたあの肉てん。

襖《ふすま》が開いて、海里が入ってくる。

私は今、海里の家にいて、四畳半の和室を自室にしてもらっている。同居をはじめたのは膵臓がんが見つかる前だが、結果的に病人の世話をさせるようなことになってしまった。

「ガスパチョ作ってみたんだけど……」

私は体を起こしてガラスの大振りのグラスを受け取り、スプーンでひと匙《さじ》、ふた匙食べた。

「薬くれる?」

「もういいの?　もう少し食べないと……」

「食べられそうだったらあとで食べるから、そこに置いておいて。薬は持ってきてくれた？」

海里は仕方なさそうに、水を入れたコップと痛み止めの錠剤を私に渡す。正直なところ薬を飲むのも億劫《おっくう》なのだが、これがないと眠れないのだ。

「一度入院したほうがいいんじゃないかな。全然食べてないから、栄養失調で参っちゃうわよ。痛みだって病院のほうがもっとコントロールできると思うよ」

「入院は、まだいいわ」

もう何度かこのやりとりをしている。入院するべきなのはわかっている。何より海里が楽だろう。そう思うのに、どうしても行きたくない。入院したらもう戻ってこられないだろう。病院では死にたくないというのとも少し違う。ここにいたい。なぜなら——。

「明日病院に薬をもらいに行くから、先生に相談してみるね。家でできることもまだあるかもしれないし」

そうね、と私は生返事をする。

「そうだ、今日はブッラータもあるのよ。どう？　意外とあれなら食べられるんじゃない？　カロリーもあるし」

「ああ、あのチーズね。あれはおいしかったねえ」

私はそう答えるけれど、食べるとは言わない。そのまま横になってしまったので、海里はあきらめて出ていった。かわいそうに。入院すれば、おそらく点滴で栄養が補給されるだろうし、そうすれば海里の気分もずっと楽になるだろうに。でも、ここにいたい。ここには篤郎がいるような感じがするからだ。

そう感じるのは奇妙なことだった。ここは三鷹《みたか》で、海里と敏夫さんが数年前に買った家で、もちろん篤郎は来たことも見たこともないのに。この家に篤郎所縁のものがあるとすれば、彼の著書、蔵書、それに海里が譲り受けた彼の仕事机くらいだ。

それでも篤郎はここにいると思える。彼の死後、遺骨を家に置いているときにもそう感じたものだが、あのとき以上に感じる。ものを食べる気が失《う》せて以来、その感覚は強く、いっそ現実的になっている。

そうして、私はさらに奇妙に思う。篤郎がここにいるから。それが、ここから離れたくない理由だなんて。病院へ行けば痛みがマシになるかもしれないのに、それでもここにいたいのは、篤郎のせいだなんて。

あの篤郎を、私はまだ、それほどに慕わしく思っているのだろうか。

篤郎が死んだとき、私はほっとしたのだった。

篤郎の死はどうしたって避けられないものだったし、にもかかわらず苦しみ抜いている彼を見ているのが、辛かった。

早く終わりになればいい。私はそう思っていたが、それが篤郎の苦しみのことなのか、私と彼の関係のことなのか、いつからかよくわからなくなってしまった。

篤郎が死んだあと、家の二階と三階をアパートに改装したりしたので——私の生活の算段として、秦さんが考えてくれた——、しばらくはバタバタしていた。その時期が過ぎると、私の前にいきなりぽかりとした時間があらわれた。

私ひとりで使える時間。自分の好きなときに買い物に行き、自分の好きなものだけを作って食べることができる時間。篤郎の小説の締め切りを気にしなくてもいい時間。あの太い声で「おーい」と呼ばれることのない時間。あのひとは本当は今頃どこにいるのかしらと考えなくてもいい時間。

そういう時間を自分が手に入れたことに私は呆気《あっけ》にとられて、そして今考えれば、少しおかしくなっていたのだと思う。まずは海里と一緒に——あの頃海里は、書いた小説がさっぱり雑誌に掲載されず、かといってほかの仕事を探すでもなく、家の上にできたばかりのアパートの一室に居候して、いわゆるパラサイトみたいな状態になっていた——早朝ジョギングをはじめた。いきなり走り出したために膝を傷めて、医者から呆れ混じりに止められると、次はスイミング教室に通った。一緒に居酒屋でもはじめようよ。蒔子がそんなことを言い出すと、半分ばかりその気になって、眠れない夜などに店の名前や、どんな料理を出せるかなどを考えてみたりもした。

でも、結局そういう錯乱はほんの短い間だった。走っても泳いでも、夢の中でそうしているときによくある、雲の中で動いているような手応えのない感じがあって、それは結局、運動ではなく日々の感触だった。次第に私は、見知らぬひとの家にそれこそ居候しているかのような、その家で他人の服を借りて着ているような心地になってきた。そんなときに海里が敏夫さんという恋人を得て、一緒に住むと言い出した。ふたりが借りたアパートは、私の家から歩いていける距離だったが、私がひとりになったことにはかわりなかった。むしろその距離とは無関係に、私は自分がひとりになったことを確信した——海里にはもう、私は必要ないだろうと。

するとと私は、いきなり気づいた。ちょうど、ぽかりとした時間があらわれたときと同じように。私はもう、何もしなくてもいい。何もする必要がないのだと。

薬が効いたのか、少し眠っていたらしい。

短い夢をいくつも見ていた。その夢から放り出された感じがする。ああ、また目が覚めてしまったとがっかりする。眠るとき、このまま目が覚めなければいいのに、と思うようになったのは、膵臓がんがわかってからではなく、もう少し前からのことだ。ふわふわした、踏みしめることができない日々。おまけみたいな日々。搾りかすみたいな日々。そうだ、最後のがいちばんぴったりくる。搾りかすなのに、病院で定期的に検査をしたり肝臓の再発が見つかるたびにラジオ波を受けたりするのは、意味がないような気がして。やめたいと言っても医者や家族は承知してくれないし、実際のところ治療をやめて痛くなったり苦しくなったりするのはいやだから、眠ったまま目が覚めない、というのは理想だった。

死にたいというのとは違うような気がする。絶望していたわけではない。ただその頃から、もう、願いや期待がなかった。篤郎がいなくなったあとの、あたらしい人生。第二の人生。そんなものは自分には必要ないとわかったのだ。

娘たちのことで心配がなくなったというのもある。焰は海里より先に結婚して、男の子の母親になった。今は家族で離島に住んでいるが、一時は調布の家で同居していて、私は孫との暮らしも経験した。島の特産品を使ったお菓子を作ったりして、島興しに貢献しているようだ。もともと手先が器用で、手芸やお菓子作りが得意な子だった。

そして海里は、再び小説を書くようになった。数年前に大きな賞ももらって、忙しい忙しいとこぼしながら、毎日机に向かっている。敏夫さんと結婚したとたんに、どんどん書くようになり、それを読んだひとから仕事の依頼も次々来るようになったらしいが、あれはどういう作用だったのだろう。出版記念と結婚披露を兼ねたパーティに出席してくれた長内さんが「女流作家は、幸せにならないほうがいいものが書けるんです」と祝辞で言い放ち、列席者はみんな苦笑したものだったけれど。敏夫さんは大らかで鷹揚《おうよう》で、それは海里に言わせれば「ようするにいいかげんなのよ」ということにもなるらしいが、娘との相性はいいのだろう、大きなケンカもせずに楽しそうにやっている。

海里が書く小説には、篤郎のような男や、私のような女がときどき出てくる。彼女にとって自分の父親と母親との関係は、迷いがいのある小説の森みたいなものかもしれない。穏やかでちょっとやそっとでは揺るがない地盤を得て、その森へ踏み込んでいく勇気が出る、ということもあるのかもしれない。


海里の三冊目の本は、父親のことを書いたエッセイだった。

編集者からそのテーマで一冊にしませんかという依頼があって、最初はいやがっていたが、説得されて書くことになったようだ。

いい本だった。自分の父親がどういう人間だったか、考え考え書いていた。執筆中は、私のところへも話を聞きにきた。

「ママコちゃんは本当に知らなかったの？　崎戸のこととか、本当は久留米《くるめ》で生まれたこととか……」

知らなかったわ、と私は答えた。篤郎の死後、登志子さんがそれまで黙っていたことを喋り出したり、篤郎の若書きの文章を一冊にまとめる話になったときに編者の文芸評論家が調べてくれたりして、篤郎がこれまで自称していた経歴のあちこちに嘘があることがわかったのだった。たとえば生まれは自筆年譜では旅順《りょじゅん》なのだが、実際には久留米だったし、故郷ということになっていた崎戸には三、四年しか暮らしておらず、少年時代に炭鉱で働いていたというのも、朝鮮人労働者に暴動を示唆して検挙されたというのも嘘だった。

「まあ、なんとなくおかしいな、と思うことはあったけど」

「そのままにしておいたんだ？　一緒に暮らしてる間、ずーっと」

海里は言い、私は頷いた。実際、私はそれらをたしかめようと思ったことはなかった。篤郎の生まれがどこだろうと私はかまわなかったし、炭鉱で働いていたということも朝鮮人労働者を煽動《せんどう》したことも、事実ではなかったとしても、篤郎の中では実際に起きたことなのだろう、と思っていたからだ。篤郎はつまらない、どうしようもない嘘をたくさん吐いたけれど、旅順や崎戸の嘘は私は好きだった。

「じゃあ、もうひとつ聞くけど……チチはそういうことしていたの？　つまりその、浮気みたいなこと、っていう意味なんだけど」

篤郎がほとんど毎週末に家を空けたり、外泊してきたりすることの意味を、娘たちはいつ頃から考えるようになっていたのだろう。私は極力、それがなんでもないことのようにふるまっていたけれど、もちろん、娘たちは成長するのだし、いつまでも何も気づかないままでいられるはずもない。それにしても、母娘《ははこ》の間でそのことを話題にするのははじめてだった。

「そりゃ、してたわよ」

やっぱりなんでもないことのように、私は答えた。そりゃ、そうだよねえ。海里は苦笑していた。自分が育った家の歪《いびつ》さに、今頃になって気がついたことが可笑しかったのだと思う。

それから海里はこの件にかんして幾つか質問をした。私は身構えていたが、海里は長内さんの名前は出さなかった。出したかったのかもしれないが、とうとう出せなかったのだろう——情けない取材者だ。結局私は、生きるための自分ひとりの方法であるつもりで、娘たちを共犯者にしてしまっていたのかもしれない。

「しかし相当にひどいよね、チチは」

海里はそんなふうに締めくくった。

「後悔とかしたことないの？　チチと結婚したこと」

娘には私の答えがわかっていただろう。

「まあ、面白かったしね」

それで、私はそう答えた。自分が嘘を吐いたのかどうかはよくわからない。これまで自分に嘘ばかり吐いてきたから、何が嘘で何が本当かよくわからなくなってしまった。

襖のほうに向けていた首を反対側に向けると障子を嵌《は》めた出窓があり、そこに積み上げられた本が見える。

読書は私の唯一の趣味と言ってよく、この家には海里が買ってきたり送られてきたりする新刊も、敏夫さんが商っている古本もふんだんにあるから、その気力が失われるまでは、手当たり次第に読んでいた。

スティーヴン・キングの文庫本——体がそろそろ辛くなってきて、軽い本が読みたいと言ったら海里が持ってきてくれた——が七、八冊積み重なっている下に、文芸誌が一冊ある。ああ、あれは私が長内さんに感想の葉書を書いた掌編が載っている号だ。連載を毎号読んでいたが、感想が書きたくてあの号だけ部屋に持ってきていた。

読んでいたら、なんだか泣きそうになったのだった。子供の頃を回想する話だったからかもしれない。私にはサーカスの記憶はなかったが、子供の頃の思い出はもちろんいくつもある。飼っていた白いスピッツ。母が自分の古いセーターをほどいて作ってくれた赤とオレンジの縞《しま》模様の水着。ちゃんぽんが大好物で、「ちゃんこちゃん」と呼ばれていたこと。そう呼ばれるのが嬉しくて、一生懸命食べていた。菓子工場の片腕がないおじさんが、頼むと即興で作った歌を歌ってくれたこと。「ちゃんこちゃんの歌」もあったし「カステラの大行進」という歌もあった。

それらの思い出そのものよりも、そういう思い出を自分も持っている、ということに胸が詰まった。ちゃんとあったのに。あれらはどこに消えてしまったのだろう。あのときの自分はどこにいるのだろう。あのとき、私の世界には篤郎なんて男はかけらも存在していなかったのに。

そういう気持ちになったということを、長内さんに伝えたかった。誰よりも彼女がわかってくれるような気がした。いや、本当にそうだろうか。私はただ、彼女に葉書を書きたかっただけかもしれない。そうしてひそかに、別れを告げたかったのかもしれない。

そう――本当はあのとき、電話をかけたかった。こんにちは。ご無沙汰しています。お元気でいらっしゃいましたか。昨日「サーカス」を読んだんです。それでどうしてもお電話したくて。そんなふうに自分が長内さんに話しはじめるのを想像していた。でも、やっぱり電話はやめて、葉書を書くことにしたのだった。電話だときっと本当のことを言ってしまうから。彼女が何か気づいて、ふたつみっつ何か聞き、そうしたら私はあかしてしまっただろう。ええ、私はじきに死ぬんです。最後にもう一度、あなたとお話をしたくて。そうしたらきっと彼女のことだから、無理をしてでも会いに来るだろう。そんなことはしてほしくない。

篤郎の葬儀で、長内さんは弔辞を読んだ。

篤郎を撮ったドキュメンタリー映画のラストに、その場面が使われているそうだ。そのことを私に教えるためにわざわざ電話をかけてきたお節介なひとが、ひとりならずいた——全員が「文学水軍」の女のひとたちだったけれど。

もうご覧になりましたか？　まだ？　でしたら絶対にご覧にならないほうがいいと思います。ひどいですよ、あの映画は。あれじゃあまるで寂光さんが喪主みたいです。

そういう彼女たちも、映画の中に登場しているらしかった。監督のインタビューに答えて、自分がどんなに白木先生を慕っているかを、目を輝かせて、うっとりと——というのは、映画に出ていない「文学水軍」の女のひとたちがやっぱり電話をかけてきて、私に伝えた言いかただったが——語っているらしい。つまり映画では、篤郎の女たらしぶりが少なくとも見どころになっていて、その極めつきとしての、ラストシーンの長内さんの弔辞という作りらしい。

私は映画を観《み》なかった。監督に騙《だま》されたとかそんなつもりじゃなかったとか、調子に乗ってペラペラ喋ってあとから文句を言ってもねえとか、それぞれの立場であれこれ言ってくるひとたちの相手をするだけで十分にうんざりしたし、そのどちらもが「奥さんだけは絶対に観ないほうがいいですよ」と言うものを、わざわざ観る気にはならなかった。

でも、長内さんの弔辞のことはちっとも悪く思っていなかった。実際のところ、葬儀場であれを聞いたとき私は感動したのだ。このひとは、これほど篤郎のことを好きだったのだ、衆目の中でそれを堂々とあきらかにできるのだ、とわかって。

あなたは小説を書かないの？　と、長内さんに言われた。海里の直木賞のパーティのときだ。

不思議なことだ。私が篤郎の名前でいくつかの短編を書いていたことを、まるで知っているかのような言いかただったから。篤郎が彼女にあかしたなんてことはありえない。ただ彼女は、何となく気づいていたのかもしれない。私というより篤郎のことを知っていれば、発表された小説を読み、これを書いたのは本当に彼だろうか、と疑うことはあったかもしれない。あるいは篤郎を愛した女として、小説にあらわれたものの中に、篤郎よりも彼女自身に近いものを感じて、不審に思ったのかもしれない。

私の答えは決まっていた。彼女に対しても、自分自身に対しても。私は小説を書かない。私は（もう二度と）小説を書かない。

小説を書くことは私にとって、肝臓の検査に似ている。C型肝炎から肝臓がんになったのも、手術したあと肝臓内で十数回再発したのも、検査したからわかったのだ。検査するたびに悪いところが見つかる。数年おきだった再発が、次第に一年に一回、半年に一回見つかるようになる。少しずつ悪くなっていくことがわかるのだ。膵臓がんだってそういう検査のせいで見つかった。自分がもうボロボロで、悪いところだらけで、もう手の打ちようもないと、検査によって知らされる。検査しなければ、ゆっくり枯れるように損なわれていくだけだろう。決定的な事態になるまでは、何が起きているかわからずにいられるだろう。

同じ理由から、私はずっと長内さんの小説を読まずにきた。彼女は篤郎とのことを何作かの長編に書いているらしい。やっぱりお節介なひとがいちいち教えてくれるから、そのことは知っている。だが読もうとは思わなかった。読めば探してしまうだろうし、知ってしまうこともあるだろう。私が恐れるのは長内さんの真実ではなくて、篤郎の真実だ。彼が私に上手に隠していたものが、長内さんの筆によって、誰にわからなくても私にだけわかってしまうということ。「サーカス」や、そのほかの掌編を読むことができたのは、自分が早晩死ぬことが決定したからかもしれない。もう考え込む時間も、何かを察知してしまう気力もなくなったから、安心してページをめくれたのかもしれない。そう考えると、私は本当はずっと、長内さんの小説を読みたかったのかもしれない。

ふと、あることを思い出す。

ちりめん山椒《さんしょう》の季節だったから、あれは六月か七月のはじめだった。海里が結婚して家を出て二、三年の頃だったから、今から十数年前のことになるだろうか。庭の山椒の実を収穫して、ちりめん山椒をたくさん作ったから、都合のいいときに取りにいらっしゃいと海里に電話をかけたのだった。実質的に夕食の誘いだったのだが、海里はその日の夕方にひとりで自転車を漕いでやってきた。仕事が立て込んでいるのだと言った。

もう今日はごはんを炊いて、おかずはちりめん山椒だけでいい、などと言うので、じゃあもう少し何か持って行きなさいと、私は冷蔵庫にある常備菜をタッパーに詰めた。その間、娘はダイニングの椅子にかけて梅酒をチビチビ飲みながら、最近の自分がどんなに忙しいかを言い募っていた。連載が何本あってエッセイもあって取材もあって、単行本のゲラも抱えていて……実際、当時は、彼女の仕事が急激に増えた時期だったのだろう。

あのとき私は、どうしてあんなことを言ったのだろう？　たしかにその夜一緒に食事できないのはいつにないことで、少しがっかりはしていたが、それだけだった。娘への嫉妬などなかった。それともあったのだろうか。忙しがる娘の態度がどこか私を見下しているように感じられたのだろうか。

「誰にも言わないでね」

鯵《あじ》の南蛮漬けやビーフストロガノフの残りを入れたタッパーを、娘の前に置きながら私はそう言ったのだった。

「何を？」

タッパーの中身をあらためながら海里は言った。

「うわ、おいしそう。ストロガノフなんてひとりで作って食べてるのね。さすが」

「あのね、私も小説を書いていたのよ」

「えっ？」

「短編だけどね、チチがテーマだけ決めて、私が書いたのがいくつかあるの。雑誌に載せるときにはチチの名前で出したけど」

私が思っていたよりもずっと、海里はショックを受けたようだった。どうして今まで黙っていたの。どうして書かなくなっちゃったの。海里は、自分が小説を書きはじめたせいで、私が小説を書くのを断念したのだと考えたようだった。もちろん私は否定した。だが、否定するくらいなら最初から何も言わなければよかったのだ。海里ちゃんみたいにはとても書けないとわかったのよ。そうも言ったが、海里には言い訳みたいに響いただろう。悄然《しょうぜん》と帰っていく娘を見送ると、私は猛烈に後悔した。今も思い出すたび後悔する。どうしてあんなことを言ってしまったのだろう。どうして。

おばかさんな笙子ちゃん。ばか。ばあか。

私は口に出してそう言った。子供の頃の癖だ。思い出したくないことを思い出してしまったとき、声に出してそう言って、記憶を押しのけようとする。ときどき人前でも呟いてしまい、ヘンな顔をされることもあった。でも今はひとりだから大丈夫。もっと大きな声を出してもいいくらいだ。

薬があまり効かなくなった。肩が痛くて、寝返りが打てない。それで天井を見ている。板張りの天井。四角い部屋。この家で唯一の和室だが、設計した建築家の趣味で、手が込んでいるのだと海里が言っていた。私はここで死ぬのかもしれない。だとすればそう悪くない。

お葬式は出さなくていいと、海里に言っておかなければ。それからお墓のこと。一度言ったような気もするが、あとで海里が来たらあらためて言っておこう。天仙寺に納めてほしいと。

天仙寺。そこに篤郎のお骨を納めたと知ると、大抵みんなびっくりする。寂光さんが住職になった天仙寺ですか、と。長内さんと篤郎との関係は、今では、少なくとも私の周りでは、ほとんどのひとが察していて、そのことを私に隠す必要もないと考えているようだ。娘たちは反対しなかったが、さすがにちょっと当惑していた。いいの？　と海里は言った。いいんじゃない？　私は答えた。その時点で海里は問い詰める気をなくしたみたいだった。崎戸じゃなくてもいいのかな。遠慮がちにそう言った。いいんじゃない？　と私はもう一度言った。せっかく長内さんが声をかけてくださったんだから、と。結局、それが娘と私の間の、あらたな約束みたいなことになったのだと思う。長内さんと篤郎の本当の関係のことには誰の前でも触れぬまま、口にせぬまま、私は死んでいくのだろう。

触れないこと。口にしないこと。結局、長内さん所縁の墓地に篤郎を埋葬することに決めた、それがいちばんの理由だったのかもしれない。断ればその理由を考えねばならず、嘘を吐いたって伝わってしまうものはあるだろうから。なんてことだろう。私は長内さんそのひとに対してすら、彼女と篤郎との関係を知っていると口にしたくなかったのだ。薄い皮膚の下のあちこちで膨らんでいる腫瘍を見せたくなくて。

その墓地に、私も埋葬してもらいたい。それだけは海里に約束させるつもりだ。同じ墓地内の一区画を長内さんも買ったという。死んでからも彼女が篤郎のそばにいるというなら私もそうしたい。篤郎もそれを望んでいるだろう。生きているときと同じように、彼女と私、両方ともいてほしいだろう。私のほうが彼女よりも少し早く篤郎に会える。そのことが私は少し嬉しい。

肩の痛みが耐え難い。海里が病院からもらってきたあたらしい薬は、今までのよりも強いということだが、いっこうに効かない。

「月曜日に入院できるように手続きしてきたから」

海里が言う。もう抗う気力もなくて、私は頷く。ネズミほどもある大きな蚤《のみ》が、天井にとまっている。

「あれが落ちてきたらいやだな」

「蚤よ。天井にいるでしょう。敏夫さんに言って、とってもらって」

「あれって？」

「蚤……」

海里は天井を見上げ、それから私の顔を見る。何か言うが、実質的な言葉として耳に入ってこない。海里の手が私の腕をさすっている。海里は泣いている。篤郎が入ってくる。閉まっていた襖が開く。ということは海里はさっき出ていったのか。篤郎が入ってくる。焦げ茶色のTシャツに、木綿の半ズボン。夏の普段着だ。

「よーう」

と篤郎は片手を挙げて、ちょっと恥ずかしそうにニカッと笑う。

「そこに蚤がいるでしょう。気をつけて。落ちてきたら捕まえて」

と私は言う。

「大丈夫、あれは刺さないやつだから。モスクワの女の部屋にもああいうの二、三匹いたよ」

篤郎は喋りながら、私の隣に横たわる。膝から下の裸の足が、私の足に触れる。

「モスクワで女のひとの部屋に行ったの？」

「だから言ったろう、KGBが俺をマークしてたんだ、それを教えるために、女が俺を部屋に誘ったんだよ」

「本当かしら」

「本当、本当。そこで面白い話を聞いたんだ、あんたに土産に買ってきたルビーの指輪あったろう、あれに関係してる話だよ」

「あら、あれはモスクワのひみつクラブみたいなところで買ったんじゃなかった？」

「だから、そのひみつクラブで女に会ったんだよ。ああ、あそこで飲んだズブロッカは旨かったな」

「ルビーの指輪の話は、どこへ行っちゃったのかしら」

「嘘だと思ってるんだろう。こう言っちゃなんだけど、俺はあんたにだけは嘘を吐いたことはないよ。本当の嘘、という意味だがね」

目が覚めると篤郎はもういなかった。きっと私が眠ってしまったから、自転車で散歩にでも行ったのだろう。私も行こう。今出れば追いつくだろう。さっきまで肩が痛くてどうにもならなかったが、今なら立ち上がれる気がする。

さようなら。

私は呟く。そうしなければならないことが不意にわかったのだ。だがそのとき、私は自分の娘たちのことも、長内さんのことも考えていない。ただ篤郎のことだけを考えている。

主な参考文献

・瀬戸内晴美『いずこより 自伝小説』筑摩書房、一九七四年
・瀬戸内晴美『蘭を焼く』講談社文庫、一九七四年
・瀬戸内晴美『比叡』新潮社、一九七九年
・瀬戸内寂聴『人が好き 私の履歴書』日本経済新聞社、一九九二年
・瀬戸内寂聴『草筏』中央公論社、一九九四年
・瀬戸内寂聴『一筋の道』集英社文庫、一九九七年
・井上光晴『十八歳の詩集』集英社、一九九八年
・瀬戸内寂聴『寂聴自伝 花ひらく足あと』徳島県文化振興財団徳島県立文学書道館、二〇〇八年
・齋藤愼爾『寂聴伝 良夜玲瓏』白水社、二〇〇八年
・徳島県立文学書道館・作成、竹内紀子・監修『瀬戸内寂聴文学データブック（全二冊）』徳島県文化振興財団徳島県立文学書道館、二〇一四、一五年
・瀬戸内寂聴『求愛』集英社、二〇一六年

解説

訣別

川上弘美

井上荒野の小説に時おりあらわれる、男とその美しい妻、そして男をとりまく妻以外の女、という関係性を、興味深く読んできた。男は、手に負えない魅力的な者として描かれ、それならば妻はその夫である魅力的な男をとりまく女に妬心を抱いたり夫の多情さを嘆いたりするのかと思えば、そうではなく、ただ夫の情事を静かに眺めているのである。

そんな小説を読んだことは、それまでなかった。なぜこの妻は、このように超然としているのだろう。そして夫は、なぜ妻のことをこれほど必要としているのに他の女とかかわってしまうのだろう。凡百の小説家ならば、妻の内心の葛藤や夫の心のありようを説明してみせるだろうが、井上荒野の小説には、そのような説明はない。ただ、作中の妻のいくつかのせりふ、あるいは夫のいくつかの動き、そして場面の中にあるごく些細な事々が、かれらの心中を推測させはする。推測させはするが、そこにある心の動きは、やはり最後まで謎のままなのである。

うまくかみ砕くことができないものは、残る。だから、ずっと「あの関係の原点は、どこにあるのだろう」と思っていた。それが、もしかすると井上荒野の父井上光晴とその妻、そして光晴をめぐる女、という関係なのかもしれないと推測したのは、いつごろからだったろう。たぶんそれは瀬戸内寂聴の短篇集『蘭を焼く』を読んだのちからだ。連作短篇集『夏の終り』とはたいへんに異なる文章の密度を持つ小説を、わずか六年で瀬戸内寂聴が書き得たことに、わたしは衝撃を受けたのだ。なぜこんなに変化できたのだろうかと。親しい編集者にそのことを言うと、「あれは、得度前の瀬戸内晴美が、井上光晴に添削を受けた小説と言われているのですよ」という答えを得た。

それならば、わたしが読んできた井上荒野の小説の中の「夫をめぐる女」が瀬戸内寂聴だと推測したのかといえば、少し違う。ただ、井上光晴という男が妻以外の女とかかわることのできる男だということ、かかわった女がそのことによって変化したこと、その二つを知ったことで、いくつかの点が線に結ばれてゆくような心地になったのである。

本書は、「男とその妻、そして男にかかわった女」を、正面から描いた小説である。さらに具体的に言うなら、瀬戸内寂聴と井上光晴の妻、を彷彿させる二者の視点で書かれた小説である。

具体的な名前が出てくると、わたしたちは安心する。だから、この小説を「井上光晴、瀬戸内寂聴、井上光晴の妻をモデルとした小説」として読むのは、もちろん自由だ。事実、井上荒野は瀬戸内寂聴自身から、「何でも話しますよ」と背中を押されたという。そして何度も京都を訪れ、瀬戸内寂聴に正面から取材をおこない、本書の参考としたという。

けれど、くり返し読むつど、本書はかれらの姿を借りて書かれた小説であるにもかかわらず、かれらとは重ならない物語ではないのかという印象を、そのたびごとに強く残す。それはなぜなのだろうと、この解説を書いているさなかも、不思議に思う。

本書は、同じ時間を、同時に二者の視点で描くという構造をもっている。始まりは、一九六六年春の章。小説家「長内みはる」の視点で小説家「白木篤郎」との出会いを描くと同時に、白木の妻「白木笙子」の視点で夫が「長内みはる」と出会い何かが始まると予感していることが描かれている。

そのようにして、いくつかの章で、いくつかの時間が、女二人双方からの視点で描かれる。「白木篤郎」と「長内みはる」の関係は、始まってのち少しずつ変化しやがて終わり、けれどなにがしかのものは続いてゆく。一方の「白木笙子」は、夫が残すさまざまなしるしから、二人の関係をつぶさに感じ取りつつも、そのことを一人きりの心の内にとどめおく。

胸苦しい小説である。けれど、胸苦しさの中に、ふしぎな清涼感がある。その理由は二つある。一つは井上荒野の文章に得難い清潔さがあるからであり、もう一つは、女二人の視点は、「長内みはる」「白木笙子」として非常にリアリティーのある視点であるにもかかわらず、実際には「長内みはる」と「白木笙子」の視点ではなく、あくまで井上荒野という小説家がほとんど無であるところのものから創造した視点だからである。つまり本書は、「井上光晴の妻」「瀬戸内寂聴」という二人の内面のみを描くことを目的にした小説ではない、ということにほかならない。

最初に「みはる」の視点の部分を読んだ時には、少し驚いた。瀬戸内寂聴の文章と似ている、と感じたからである。もしかすると、瀬戸内寂聴の文章を分析して模倣したのか、と思ったくらいだ。けれど実際に瀬戸内寂聴の文章を読み返してみれば、本書「みはる」の部分の文章とはあきらかに違う。それなのに、読むたびに「似ている」と感じるのは、おそらく井上荒野の文章の清潔さと、瀬戸内寂聴の文章の清潔さの質が似ているからだ。語彙や文章の組み立ては異なる。けれど冗長を排するセンスや紋切り型への迎合を許さない心意気、あるいは表現の正確さに対する矜持《きょうじ》などを、どちらの作家も確固として持っているからに違いない。

一方の「笙子」の視点の部分は、なんと厳しいのだろうと、こちらにも驚く。「みはる」の部分と同じ作者の文章なのであるから、どちらの部分の語彙も表現も井上荒野そのひとのものに他ならないのに、「笙子」の部分は、たゆたいや心のほとびのある「みはる」の部分にくらべ、まるで鋭い刃物を常にどこかに向けているような緊張感に満ちている。

「みはる」と「笙子」のこの違いを描きだした点にこそ、作者の小説家としての手腕が示されている。一見「事実」を基にして書かれたようで、結局これは純然たる創造物なのだ。小説家はおそらく常に「自分の中にある事実」を「小説の中で変容させる」作業をおこなっている。だから、たとえ瀬戸内寂聴に井上光晴とのかかわりを何時間語ってもらった後でも、同時に作者の中にある父と母との記憶をすべて並べた後でも、それらは小説の中にそのままあらわれることはありえず、常に作者の意識のありように従って変容され続けるはずなのだ。

二人の女の視点は、「白木篤郎」という、本書では「何も語らない」男の姿を、徐々にあきらかにしてゆく。いくつかの文章をひいてみよう。

「白木の妻は、今、どこでどうしているのだろう。何を考えているのだろう。白木のような男と、どんな気持ちで暮らし続けているのだろう。」（みはる視点）

「愛が、人に正しいことだけをさせるものであればいいのに。それとも自分ではどうし

ようもなく間違った道を歩くしかなくなったとき、私たちは愛という言葉を持ち出すのか。」（笙子視点）

「ずっと、家庭のある白木に自分が合わせているのだと思ってきた。でも違ったのかもしれない。白木がわたしに合わせていたのかもしれない。」（みはる視点）

「篤郎がいないときのほうが、私と彼女（みはる）との間に篤郎が『いる』感じがする。そしてその幻の篤郎のほうが、本物だと思えることがある。」（笙子視点）

みはると白木の関係は、変質してゆく。それにつれ笙子と篤郎の関係も、また。ついにみはるが出家を決意したことによって、みはると白木の男女としての関係は終わる。つまりみはるは、白木と訣別できたのだ。

「訣別した」ではなく「訣別できた」と書いたのは、白木という男にとらえられることは、女にとってあきらかに消耗することだからだ。多情だから、というだけでなく、白木という男の中にある、洞《ほら》のような同時に妙に賑やかなような闇を、共にわかちあうことは、たいへんに困難なことだからなのである。みはるは、訣別できた。けれど、笙子は結局最後まで訣別できなかったし、訣別しないと決めていたのである。

なぜ？　と、もしわたしがこのような夫妻の娘ならば、思い悩むだろう。

そして書かれたのが、本書なのではないだろうかと、わたしは推測する。笙子と篤郎、という二人の関係からだけではなく、もう一人の存在であるみはる、という補助線をひくことによって、それまでぎりぎりのところまでは対峙できなかった夫妻の関係を、解き明かすことができるのではないか。それはつまり、自身とその血族の関係を、作者が最後まで見切ろうとし、見切ることによって自身の中にある「とらわれた何か」から訣別しようとするこころみではなかったのだろうか。

私事になるのだが、わたしも小説の中に父と母を置いたことがある。それは実際の父母とは異なる人間であり、言わなければ誰もそれがわたしの父母を変容させた者であるとは気がつかないだろうが、そのようにかなりデフォルメされたかれらでも、その関係を描くことによって、わたしはずっととらわれていた父母という男女の間にある割り切れない関係と、初めて距離を置くことができた。小説には、そんな面もある。いくつもの変奏のように、小説の中には自分が、そして自分の気にかかる何かが、何回でもあらわれる。その変奏に正面から向き合った作品が書けたとき、ようやく小説家はそのテーマと訣別できるのではないだろうか。

本書の十七年前に上梓された『ひどい感じ』という、井上荒野が父井上光晴について書いた随筆集がある。そこにいる「父」は、本書の「白木」とは異なっているし、「母」も「笙子」とは違うひとである。もっと、なんと言おうか、近しいひとたちだ。それは「娘」として井上荒野が表現した「父母」なのである。けれど、それでは本書の中の

「白木篤郎」と「白木笙子」は、小説のためだけに表現された者たちなのかといえば、それもまた違うだろう。実際の父母とはことなるかれらを描くことは、実際の父母と重なってみえる誰かを描くよりも、「本物」のかれらを表現することになるのだろうし、それこそが小説を書くということの真髄なのではないだろうか。ちょうど、作中で笙子が言っていた、「幻の篤郎のほうが、本物だと思えることがある」という言葉と同様に。

（かわかみ　ひろみ／作家）

あちらにいる鬼《おに》　朝日文庫

2021年11月30日　第1刷発行
2022年10月10日　第8刷発行

著　者　井《いの》上《うえ》荒《あれ》野《の》

発行者　三宮博信
発行所　朝日新聞出版
〒104-8011　東京都中央区築地5-3-2
電話　03-5541-8832(編集)
03-5540-7793(販売)

印刷製本　大日本印刷株式会社

ISBN978-4-02-265017-7